A Filha Cubana

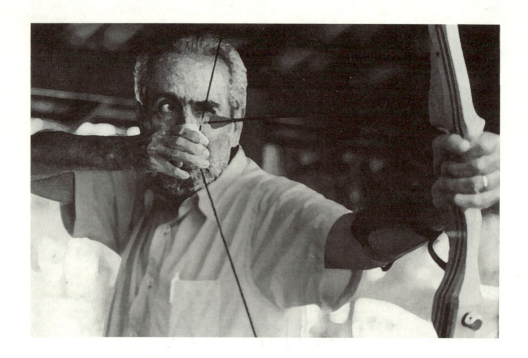

O Arqueiro

GERALDO JORDÃO PEREIRA (1938-2008) começou sua carreira aos 17 anos, quando foi trabalhar com seu pai, o célebre editor José Olympio, publicando obras marcantes como *O menino do dedo verde*, de Maurice Druon, e *Minha vida*, de Charles Chaplin.

Em 1976, fundou a Editora Salamandra com o propósito de formar uma nova geração de leitores e acabou criando um dos catálogos infantis mais premiados do Brasil. Em 1992, fugindo de sua linha editorial, lançou *Muitas vidas, muitos mestres*, de Brian Weiss, livro que deu origem à Editora Sextante.

Fã de histórias de suspense, Geraldo descobriu *O Código Da Vinci* antes mesmo de ele ser lançado nos Estados Unidos. A aposta em ficção, que não era o foco da Sextante, foi certeira: o título se transformou em um dos maiores fenômenos editoriais de todos os tempos.

Mas não foi só aos livros que se dedicou. Com seu desejo de ajudar o próximo, Geraldo desenvolveu diversos projetos sociais que se tornaram sua grande paixão.

Com a missão de publicar histórias empolgantes, tornar os livros cada vez mais acessíveis e despertar o amor pela leitura, a Editora Arqueiro é uma homenagem a esta figura extraordinária, capaz de enxergar mais além, mirar nas coisas verdadeiramente importantes e não perder o idealismo e a esperança diante dos desafios e contratempos da vida.

❀ AS FILHAS PERDIDAS 2 ❀

SORAYA LANE

A FILHA CUBANA

Título original: *The Cuban Daughter*

Copyright © 2023 por Soraya Lane
Copyright da tradução © 2024 por Editora Arqueiro Ltda.

Todos os direitos reservados. Nenhuma parte deste livro pode ser utilizada ou reproduzida sob quaisquer meios existentes sem autorização por escrito dos editores.

coordenação editorial: Gabriel Machado
produção editorial: Guilherme Bernardo
tradução: Nina Schipper
preparo de originais: Sara Orofino
revisão: Midori Hatai e Rayana Faria
diagramação: Guilherme Lima e Natali Nabekura
capa: Barbara
adaptação de capa: Gustavo Cardozo
imagens de capa: MelBrackstone e Nabodin | Shutterstock
impressão e acabamento: Cromosete Gráfica e Editora Ltda.

CIP-BRASIL. CATALOGAÇÃO NA PUBLICAÇÃO
SINDICATO NACIONAL DOS EDITORES DE LIVROS, RJ

L257f

Lane, Soraya, 1983-
A filha cubana / Soraya Lane ; tradução Nina Schipper. - 1. ed. -
São Paulo : Arqueiro, 2024.
272 p. ; 23 cm.　　　　(As Filhas Perdidas ; 2)

Tradução de: The cuban daughter
Sequência de: A filha italiana
ISBN 978-65-5565-596-4

1. Romance neozelandês (Inglês). I. Schipper, Nina.
II. Título. III. Série.

CDD: 828.9933
23-87251　　　　　　　　　　CDU: 82-93(931)

Meri Gleice Rodrigues de Souza - Bibliotecária - CRB-7/6439

Todos os direitos reservados, no Brasil, por
Editora Arqueiro Ltda.
Rua Artur de Azevedo, 1.767 – Conj. 177 – Pinheiros
05404-014 – São Paulo – SP
Tel.: (11) 2894-4987
E-mail: atendimento@editoraarqueiro.com.br
www.editoraarqueiro.com.br

Para Richard King.
Obrigada por acreditar nesta série
e por apresentá-la ao mundo.

PRÓLOGO

Residência particular de Julio Diaz, o barão do açúcar, Havana, Cuba, final dos anos 1950

Esmeralda entrelaçou o braço ao de sua irmã María quando entraram na sala de estar para se juntar ao pai. A criada fora correndo até o andar de cima para avisar que tinham visita, e que precisavam descer imediatamente – mas esse não era um pedido incomum. O pai gostava de exibir as filhas. Elas eram motivo de orgulho e alegria para ele. Quando a mãe delas ainda era viva, os pais recebiam os convidados sem que as filhas precisassem fazer mais do que uma rápida aparição, mas agora o pai preferia tê-las ao seu lado. Ele adorava vê-las sorrir e entreter seus sócios e amigos. Seus olhos sempre brilhavam quando elas adentravam no recinto. Nada lhe agradava mais do que estar na companhia delas.

Mas naquele dia foi diferente. Pela primeira vez, Esmeralda perdeu sua compostura perfeitamente treinada. Seus pés travaram por vontade própria, e de nada adiantou María ter seguido em frente, tentando arrastar a irmã, ou Gisele ter esbarrado em Esmeralda a caminho da sala, ansiosa para descobrir quem era o inesperado visitante.

Pois ali, sentado no opulento canapé de entalhes dourados, levantando-se ligeiramente quando Esmeralda e as irmãs entraram na sala, estava Christopher.

Meu Christopher está aqui. Seu coração disparou e a boca ficou seca. *Não pode ser. Como Christopher veio parar em Cuba?*

– Esmeralda, será que você se lembra do Sr. Christopher Dutton, de Londres? – Seu pai deu um grande sorriso e acenou com um charuto na mão, para que a filha se aproximasse. – E estas são minhas filhas María e Gisele.

Esmeralda forçou-se a avançar para que o pai não notasse como estava afetada pela presença de Christopher. Ela ficou aliviada porque os olhos de Christopher encontraram os dela apenas de modo fugaz e ele manteve a postura impecável. Será que o pai imaginava o que acontecera entre eles? Os olhares que Christopher lhe lançara em Londres, a maneira como suas mãos roçaram uma na outra, os dedos mindinhos apenas se tocando quando ela se afastara dele pela última vez?

– É um grande prazer vê-la novamente, Esmeralda – disse Christopher, assentindo.

Com delicadeza, ele tomou primeiro a mão de María e depois a de Gisele. As bochechas de Esmeralda esquentaram enquanto ela o observava. María a olhou de relance por sobre o ombro, arqueando as sobrancelhas quando ele beijou as costas de sua mão. Apesar de nunca tê-lo esquecido desde que voltara de Londres, nunca em sua vida Esmeralda teria imaginado que ele os visitaria em Cuba. Quando chegou a vez dela, Christopher demorou um segundo a mais ao segurar sua mão, mantendo os lábios encostados à pele, os olhos fitando os dela.

– O que… Hã, o que… – Esmeralda se recompôs depressa, pigarreando enquanto ele soltava a mão dela. – O que o trouxe a Havana, Sr. Dutton?

– Seu pai fez questão de que alguém da companhia viesse até aqui para ver a produção em primeira mão – explicou ele. Julio gesticulou para que todos se sentassem, e Christopher se reclinou no canapé, embora seus olhos mal se afastassem dos dela. – Devo admitir que é muito difícil dizer "não" para ele, e eu não poderia recusar a oportunidade de visitar Cuba, especialmente depois de todas as histórias sobre Havana com as quais a senhorita me entreteve. Com certeza pintou uma bela imagem de seu país.

Naquele momento, uma das criadas entrou depressa na sala. Como a atenção de seu pai se desviou com a interrupção, ela se permitiu olhar propriamente para Christopher. O embrulho em seu estômago se desfez enquanto ele sorria. Seus olhos lhe diziam que ele estava aliviado ao vê-la, e era assim que ela se sentia diante dele.

Talvez eu não tenha imaginado os sentimentos dele por mim.

– Uma garrafa do nosso melhor champanhe! – anunciou seu pai ao acender o charuto e dar uma baforada, soltando a fumaça pungente pela sala enquanto a criada saía apressada para atender ao pedido.

Quando Esmeralda passou por Christopher, tão perto que o tecido de seu vestido devia ter tocado o joelho dele, sua respiração ficou presa na garganta e ele fisgou o dedo dela com o dele. Foi apenas por uma fração de segundo que se entrelaçaram e ninguém chegou a notar, mas foi tudo o que ela precisava saber.

Ele não veio apenas para conhecer Cuba.

Ele viajou até aqui para me ver.

1

―――――

LONDRES, DIAS ATUAIS

Claudia deixou a música tocar bem alto e, com o pincel na mão, retocou o peitoril branco da janela. Passara os últimos seis meses reformando o apartamento para dar vida ao seu interior antiquado. Mais alguns dias de trabalho e tudo estaria concluído.

Ela recuou e olhou ao redor para ver o que criara, sentindo-se nostálgica por ter que deixar aquele lugar, embora nunca tivesse planejado ficar ali. *São apenas negócios*, disse a si mesma. *Nada de se apaixonar pelo projeto. Este não é o seu lar.*

Era o segundo apartamento em Chelsea que ela renovava desde o ano anterior, e ela adorava cada segundo desse trabalho. A decoração, a pintura, o estilo – era tão diferente do seu último emprego. Aquilo lhe dava uma satisfação que sua primeira carreira nunca chegara a proporcionar.

A música foi interrompida pelo toque do celular. Ela repousou o pincel e limpou as mãos no macacão antes de atender. Mesmo sem olhar para a tela, sabia que era o pai ou a mãe do outro lado da linha – as únicas pessoas que lhe telefonavam eram sua família ou atendentes de telemarketing.

O identificador de chamadas confirmou a suspeita.

– Oi, mãe.

– Oi, querida, como vai?

– Tudo ótimo. Estou dando os retoques finais numa pintura, mas já estou quase terminando.

– Maravilha. Estamos ansiosos para ver o apartamento da próxima vez que estivermos aí.

Claudia sabia como a sua recente transição de carreira havia sido difícil para a mãe. Ela teve muito orgulho da única filha quando Claudia se formou em administração, e mais ainda quando conseguiu um emprego excelente na área de finanças, seguindo os passos do pai. O irmão era advogado, mas a mãe não cursara faculdade nem tivera uma profissão, por isso Claudia às vezes sentia que a mãe vivia indiretamente através dela. Ou pelo menos vivera, até Claudia largar o emprego sofisticado e anunciar que, em vez disso, passaria a trabalhar com reformas.

– Ainda posso passar o fim de semana aí? – perguntou Claudia.

– Claro! Queremos muito te ver, mas não foi por isso que liguei.

Claudia distraidamente começou a limpar o pincel enquanto aguardava a mãe prosseguir.

– Na verdade, eu queria saber se na sexta-feira você poderia ir a uma reunião no meu lugar.

– Sexta agora? Com certeza. Reunião de quê?

Sua mãe pigarreou.

– É meio estranho, mas recebemos uma carta do espólio da sua avó e, embora seu pai ache que possa ser um golpe, acredito que valha a pena ir, nem que seja para saber do que se trata.

– Tudo bem – disse Claudia, andando até a cozinha para fazer um café.

Que tipo de reunião era essa que o pai não aprovava?

– Vou te encaminhar a carta por e-mail quando desligarmos. Seria muito importante para mim se você pudesse ir. Não quero desrespeitar sua avó, mas também não queria me dar ao trabalho de comparecer. É só por via das dúvidas.

Claudia concordou. A mãe raramente lhe pedia alguma coisa, portanto não se importou. Mas o fato de o pai achar que poderia ser um tipo de golpe a deixou inquieta. Os instintos dele costumavam estar certos.

– Mãe, se você quer que eu vá, eu vou. Basta me mandar as informações.

– Obrigada, querida. Eu sabia que você aceitaria.

Elas conversaram por mais alguns minutos antes de Claudia se despedir. Assim que desligaram, o e-mail prometido surgiu na tela. Ela o abriu e passou rapidamente os olhos pela mensagem.

A quem interessar possa, a respeito do espólio de Catherine Black.

Solicitamos sua presença nos escritórios de Williamson, Clark & Duncan, em Paddington, Londres, na sexta-feira, 26 de agosto, às 9h, para receber um item deixado para o espólio. Por favor, entre em contato com nossos escritórios para confirmar o recebimento desta carta.

Claudia releu a mensagem, intrigada. Não à toa seu pai desconfiou. Mas se a mãe queria que ela comparecesse à reunião e descobrisse do que se tratava, então ela iria. A morte da avó havia sido muito difícil para todos, sobretudo porque ela era a grande cozinheira da família e sempre os recebera nos almoços de domingo – uma tradição que se tornou cada vez menos frequente e acabou depois que ela faleceu, no ano anterior. Talvez ainda fosse cedo demais para a mãe conseguir lidar com o espólio. Talvez houvesse algumas pendências, embora seu pai costumasse ser bastante cuidadoso com documentações e pontas soltas.

Claudia voltou a ligar a música e se pôs a dançar pelo apartamento, evitando pensar em como o ano anterior havia sido difícil. Ela perdera a avó e a melhor amiga num intervalo de meses, e uma das razões pela qual amava seu novo trabalho era que ele não tinha nenhuma ligação com o passado.

Olhou ao redor e sorriu ao admirar o resultado. O apartamento estava incrível: as paredes agora eram brancas, a cozinha estava quase pronta e, abaixo do rodapé salpicado de tinta, o chão de madeira tinha a tonalidade perfeita. O apartamento ficaria deslumbrante quando estivesse todo mobiliado.

Claudia trocara a roupa social por um macacão, o cabelo preso num coque desengonçado, mas a verdade era que nunca estivera tão feliz. Não teria como continuar no antigo emprego, não depois do que acontecera. Esse novo trabalho fazia com que se sentisse bem, em vez de deixá-la confusa e ansiosa todos os dias.

Agora só preciso anunciar este lugar e tentar lucrar com a venda.

2

Claudia conduziu a corretora pelo apartamento, mostrando os banheiros recém-reformados das suítes com piso de cerâmica e admirando a mobília que acabara de ser instalada. Logo retornaram para a cozinha americana. O sol brilhava e as portas da varanda estavam abertas – era o tipo de dia em que seria impossível não se sentir bem.

– Está deslumbrante, totalmente deslumbrante – elogiou a corretora, correndo as mãos pela bancada de pedra da cozinha. – Tenho certeza de que vamos vender rápido. Quando gostaria de anunciá-lo?

– Vou decidir nesta semana – disse Claudia.

Ela olhou para o sofá lá fora e mais uma vez se viu morando ali. Mas aí precisaria encontrar outra carreira – não haveria como investir na compra de outro apartamento se não vendesse aquele. Voltou sua atenção para a corretora. Talvez não devesse ter morado no apartamento durante a reforma, assim não teria se apegado a ele.

– Bom, me avise quando decidir. Sei que haverá clientes para visitá-lo antes mesmo de ser anunciado.

O celular de Claudia apitou e ela o tirou do bolso. *Reunião com o advogado.*

– Peço mil desculpas, mas acabo de lembrar que estou atrasada para um compromisso – disse ela. – Entro em contato em breve. Muito obrigada por ter vindo!

Claudia acompanhou a corretora até a porta e correu para o quarto, vasculhando as roupas e tirando um blazer do armário, que vestiu sobre a blusa branca. Encontrou jeans e tênis limpos, calçou-os às pressas, agarrou a bolsa e saiu. Olhou para o relógio.

O metrô que saía da estação Sloane Square e seguia até Paddington passava a cada dez minutos, logo, em tese, Claudia conseguiria chegar a tempo. Se ela não chegasse, sua mãe ficaria furiosa.

* * *

Claudia entrou no prédio com fachada de vidro do escritório Williamson, Clark & Duncan com dez minutos de antecedência. Depois de se apresentar para a recepcionista, encontrou uma cadeira e se sentou para recuperar o fôlego. Como detestava chegar atrasada, correu da estação até o escritório, mas nem havia necessidade disso. Enquanto descansava, observou as outras pessoas na sala de espera – curiosamente, a maioria era de mulheres de idade semelhante à sua. Muitas folheavam revistas, outras tinham a bolsa no colo, analisando a sala como ela.

Não tivera muito tempo para pensar na legitimidade daquilo tudo, mas, agora que estava ali, Claudia concordava com a mãe: a reunião parecia ser séria. O aspecto do escritório bastou para convencê-la.

Antes que tivesse tempo de refletir um pouco mais, a jovem e simpática recepcionista ergueu-se de trás do balcão e se dirigiu à sala. Claudia se surpreendeu quando a ouviu chamar outros nomes femininos além do seu.

Algumas mulheres trocaram olhares com ela, e Claudia recuou para deixar que duas passassem na sua frente. Ela escutou uma delas mencionar algo sobre uma herança e prestou atenção na conversa.

Hum, nunca cheguei a pensar numa herança. Seria mesmo do feitio de sua avó garantir que todos ficassem bem providos.

O burburinho ao seu redor foi bruscamente interrompido quando elas entraram numa grande sala de reunião. Todas foram levadas a se sentar a uma mesa; na cabeceira se encontrava um homem bem-vestido. À esquerda dele estava uma mulher na casa dos 30 anos que observava a todas com os olhos bem atentos. Vestida de modo impecável, com uma blusa de seda e calças pretas de cintura alta, ela lembrou Claudia de si mesma quando ainda trabalhava na área financeira, e quase sentiu saudades de seu antigo guarda-roupa.

Claudia pegou um papel que lhe entregaram e se recostou na cadeira, lançando um olhar sobre o documento quando o homem se pôs a falar, admitindo como era estranho ter todas reunidas ali.

Olhou ao redor da sala, curiosa para descobrir se alguém sabia o motivo do encontro ou se, como Claudia, não faziam a mínima ideia do que tudo aquilo significava. Voltou a se reclinar quando o advogado se levantou e deu alguns passos à frente, sorrindo e deslizando casualmente uma das mãos para dentro do bolso.

– Sou John Williamson, e esta é minha cliente, Mia Jones. Foi sugestão dela reunir as senhoritas aqui, uma vez que ela está cumprindo os desejos de sua tia, Hope Berenson. Nosso escritório também a representou muitos anos atrás.

Claudia pegou o copo com água à sua frente e deu um gole, perguntando-se quem diabos era Hope Berenson.

– Mia, gostaria de tomar a palavra e prosseguir com as explicações?

Mia aquiesceu e se pôs de pé. Claudia se ajeitou para ouvir, percebendo o súbito desconforto de Mia. Talvez só estivesse nervosa por falar em público.

– Como acabaram de ouvir, minha tia era Hope Berenson, que por muitos anos dirigiu uma instituição privada aqui em Londres chamada Hope's House, para mulheres solteiras e seus bebês. Minha tia era muito conhecida por sua discrição, assim como por sua bondade, apesar dos tempos difíceis. – Mia riu, parecendo ansiosa enquanto lançava um olhar rápido pela sala. – Tenho certeza de que estão se perguntando por que estou contando tudo isso, mas, por favor, confiem em mim que logo fará sentido.

Hope's House? Que ligação haveria entre sua avó e essa instituição para mães solo? Será que Mia estava insinuando que sua avó dera à luz uma criança fora do casamento? Era disso que a reunião se tratava? Nesse caso, sua mãe ficaria sem palavras!

– O que exatamente essa casa velha tem a ver com a gente? – perguntou Claudia.

– Desculpem, eu deveria ter começado por essa parte! – exclamou Mia, sem graça, atravessando a sala. – Minha tia guardava um arquivo e coisas assim no escritório dessa casa, e eu me lembrei de como minha mãe gostava do tapete que ficava lá. Assim, decidi ver se eu poderia reutilizá-lo, em vez de jogá-lo fora, mas, quando o levantei, vi algo entre duas tábuas do assoalho. Não consegui me conter e voltei com uma ferramenta para descobrir o que havia embaixo.

Claudia balançou a cabeça. *Inacreditável.* Embora ela ainda não conseguisse compreender muito bem a conexão entre essa história e a sua avó.

– Quando levantei a primeira tábua, vi duas caixinhas, e quando afastei a segunda, havia mais, todas com cartões escritos à mão. Não pude acreditar no que tinha descoberto, mas, como havia um nome em cada cartão, soube que eu não poderia abri-las, mesmo que estivesse muito curiosa para saber o que havia ali dentro. – Ela sorriu ao olhar para elas, encarando cada uma antes de prosseguir: – Trouxe essas caixas comigo hoje para mostrá-las às senhoritas. Mal posso acreditar que minha curiosidade as trouxe até aqui.

Cuidadosamente, Mia colocou uma caixinha ao lado da outra sobre a mesa. Claudia se inclinou para a frente, observando com curiosidade. E foi naquele momento que viu o nome de sua avó, escrito à mão em um cartão preso a uma das caixinhas. Catherine Black. *Por que o nome da minha avó está escrito aqui?* Quando o advogado voltou a falar, ela não conseguiu desgrudar os olhos do cartão, perguntando-se por quanto tempo aquela caixinha ficara escondida.

Claudia ergueu o olhar. Ela queria desesperadamente pegar a caixinha e puxar o barbante para ver o que havia sido deixado para sua avó. Em vez disso, ficou parada, ouvindo com atenção o advogado, que continuava a dar explicações.

– O que não sabemos – disse ele, plantando as mãos sobre a mesa enquanto se levantava lentamente da cadeira – é se outras caixas foram distribuídas ao longo dos anos. Ou Hope escolheu não distribuir essas sete por algum motivo, ou elas não foram reivindicadas por suas donas.

– Nesse caso, posso ter descoberto algo que deveria ter ficado enterrado no passado – concluiu Mia no lugar dele.

Uma das mulheres ficou de pé, mas Claudia nem mesmo ouviu o que ela disse e mal percebeu quando ela deixou a sala. *Minha avó foi adotada, e eu nunca soube disso. Será que ela sabia?* Se a avó soubesse, com certeza teria contado para a filha, que, por sua vez, teria contado para Claudia. Mas será que era um desses segredos de família que ninguém comentava?

Claudia assinou os documentos quando o advogado os colocou diante dela, depois pegou sua caixinha, morrendo de curiosidade. Era feita de madeira, firmemente amarrada com um barbante, e o cartão identificava a proprietária. Devagar, Claudia voltou a correr os olhos pelo nome da avó, as letras juntinhas na mais perfeita caligrafia, claramente escrita pela mesma pessoa. *Hope*. Aquela mulher que se chamava Hope devia ter feito isso quando sua avó nasceu.

– Muito obrigada – disse Claudia para Mia, enquanto ajeitava a bolsa no ombro, ainda segurando a caixinha. – A senhora se esforçou muito para devolver todas as caixas às suas respectivas donas.

– Não há de quê – respondeu Mia, aproximando-se com um sorriso caloroso e tocando o braço de Claudia. – Obrigada por ter vindo pegar a sua.

Ao partir, Claudia notou que uma caixa permanecera ali sem que ninguém tivesse aparecido para recolhê-la. Ela estava morrendo de curiosidade, então saiu correndo para a rua e decidiu se sentar no café mais próximo. Não havia a menor chance de Claudia esperar chegar em casa para só então puxar o barbante e descobrir as pistas que a aguardavam ali dentro.

3

HAVANA, CUBA, MEADOS DOS ANOS 1950

Esmeralda estava parada ao pé da escadaria em curva com suas duas irmãs, enquanto observava o baile. Garçons circulavam bandejas de prata com champanhe para os convidados, um quarteto de cordas tocava do outro lado do salão e casais dançavam no piso de mármore. As meninas seguiam olhando. As mulheres usavam os vestidos mais sofisticados, com joias que adornavam seu pescoço, orelhas e pulsos. O salão estava repleto das famílias mais ricas de Havana, mas todos os olhares pousaram nas irmãs Diaz quando elas chegaram à festa.

– Se não são as mais belas garotas de Cuba!

Esmeralda riu e deu um tapinha em seu primo Alejandro ao ouvi-lo gritar. Ele era infalível em arrancar risos dela *ou* chamar a atenção para si mesmo.

– Alejandro, nos deixe em paz – queixou-se sua irmã María. – Você sempre afugenta todos os garotos!

Esmeralda riu e entrelaçou seu braço ao de Alejandro, satisfeita por se separar de suas irmãs e passear com ele pelo salão. Ela conhecia todos os garotos ali e não tinha interesse em nenhum, por isso estava grata por se distrair com o primo. Ela certamente não lamentava o fato de ele os afugentar.

– Eu menti. *Você* é a mais bela garota de Cuba, Es.

Ela recostou a cabeça no ombro dele.

– Não precisa me bajular, Alejandro. Apenas me mantenha ocupada para que ninguém venha me tirar para dançar.

– É o que farei. Assim evito que as mães fiquem exibindo suas filhas para mim. – Ele riu. – Elas as fazem desfilar na minha frente como se estivessem em um concurso de beleza. É constrangedor.

Os dois deram risadinhas. Alejandro estava apaixonado por uma garota que morava em Santa Clara, e Esmeralda não estava interessada em ter um casamento arranjado. Ela preferia muito mais desempenhar o papel da filha favorita do pai, aprendendo tudo o que podia sobre o seu empreendimento açucareiro, dando o braço *a ele* nas festas e cumprindo suas obrigações familiares. Se a mãe estivesse viva, agiria como qualquer outra *mamá* cubana, determinada a encontrar o par perfeito para suas filhas, a começar pela mais velha. Mas seu *papá* desejava mesmo era manter as filhas junto de si. Esmeralda tinha certeza de que ele as queria sob seu teto pelo tempo que fosse possível, preferindo que a casa se enchesse da presença e do riso das filhas.

– Você sabe que um dia terá que arrumar um marido, Esmeralda. Não poderá ficar grudada no meu braço pelo resto da vida.

Ela suspirou.

– Eu sei. Mas quero uma paixão arrebatadora. Quero um homem que me escute e não espere apenas que eu fique sentada ao lado dele toda meiga e sorridente, como se eu não tivesse opinião. – Ela riu. – Já conheço todos os homens daqui, e nenhum me interessa. – Ela se aproximou dele. – Além de você, é claro. Você é a luz da minha noite.

Alejandro riu, e a banda se pôs a tocar. Ele segurou a mão dela enquanto ambos se juntavam aos casais que dançavam e rodopiavam ao redor. Ela preferia dançar com o primo a ter que aturar qualquer outro jovem. As irmãs não conseguiam compreender essa escolha ou a relutância de Esmeralda porque estavam desesperadas para se apaixonar. Mas a companhia de Alejandro afugentava os pretendentes, que, de outro modo, teriam se aproximado e tirado Esmeralda para dançar. Alejandro era o braço direito de seu pai e, apesar da pouca idade, era muito respeitado nos negócios. *Se um homem for corajoso o suficiente para se aproximar de mim enquanto eu estiver com Alejandro, então esse homem será digno do meu "sim".*

– Aquele que conquistar seu coração será um homem de sorte, Es. Não se esqueça disso.

Ela apenas sorriu.

– Eu poderia dizer o mesmo da garota que já conquistou o seu.

* * *

Esmeralda geralmente tomava o café da manhã na cama, levado numa bandeja para que ela pudesse se sentar e saboreá-lo. Mas aos domingos seu pai fazia questão de que todos se reunissem à mesa e um pouco mais tarde do que o habitual. Era o único dia em que ele não saía cedo para trabalhar. Sua vida girava em torno do negócio, e seus pensamentos cotidianos eram consumidos pelo império de açúcar. Ela ouvira rumores de que ele era o homem mais rico de Cuba, mas nunca tivera coragem de lhe perguntar diretamente sobre as finanças da família. Tudo o que sabia era que sua generosidade não tinha limites quando se tratava das filhas. Ele cedia a cada um de seus caprichos, o que não ocorreria se sua *mamá* estivesse viva.

Marisol apareceu no corredor no mesmo instante em que Esmeralda, então ela segurou a mão de sua irmãzinha para descer a escadaria. Uma babá as seguia, mas Marisol preferia que as irmãs mais velhas tomassem conta dela.

– Venha, *cariño* – sussurrou Esmeralda quando Marisol olhou para ela. – Você pode se sentar comigo esta manhã.

Marisol tinha apenas 3 anos e era a criança mais doce que Esmeralda já havia conhecido, apesar de não ter sido criada pela mãe, que morreu no parto. Mas ela teve sorte, pois as três irmãs a adoravam e a mimavam.

Esmeralda entrou na sala de jantar e sorriu ao ver que o pai já estava à mesa.

– Bom dia, *papá* – disse ela ao passar por ele.

Deu um beijo em sua bochecha e esperou que Marisol a imitasse. Mas a irmãzinha acabou subindo no colo do pai, fazendo-o abrir um enorme sorriso.

O café da manhã de domingo mais parecia um banquete, e Esmeralda se pôs a saborear a manga e o mamão papaia refrescantes, assim como os pães quentinhos cobertos pela famosa geleia de goiaba que o cozinheiro preparava. Ela notou que Marisol logo atacou os bolinhos. Esmeralda suspirou, sem repreendê-la, e pegou um para si depois que a criada lhe serviu uma xícara de café bem forte.

– Esmeralda, estou planejando uma viagem para Londres no mês que vem – comentou o pai, dobrando o jornal que estava lendo e gesticulando para que lhe servissem mais uma xícara de seu café cubano preferido.

– O senhor estará de volta a tempo da festa de 15 anos de María? – indagou ela, percebendo, pelo olhar desesperado da irmã, que precisava fazer essa pergunta.

Aquele era o momento mais importante na vida de uma garota cubana: o dia em que ela completaria 15 anos e se tornaria uma mulher. Era celebrado com uma festa extravagante, que geralmente levava meses para ser organizada.

– É claro! Eu não perderia a chance de presenciar a *quinceañera* da minha pequena por nada – assegurou ele, limpando o denso bigode com o guardanapo. – María, você acha que poderia me ceder sua irmã por duas semanas? Acredito que os preparativos para a festa já foram concluídos, certo?

– *Papá*, não! – exclamou Esmeralda, deixando o bolinho que segurava cair no prato. – Para Londres? Está me convidando para viajar com o senhor por duas semanas?

Ele sorriu para ela do outro lado da mesa.

– Esmeralda, eu gostaria muito de levá-la comigo. Preciso impressionar uma empresa britânica muito importante, convencê-los de que nosso açúcar é o melhor do mercado. Se eu for bem-sucedido, teremos o negócio mais lucrativo do mundo no ramo do açúcar, por isso gostaria de ter ao meu lado a minha bela filha mais velha.

Esmeralda entrelaçou as mãos sobre o colo apesar de estar agitada internamente. Todas as três irmãs ficaram em silêncio enquanto ela falava:

– Será uma honra para mim, *papá*. Sei que *mamá* viajaria com o senhor se estivesse aqui, mas é um privilégio ir no lugar dela. Obrigada.

– Vá ao escritório amanhã para que eu possa lhe contar mais sobre meus planos de expansão – disse ele. – Preciso que você compreenda como essa viagem é importante e quero que esteja bem-informada quanto aos termos do acordo, para que possa participar das conversas.

– *Sí, papá*, farei isso.

Ela mal conseguia se conter, seu sorriso estava radiante. As irmãs começaram a fofocar sobre a noite anterior, mais interessadas nas próprias vidas do que no que acabara de ser anunciado. Esmeralda fechou os olhos por um momento e se imaginou numa viagem para a Inglaterra, perguntando-se quais roupas deveria levar na bagagem, quem encontrariam por lá, onde ficariam hospedados. Para ela, era um sonho que se tornava realidade.

Esmeralda tinha 19 anos, e isso significava que não lhe restava muito tempo até que fosse forçada a pensar em seu futuro ou até que as tias implorassem para que seu pai começasse a casar as filhas. Até agora ela tivera sorte, mas em breve ela e o pai não poderiam mais adiar o inevitável. Ele sabia disso tanto quanto ela, embora não conversassem sobre o assunto abertamente.

Ir para Londres seria a aventura de sua vida, e ela mal podia esperar o dia da viagem.

Quando abriu os olhos, o pai a observava. Ela articulou um "obrigada" para ele, que respondeu levando a mão ao coração.

4

LONDRES, DIAS ATUAIS

Claudia puxou o barbante e não se surpreendeu quando nada aconteceu. Era tão velho que as fibras se soltaram, e ela precisou usar as unhas para desatar o nó. Respirou fundo ao abrir a caixa, sem saber ao certo o que encontraria. Pensou que pudesse ser uma joia, acomodada em papel seda, ou uma foto, mas havia ali um antigo cartão de visita e o que parecia ser um esboço feito à mão de um brasão de família.

Ela pegou o cartão primeiro, revirando-o na mão, e notou o endereço do Capel Court, que lhe era vagamente familiar, pois ela sabia que antigamente esse prédio sediara a Bolsa de Valores de Londres. Assim, na mesma hora fez uma busca no Google pelo nome "Christopher Dutton", que estava impresso no cartão em letras douradas. Quando o digitou, não encontrou nada que pudesse ter conexão com aquele nome ou com o endereço. Então pensou que o cartão devia ter mais de sete décadas, uma vez que sua avó nascera em 1951. A empresa anunciada no cartão era a Fisher, Lyall & Dutton, mas nada chamou sua atenção quando ela fez uma busca por esse nome. Curiosa, Claudia pegou o esboço do brasão e o retirou da caixa, revirando-a e, de certo modo, esperando que houvesse mais alguma coisa ali dentro. Mas não havia mais nada, apenas o brasão.

Seu café chegou, e ela agradeceu à garçonete, depois pegou o açúcar e mexeu com cuidado para que nenhuma gota respingasse naqueles itens preciosos. Como ela descobriria o significado do brasão? Ou a quem pertencera? Ela não esperava se deparar com um mistério como aquele.

Claudia o virou, mas não havia nada escrito nele, absolutamente nada que apontasse em alguma direção.

De que maneira estas pistas podem me ajudar a descobrir o passado da minha avó? Ela colocou o papel sobre a mesa e deu um gole no café, fitando aqueles itens. Claudia ponderou sobre o que eles poderiam significar, o que deveriam revelar, mas não havia nada de óbvio que chamasse sua atenção.

Sem ideia, ela tirou uma foto dos dois itens e a enviou por e-mail ao seu pai. Ele nutria um ávido interesse por história e, agora que estava aposentado, não havia nada que adorasse mais do que ler sobre o passado e descobrir objetos de valor histórico. Se havia alguém que poderia decifrar aquelas pistas, era ele.

Claudia terminou o café e pôs as pistas de volta na caixinha, deslizando-a para dentro da bolsa ao se levantar. *Gostaria que você estivesse aqui para conversarmos sobre tudo isso, vó.* Se bem que a avó talvez não quisesse saber daquela história. Talvez surgissem perguntas sobre seu passado que a deixariam desconfortável.

Porém, Claudia gostava de saber de tudo. Sempre corria atrás de fatos e informações com determinação, e se de fato havia uma herança que o lado materno da família desconhecia, então ela faria tudo o que estivesse em seu alcance para encontrá-la.

* * *

Claudia saiu do trem e atravessou a estação, acenando animadamente para o pai, que esperava por ela no carro. Sempre se sentia uma garotinha ao retornar a Surrey. Era como se estivesse chegando da escola ou da faculdade outra vez, ansiosa por passar o fim de semana em casa.

– Olá, minha querida. – Seu pai a recebeu com um abraço e um beijo. – Como você está?

– Estou ótima – disse ela, passando-lhe a mochila que levara para o fim de semana. – Estou tão feliz em ver você.

Entraram no carro, e ela mal acabara de afivelar o cinto quando o pai começou a fazer comentários entusiasmados sobre as pistas.

– Tive algum progresso – disse ele. – Um velho amigo está investigando o nome "Christopher Dutton" para mim, mas eu praticamente solucionei sozinho o mistério do brasão. Isso me consumiu desde que você o enviou ontem.

– Sério? Eu tinha certeza de que não daria em nada. – Ela riu. – Afinal, você não tinha pensado que tudo isso era um golpe?

– Bem, digamos que essas pistas atiçaram a minha curiosidade – esclareceu ele, lançando um olhar de relance para a filha enquanto dirigia. – Você acreditaria se eu dissesse que o brasão parece ser cubano?

– Cubano? – Claudia balançou a cabeça. – Inacreditável.

– Foi exatamente o que pensei. Não pude acreditar. Nem sua mãe, quando lhe contei. Na verdade, acho que tudo isso foi um choque para ela. Foi tão inesperado.

Claudia assentiu e olhou pela janela. Era perturbador pensar que por tanto tempo existira um segredo tão grande na família. Ela só podia imaginar como a mãe estava se sentindo.

Em poucos minutos, o carro virou na entrada da garagem, e Claudia teve a mesma sensação de sempre ao chegar em casa: uma felicidade absoluta. Quando adolescente, ela era louca para abrir as asinhas e partir. Considerava Surrey tranquila demais para o seu ritmo de vida e todas as coisas que queria conquistar, mas, assim que deixou a cidade, sentiu muita falta dela. *Ainda sinto.*

– Sua mãe está ocupada no jardim – avisou o pai ao estacionar em frente ao sobrado.

Ela olhou para as familiares águas-furtadas e as venezianas verdes e sorriu ao notar a glicínia, que parecia cobrir a casa ainda mais do que antes, quando ainda vivia ali.

– Que tal ir até lá encontrá-la? Vou levar sua mochila e voltar ao trabalho. Estou apenas aguardando um e-mail para confirmar o que descobri em relação ao brasão, e quero vê-lo assim que chegar.

Claudia se inclinou e o beijou na bochecha, depois saiu sob o sol para procurar a mãe, que estava nos fundos da propriedade com os joelhos enterrados no canteiro de flores. Antes, o jardim era dominado pela vegetação e não era tão bem aparado, mas, desde que haviam se aposentado, seus pais se tornaram exímios jardineiros.

– Olá – disse ela, sem querer se aproximar bruscamente e assustar a mãe.

– Claudia! – Numa fração de segundo, ela já estava nos braços da mãe, com luvas e tudo. – Deixe eu me limpar.

– Não, você está bem assim – retrucou Claudia, sentando-se na grama perto de onde a mãe estivera ajoelhada. – É ótimo respirar um pouco de ar fresco, fico contente de estarmos ao ar livre. – Ela suspirou. – Acho que é exatamente disso que eu preciso.

Sua mãe sorriu, mas, em vez de voltar à jardinagem, se sentou perto da filha, tirando as luvas e jogando-as na grama.

– Você está certa. É ótimo poder pegar um sol quando ele aparece. – Ela se reclinou, apoiando-se em um cotovelo, e fitou Claudia. – Bem, me diga o que está achando de toda essa história sobre a vovó. Acredita mesmo nisso? Acredita que o que eles contaram é verdade?

Claudia assentiu.

– Foi um choque, mas a reunião decididamente foi legítima. Ontem tudo o que queriam era restituir as caixas abandonadas aos espólios, então não vejo nenhum motivo para desconfiar.

– Você acha que a vovó sabia e não me contou? Fico me perguntando se era um segredo que ela guardou por todos esses anos, sem querer que ninguém tivesse conhecimento dele ou se ela nunca soube que foi adotada. Será que meus avós temiam que alguém naquela época descobrisse que ela não era a filha biológica deles?

– Acho que ela não sabia de nada, mãe – disse Claudia, detestando ver lágrimas nos olhos da mãe e sabendo quanto ela havia sofrido desde a morte da avó. – Se a vovó soubesse, teria lhe contado. Não havia como ela ter guardado esse segredo, vocês duas eram muito próximas... E, pensando bem, por que ela teria escondido a informação? Ser adotado não é motivo de vergonha, muito menos nessa geração, então acho que o assunto teria vindo à tona.

– Acho que você está certa. – Sua mãe enxugou os olhos com as costas da mão. – Mas é tão difícil pensar que ela não está aqui para eu lhe fazer perguntas. Acabei sentindo mais saudades dela.

Claudia estava prestes a responder quando seu pai irrompeu, triunfante, pela lateral da casa, segurando um pedaço de papel.

– Mistério solucionado! – anunciou.

Claudia riu. Ele estava cômico naquela pose de vencedor.

– O que você descobriu, pai? O brasão era mesmo cubano, afinal?

– Este brasão – disse ele, cruzando os braços e exibindo um sorriso orgulhoso – de fato é cubano. Ele pertenceu à família Diaz. Veja como fica diferente quando impresso em cores. É bem impressionante.

Ela pegou o papel e o segurou de modo que a mãe também pudesse vê-lo. O brasão agora era de um azul-royal, com retoques de amarelo e branco. A versão colorida ganhava vida em comparação com o esboço em preto e branco que havia sido desenhado de forma mais rústica.

– Cuba? – perguntou a mãe de Claudia, incrédula. – Esta pista vem definitivamente de Cuba? Você tem certeza absoluta?

Seu pai assentiu.

– Vem de Cuba. Trata-se de um sobrenome popular, mas, pelo que consegui descobrir até agora, o brasão pertenceu a uma família proeminente de produtores de açúcar que viveu em Havana. Vou precisar de um tempinho para descobrir mais informações, e infelizmente ainda não sabemos muita coisa a respeito do nome no cartão, mas já avançamos.

– Que ligação poderia haver entre um cartão de visita de Londres e uma família em Havana? – Claudia questionou em voz alta. – Quer dizer, é possível que essa firma de Londres e os produtores de açúcar tenham feito negócios juntos? A conexão poderia ser essa?

Seu pai deu de ombros.

– Talvez, embora eu não ache que a solução desse quebra-cabeça seja tão fácil.

– Será que nós deveríamos – ela fez uma pausa, olhando do pai para a mãe – considerar a ideia de contratar um detetive particular?

Sua mãe empalideceu, mas o pai pareceu mais pensativo, olhando para o brasão.

– Me dê mais algumas semanas para ver o que consigo descobrir, Claudia – pediu ele. – Então, se minhas buscas não derem em nada, poderemos reconsiderar nossas opções.

– Mãe? – chamou Claudia, se dando conta de quanto ela estivera quieta, o que não era muito comum. – Como se sente em relação a tudo isso?

– Quero saber a verdade – disse a mãe, recolhendo as luvas de jardinagem e limpando a terra das calças ao se levantar. – Se existe alguma história não contada sobre a vida da vovó, acho que devemos a ela revelá-la. Não gosto de pontas soltas, e esta diz respeito à nossa família. É algo que nós duas precisamos descobrir, faz parte do nosso passado.

Claudia e o pai se entreolharam.

– Então estamos de acordo. Vamos deixar que o papai tente descobrir mais alguma coisa, e, se as buscas não tiverem resultado, encontraremos um detetive que possa localizar esse Christopher Dutton. Ele não pode ter simplesmente desaparecido do mapa.

– Deve haver alguém que conheça a história dela – disse sua mãe. – Só espero que, sejam quais forem os segredos guardados, não tenham ficado perdidos no passado. Afinal, faz muito tempo.

Claudia ajudou a mãe a recolher as ferramentas de jardinagem e a seguiu para dentro de casa. A conexão entre a família e aquelas pistas era um mistério, e, quanto mais pensava nisso, mais crescia o seu interesse. *Cuba?* Ela chegou a se perguntar se haviam cometido um erro ao lhe entregar aquela caixinha com as pistas. *Se nossa origem fosse cubana, nós com certeza saberíamos, não é?* Como esse segredo poderia ter ficado guardado por tanto tempo?

5

Na noite de domingo, Claudia se sentou ao ar livre no sofá na varanda de seu apartamento, com uma coberta sobre as pernas dobradas. Estava frio demais para ficar do lado de fora, mas ela adorava a vista e ainda não estava pronta para entrar.

Encarou o anel de diamante sobre a mesa diante dela. *Assim como não estou pronta para me desapegar do passado.* Na visita que fizera aos pais, sua mãe havia lhe perguntado sobre Max, como sempre, e desta vez Claudia não se enfurecera como de costume. Já tinha chegado a hora de confrontar as perguntas de cabeça erguida, e não mais com respostas evasivas, porque, por mais que a mãe fosse amorosa e compassiva, de alguma forma ela não fora capaz de compreender a decisão que a filha havia tomado.

– Vocês dois sempre pareceram tão felizes juntos – argumentou a mãe. – Ele era um jovem tão adorável. Tem certeza de que você não foi precipitada em terminar o noivado?

– Mãe, ele *era* adorável, mas não íamos dar certo. Ele não foi compreensivo quando abandonei minha carreira e não se esforçou nem um pouco para tentar entender meus motivos. – Ela fez uma pausa. – Nosso casamento estaria fadado ao fracasso.

A mãe ficou em silêncio, e ela sabia por quê. O ex-noivo de Claudia não foi o único que não conseguiu compreender por que ela desistiu de algo pelo qual se esforçara tanto, apesar do que acontecera, apesar do que ela perdera. Ela desistira do trabalho e do noivado na mesma semana.

– Mãe, agora estou feliz de verdade. Finalmente estou vivendo minha vida do meu jeito. Antes de deixar o emprego, eu ficava tão estressada que meu cabelo começou a cair aos tufos. – Claudia deu um longo suspiro, evitando se lembrar de como haviam sido aqueles meses finais, de tudo o que enfrentara. – Em certos dias, era como se eu não conseguisse respirar, a pressão no meu peito era tão forte que eu sentia que a qualquer momento poderia ter um ataque cardíaco. Não conseguia parar de pensar em qual seria o valor daquilo, em por que eu precisava fingir que a minha vida era maravilhosa, quando na verdade eu estava infeliz. Você sabe por que fiz aquilo, mãe, mas agora está na hora de tentar compreender. Depois do que aconteceu com Lisa, como eu poderia ter ficado na empresa?

A mãe pegou a mão dela.

– Não estou tentando minimizar, só não tinha me dado conta de como isso lhe fez tão mal. Não paro de pensar que, se você tivesse aguentado mais um tempinho, teria conseguido atravessar a maré e agora teria a carreira que você amava. Supus que se tratava apenas de uma reação imediata ao que tinha acontecido.

– Eu era boa em disfarçar o que estava sentindo. Naquela época, eu não queria que nem você nem ninguém notassem que eu não conseguia superar a crise, mas o que preciso que você veja agora é como estou feliz. Que tomei a decisão certa para mim.

Elas se sentaram juntas à mesa e ficaram caladas até que sua mãe finalmente voltou a falar:

– Sinto muito por não ter sido mais empática. Eu devia ter sido, quer dizer, vi seu pai trabalhar excessivamente durante a maior parte do nosso casamento, mas pensei que isso seria diferente para você. De certa forma, eu achava que as coisas haviam mudado na sua geração. Fiquei preocupada que, quando você superasse o luto pela sua amiga, pudesse se arrepender de não ter insistido no trabalho.

Claudia balançou a cabeça.

– Nada mudou, mãe. Na verdade, acho que o mercado de trabalho só se tornou mais competitivo. É como se precisássemos trabalhar mais do que os homens para provar do que somos capazes, o que é ridículo nos dias de hoje.

Mas isso também tinha a ver com Lisa. Claudia sentia que devia à amiga viver pelas duas, e isso não incluía ficar naquela empresa que efetivamente a matara.

Claudia afastou esses pensamentos, pegou o anel de diamante e o deslizou pelo dedo, querendo sentir seu peso uma última vez. Ele era perfeito. Tudo em relação a Max parecera perfeito, até ela ter sido sincera com ele sobre como se sentia, e ele ter olhado para ela horrorizado, como se Claudia tivesse anunciado um segredo terrível. Max queria uma esposa ao mesmo tempo moderna e submissa ao marido, ou seja, o tipo de mulher que trabalhasse sessenta horas na semana e ainda administrasse a casa e gerasse filhos perfeitos para formar a família ideal. Quando Claudia tentou mudar a narrativa e explicou por que a vida deles não estava dando certo para ela, ele fez as malas e lhe disse para pensar bem no que queria da vida. E foi exatamente o que ela fez.

Ela arrancou o anel do dedo e o colocou de volta na caixinha de veludo, enxugando as lágrimas. Pela manhã, tomaria as providências para que ele fosse devolvido a Max. Se ela estava de fato dando as costas para aquela vida, não havia necessidade de guardar uma lembrança. Não tinha a intenção de reatar com ele ou de vender a joia. Max o havia comprado para ela, portanto ele poderia fazer o que achasse melhor com o anel. Ela já devia ter feito isso meses antes.

Claudia pegou o celular, que estava sobre a mesa ao lado da taça de vinho. Se não fosse tão tarde, poderia telefonar para sua amiga Charlotte, mas, ao olhar de relance para a tela, viu que já eram quase dez horas. Ela não iria acordar a amiga grávida para falar sobre Max – as duas já haviam debatido exaustivamente sobre ele desde o término. Entrou no Instagram e depois no Facebook, rolando o feed distraidamente por alguns minutos, até que se viu buscando o site da British Airways. Seus pensamentos voltaram a se concentrar nas pistas da caixinha que recebera. Seu pai ficara muito entusiasmado com as descobertas, e Claudia precisava admitir que elas também haviam atiçado sua curiosidade.

Será que voos para Cuba são muito caros?

Ela rolou a tela para baixo, selecionou Havana como destino e clicou para pesquisar antes mesmo de preencher as datas, logo o site mostraria automaticamente os próximos voos disponíveis. *Amanhã?* Ela sorriu para si mesma. Imagine fazer isso de verdade: simplesmente reservar um voo e sair de

Londres por uma semana? Claudia olhou ao redor, ainda com o telefone na mão. A reforma estava concluída, todos os móveis foram entregues, e ela decidira autorizar a corretora, com quem havia se encontrado mais cedo naquela semana, a anunciar o imóvel. Seu trabalho estava terminado, mas ela não poderia comprar outro apartamento até que vendesse esse, o que significava que sua programação para as semanas (se não meses) seguintes estava livre. Basicamente não havia nada que a prendesse em Londres.

Claudia desbloqueou o celular outra vez e verificou os voos que partiriam dali a dois dias. Havia um assento em um avião para Havana partindo no final da manhã. Claudia pegou o vinho e deu um gole. *Não posso viajar para o exterior por impulso. Não posso.* Seu dedo hesitou.

Ah, eu posso, sim. E assim, sem mais nem menos, ela clicou no botão para comprar a passagem, e prontamente caiu na gargalhada.

Eu vou para Havana!

Ela havia passado quase a vida inteira planejando todos os seus passos, sempre fazendo uma lista de prós e contras para cada decisão que precisava tomar. Seguira tudo corretamente, da escola à universidade e até depois disso, como se a vida houvesse sido prescrita para ela com um conjunto de regras. Mas agora Claudia tomou as rédeas e vivia de acordo com suas vontades e, no momento em que viu o brasão, soube que queria aprender mais sobre aquela história.

Se é lá que sua história começa, vovó, então é exatamente para onde devo ir. E que lugar seria melhor que Cuba para descobrir mais sobre o brasão da família Diaz?

Ela não obteria as respostas de que precisava em Londres, mas pelo menos em Havana alguém poderia lhe apontar a direção correta. Talvez alguém soubesse como poderia descobrir mais sobre a família à qual o brasão pertencera.

Claudia terminou o vinho e decidiu que, no fim das contas, não era muito tarde para enviar uma mensagem para Charlotte. Sua amiga nunca iria acreditar na decisão espontânea que ela acabara de tomar, embora tivessem prometido uma para a outra quando a vida delas virou de cabeça para baixo: *Carpe diem.*

Estou aproveitando cada momento, Lisa, exatamente como prometi que faria. Maldito carpe diem.

6

Restaurante Mirabelle, Londres, 1950

Esmeralda desceu a escadaria e entrou no restaurante de braço dado com o pai, mantendo a cabeça erguida apesar do silêncio que reinava no ambiente quando eles chegaram. À medida que se moviam pelo salão de jantar, cabeças se voltavam na direção dos dois, mas ela se recusou a se sentir constrangida. Até que um jovem parado no canto mais afastado capturou seu olhar e, com um sorriso, fez o corpo inteiro dela estremecer.

Ela sabia por que estava ali. O pai queria impressionar seus contatos comerciais, e levar a filha mais velha, de quem sentia tanto orgulho, foi a forma que encontrou para alcançar esse objetivo. Esmeralda apenas desejou ter descoberto antes quanto chamaria a atenção em Londres, com vestidos sofisticados mais cavados do que qualquer outro que vira ali, a cintura cingida de forma mais justa e joias excessivamente extravagantes. Ela desejou ter sido avisada sobre o que esperar da cidade. Sem mencionar seu cabelo preto retinto, que caía pelas costas e sobre os ombros de uma forma que a diferenciava de todas as outras mulheres no local, que exibiam penteados puxados para o alto ou tinham cortes muito mais curtos.

– Sr. Diaz, é um prazer recebê-lo – disse o jovem, estendendo a mão para o pai dela. – Obrigado por ter vindo de tão longe.

– O prazer é todo meu. Mas, por favor, se vamos fazer negócios, me chame de Julio – respondeu seu pai antes de dar um passo atrás e agitar a mão na direção dela. – E esta é minha filha mais velha, Esmeralda.

O homem estendeu a mão e ela ergueu a dela, observando enquanto ele gentilmente a segurava por alguns segundos. Os olhos azuis dele encontraram os dela por um instante, e Esmeralda não pôde evitar encará-lo. Para um sócio de seu pai, ele era muito mais jovem do que ela havia esperado.

– É um prazer conhecê-la, Srta. Diaz. Sou Christopher Dutton – apresentou-se ele, puxando uma cadeira e fazendo um gesto para que ela se sentasse. – Posso pedir que lhe sirvam champanhe?

Seu pai assentiu por ela e Esmeralda se sentou, entusiasmada ao ver que Christopher havia ocupado o assento ao seu lado e lhe dado um rápido sorriso. Ele não se parecia com os homens que ela conhecia em Cuba. Seu cabelo era cortado mais rente, a barba feita recentemente, e ele não exibia um bigode – ao contrário da tendência entre os jovens cubanos. Isso sem mencionar o sotaque, que era engraçado. Mal podia esperar para escrever uma carta às suas irmãs e contar sobre ele. Christopher parecia ser muito formal, mas, quando ela sorria para ele, sua autoconfiança parecia esmorecer e suas bochechas coravam com um tom rosado mais intenso, o que apenas o tornava ainda mais encantador. Muitos dos homens que Esmeralda havia conhecido em seu país pareciam esperar que ela se lançasse aos pés deles, o que sempre a divertia. Apesar da pouca atenção que lhes dedicava, a confiança deles se mantinha inabalável.

Ao ser servida, ela deu um gole no champanhe, sorrindo educadamente para o pai e entreouvindo a conversa deles, sem conseguir parar de olhar na direção de Christopher. *Talvez ir às compras não venha a ser minha única paixão em Londres.*

– Esmeralda, Christopher trabalha para a empresa sobre a qual lhe falei, a Fisher, Lyall & Dutton – disse o pai. – O pai dele a fundou trinta anos atrás, e agora o jovem Dutton está deixando sua marca.

– Então nós dois somos filhos de empresários bem-sucedidos – disse ela assentindo, e Christopher sorriu.

– Parece que sim. E espero concluir esse acordo com seu pai pessoalmente, para convencer o meu de que está na hora de eu dirigir a empresa.

Todos riram, mas Esmeralda ficou olhando fixamente para Christopher enquanto ele erguia a taça de champanhe.

– Às novas amizades – disse ele, e seu olhar cruzou com o dela.

– Ao acordo açucareiro mais bem-sucedido da história – acrescentou o pai.

Todos eles ergueram bem alto as taças, que tilintaram delicadamente ao se chocarem, antes de darem um gole. No entanto, não era no acordo açucareiro que Esmeralda pensava enquanto as bolhas do champanhe desciam por sua garganta.

Acho que finalmente encontrei um homem que poderia despertar meu interesse por mais tempo do que uma única dança.

7

Havana, Cuba, dias atuais

Claudia permaneceu de pé, as malas nas mãos, incapaz de acreditar no que via. *É como voltar no tempo.* Carros que um dia simbolizaram o ápice do luxo eram, naquele momento, fantasmas de sua antiga glória, apesar da pintura ainda lustrosa. Quando olhou para os prédios ao redor, com um belo padrão de cores em tom pastel, ficou evidente que eles também eram meras sombras do que haviam sido um dia. Isso era esperado, claro. Na noite anterior, enquanto estava deitada, insone, na cama, ela lera e pesquisara bastante sobre Cuba em incontáveis blogs de viagem. Mas, ainda assim, aquela visão sem filtro foi um choque. Cuba estava completamente parada no tempo ou ao menos parecia estar.

Ficou observando a cena diante dela e ouvindo as pessoas ao seu redor falarem naquele espanhol acelerado que um turista não ousaria decifrar. Elas pareciam simpáticas. Claudia adorou as roupas vibrantes e coloridas, e os poucos cubanos que ela havia encontrado até então, incluindo o taxista, foram só sorrisos. Ela não tinha certeza se isso acontecia por gratidão, já que afinal os turistas deixavam seu dinheiro no país, ou se era simplesmente o jeito deles.

Claudia decidira se hospedar na Havana Velha e, enquanto se encaminhava para o hotel que tinha reservado, notou uma pessoa acenando para ela. Olhou por sobre o ombro, se perguntando se havia alguém atrás dela, mas, quando voltou a olhar para o homem, ele continuava a acenar, agitando o braço freneticamente. Ele estava ao lado de um carro antigo azul-bebê, que reluzia de tão polido. Claudia caminhou hesitante na direção do homem.

– A senhorita parece estar perdida – disse ele num inglês com forte sotaque.

Claudia abriu um largo sorriso.

– Estou indo para o Hotel Saratoga. Eu não diria que estou perdida, apenas desfrutando da paisagem ao longo do caminho.

– Ah, que pena! – exclamou ele com um suspiro dramático.

Ela franziu a testa.

– O que é uma pena? Que eu não esteja perdida?

– Que a senhorita vá ficar em um hotel, e não em uma casa particular.

– O senhor acha que eu deveria ficar na casa de alguém em vez de me hospedar num hotel? – perguntou ela.

Claudia chegou a considerar a possibilidade, pois aparentemente era a melhor maneira de aprender sobre a cultura cubana, mas, como viajaria sozinha, não teve certeza se seria a opção mais sensata.

– É a única maneira de viver uma experiência verdadeiramente cubana – disse ele, dando de ombros. – Mas estou certo de que o hotel será muito agradável.

As sobrancelhas de Claudia se ergueram.

– Agradável? – Ela riu, decidindo entrar na brincadeira. – Bem, não percorri toda essa distância para viver algo apenas agradável. Onde exatamente eu deveria ficar?

A pele dele era bronzeada, contrastando com a camisa branca entreaberta e o chapéu branco.

– Algumas ruas adiante, naquela direção. Posso levá-la até lá.

Claudia assentiu e ele parou ao lado dela, quase perto demais.

– Você vai me levar até lá?

– É a casa da minha avó. E então, a senhorita vai? – Ele estalou os lábios. – Vai poder saborear porco assado com bananas-da-terra fritas e a versão dela de feijão com arroz. Nunca comi nada mais gostoso em toda a vida.

Claudia observou atentamente o homem e depois o carro dele. Bem, presumiu que fosse dele.

– Você é motorista?

Ele assentiu.

– *Sí*.

Claudia se demorou por um momento, olhando para trás, na direção do hotel onde tinha reservado um quarto. *Eu não vim aqui para ficar escondida num hotel sofisticado qualquer, e sim para aprender sobre Cuba e encontrar minhas origens.* A caixinha que ela havia enfiado na bolsa era a razão pela qual estava ali, e talvez na casa de um morador da cidade ela fosse capaz de fazer perguntas e descobrir mais informações.

Porém, ela também não sabia se deveria confiar em um estranho, principalmente num homem. Era muito fácil para ele sugerir que Claudia entrasse no carro, mas seus instintos lhe diziam para não confiar na palavra de qualquer um.

Claudia olhou ao redor, para um punhado de outros homens recostados em seus carros ou lustrando a pintura, que já estava brilhando.

– Vocês todos são motoristas? – perguntou. – Posso confiar neste homem?

A resposta foi unânime: todos eles riram ou assentiram, dizendo que sim.

– Muito bem, me leve para a casa da sua avó – concluiu Claudia, e recebeu um grande sorriso em resposta. – Eu me chamo Claudia.

– Carlos – disse ele, tocando seu chapéu.

– Bem, Carlos, que tal colocar minhas malas no carro e irmos andando, antes que eu mude de ideia?

Lá se foi a preocupação por estar viajando sozinha. Claudia se acomodou no banco traseiro e tirou o celular da bolsa, desapontada ao ver que estava sem sinal. Ela precisaria cancelar a reserva do hotel mais cedo ou mais tarde, mas talvez ainda conseguisse fazer o celular funcionar, ou então usaria o telefone na casa da avó de Carlos.

– Mas, me diga, por que Cuba? – perguntou Carlos, colocando seus óculos escuros e ligando o motor.

Claudia não sabia até que ponto deveria revelar os motivos de sua viagem, mas, por outro lado, se não conversasse com os locais, dificilmente descobriria alguma coisa que pudesse ajudá-la a decifrar as pistas.

– Acredito que minha avó tenha sido cubana – revelou ela, hesitante. – Vim para cá ver se consigo descobrir mais informações sobre suas origens.

Ele deslizou os óculos para a ponta do nariz e olhou para ela pelo espelho retrovisor, e Claudia precisou se conter para não rir, pois o gesto foi cômico.

– Por que acha que ela era cubana?

Ela respirou fundo.

– Recentemente recebi algumas informações e estou tentando decifrá-las. Tudo o que sei é que há uma conexão com uma família daqui, mas não sei ao certo qual é.

Carlos assentiu e acelerou, mas não demorou muito a estacionar do lado de fora de uma casa que lembrou a Claudia um cenário de filme do Dr. Seuss. O sobrado era pintado de amarelo-canário e exibia um corrimão azul, que se estendia pela lateral e combinava com um rendilhado arquitetônico também azul. Em algumas partes, o tijolo estava exposto, contrastando com o amarelo, e vasos repletos de flores alinhavam-se na varanda do andar de cima. Ela abriu a porta do carro e se deteve na calçada, admirando os vitrais das janelas.

– E então, o que acha? – perguntou ele.

– Acho que nunca vi nada assim em toda a minha vida. É linda.

E era mesmo, de um jeito completamente inesperado, muito diferente da arquitetura com a qual estava acostumada.

Como se já os estivesse esperando, uma mulher de cabelos grisalhos com um avental amarrado na cintura abriu a porta, e sua expressão se suavizou ao ver Carlos. Claudia imaginou que fosse a avó dele quando ele correu para abraçá-la, beijando suas bochechas.

– *Abuela*, esta é Claudia. Claudia, esta é a minha *abuela*, Rosa. Por favor, me diga que a senhora tem um quarto para ela.

Claudia ergueu a mão num aceno, mas a mulher deu um passo à frente e sorriu, pegando as mãos dela e beijando suas bochechas para cumprimentá-la.

– É claro que tenho – respondeu ela. – Vou precisar de meia hora para fazer a cama e arejar o quarto, mas meu neto lhe fará companhia, não é mesmo, Carlos?

– Não quero incomodá-la – disse Claudia.

Carlos balançou a cabeça.

– Os turistas são tudo para nós, e muito bem-vindos em nossos lares.

Ela assentiu, compreensiva. Provavelmente, a avó dele ficaria grata pela renda extra, e ela estava certa de que aquilo lhe custaria menos do que um hotel.

– A avó de Claudia era cubana – informou Carlos, carregando as malas para dentro da casa.

O interior não era tão colorido quanto a fachada, mas ainda era pouco convencional, de um jeito que Claudia nem podia ter imaginado. Também era muito limpo, acabara de ser varrido, e ela adorou o jeito como as portas se abriam para um quintalzinho nos fundos.

– De onde ela era? Sua avó.

– Ainda não tenho certeza se ela era cubana, é isso que estou tentando descobrir – respondeu ela enquanto seguia os dois. – Mas tenho uma pista sobre o meu passado que pode ajudar a me colocar na direção certa.

– E que pista é essa? – perguntou Carlos.

Ela abriu a bolsa e pegou a pequena caixa, desdobrando o pedaço de papel com o brasão da família e passando-o para Carlos enquanto a avó dele observava. Carlos olhou para ela. Seu sorriso desapareceu e foi substituído por um olhar de surpresa. A avó se benzeu e murmurou alguma coisa baixinho.

– Este é o brasão da família Diaz – disse Carlos.

– Você os conhece? – retrucou ela, esperançosa.

– *Buen señor* – murmurou sua avó. – Leve Claudia para o quintal, Carlos.

– Se houver alguma coisa que a senhora saiba, eu...

Carlos tomou delicadamente o braço dela e a conduziu para fora, enquanto sua avó continuava a resmungar consigo mesma.

– Eu a aborreci? – perguntou Claudia. – Não devia ter lhes mostrado isso?

– Antigamente, os Diaz eram a família mais rica e poderosa de toda a Havana, se não de Cuba – disse ele com tranquilidade. – E, se não estou enganado, a mãe da minha avó trabalhou como criada na mansão deles.

– Ela conheceu a família Diaz?

Carlos riu.

– *Cariño mío, todos* em Havana conheciam a família Diaz.

8

Claudia se sentou quando a avó de Carlos voltou com uma jarra de suco fresco. *Talvez não seja tão difícil assim obter informações sobre a família Diaz, afinal.*

– Vocês se importam que eu pergunte por que todos em Havana conheciam a família Diaz? – questionou Claudia. – Era por causa de sua fortuna? Eles tinham alguma reputação?

Carlos se ajeitou na cadeira.

– *Abuela*, conte para Claudia. É melhor que seja dito pela senhora do que por mim.

– A família Diaz era como a realeza em Havana – explicou Rosa com um olhar distante, se reclinando na cadeira e apoiando as mãos nas pernas. – O patriarca, Julio Diaz, era conhecido como o rei do açúcar de Havana antes da revolução. Ele era querido, embora fosse o homem mais rico de toda Cuba, e a beleza de suas filhas era de tirar o fôlego. Quando as três mais velhas entravam em um salão, ninguém era capaz de tirar os olhos delas. Acho que toda garota em Cuba sonhou ser uma Diaz em algum momento da vida.

Claudia sorriu, criando uma imagem mental delas. Vivenciar a opulência de Havana em seus dias de glória devia ter sido uma experiência e tanto, e ela desejou tê-la testemunhado, mesmo que só por alguns momentos.

– Eu tinha quase a mesma idade da filha mais velha, e ainda me lembro de desejar ter a vida dela, vestir seus vestidos sofisticados e ter suas joias nas minhas orelhas e nos meus pulsos. Algumas noites eu me deitava e sonhava, imaginando como devia ser a vida delas.

– Parece que eles formavam uma família impressionante.

– É verdade. Era a família de que todos gostariam de fazer parte, mesmo depois da tragédia.

– Tragédia? – perguntou Claudia, olhando de soslaio para Carlos. – Que tragédia?

– Houve mais de uma – disse ele.

Sua avó murmurou em desaprovação, mas ele apenas deu de ombros, o que atiçou ainda mais a curiosidade de Claudia.

– A mulher de Julio morreu no parto. As três filhas mais velhas tinham idades muito próximas, eram praticamente jovens quando a mãe faleceu. Elas se comportaram como mães da nova irmãzinha. A bebê era uma menininha muito querida, tão bonita quanto as irmãs, e tinha belos e grandes olhos castanhos, sempre muito vivos.

– Elas ainda estão aqui? – perguntou Claudia. – Em Havana?

– Não, elas se foram há muito tempo, junto com quase todos os cubanos ricos, quando nosso país mudou – disse ela, enxugando os olhos. – Nós ficamos aqui, sem ter para onde ir, mas todos os que puderam fugiram. Muitos se mudaram para a Flórida, buscando fazer fortuna na América do Norte.

Claudia tentou não ficar muito desapontada. Afinal, não havia esperado que sua jornada fosse fácil, ainda mais porque se tratava de desenterrar o passado. Mas, ao escutá-los falar sobre a família Diaz, sentiu vontade de obter mais informações.

– E vocês tiveram notícias deles nos últimos anos? Alguém ainda comenta sobre a família ou eles voltaram alguma vez para visitar Cuba?

– Quase todos os cubanos que deixaram o país acreditaram que retornariam dentro de alguns anos ou até meses – disse Carlos. – Nunca pensaram que estariam partindo para sempre, esperavam voltar e recuperar suas casas e o país que amavam. Muitos esconderam suas joias, alguns cobriram os móveis com lençóis como se tivessem viajado para as férias de verão. Mas nenhuma dessas famílias voltou. – Ele suspirou. – A Cuba que eles amavam havia desaparecido.

– E as casas deles foram doadas para os membros do Partido Comunista? – perguntou Claudia.

– *Sí*. E deixaram que elas se deteriorassem ao longo dos anos, porque simplesmente não havia dinheiro para fazer a manutenção.

Claudia se ajeitou na cadeira e bebericou o suco, pensando no que Cuba havia sido um dia. Em como devia ter sido difícil deixar não apenas sua casa, mas também seu país.

– Todos ficaram tristes com o fato de essas famílias irem embora? Ou alguns receberam bem essa notícia? – perguntou ela. – Imagino que houvesse uma distância entre as famílias extremamente ricas e a classe trabalhadora.

Os olhos de Carlos se arregalaram ao mesmo tempo que os de sua avó se turvaram.

– Muitas das famílias mais pobres apoiaram Castro, acreditando que Cuba precisava de uma mudança – explicou Rosa. – Houve um clamor para que o governo de Batista fosse derrubado. Mas quem sabe se, no fim das contas, Batista não teria sido a melhor opção? E quanto à mudança que havíamos esperado? Levando em conta todas as perdas que tivemos e o estado em que ficamos, a Revolução não valeu a pena. – Ela deu um longo e profundo suspiro. – Para responder à sua pergunta: acho que muitas pessoas se ressentiam dos ricos, sem parar para pensar na contribuição que eles davam ao nosso país. Sem todos esses empresários abastados, Cuba teve dificuldade para prosperar.

– Nosso país é um túnel do tempo do que alguns descreveriam como os melhores anos de Cuba, com a diferença de que muitas pessoas que fizeram de Cuba aquilo que ela foi um dia há muito se foram – disse Carlos, enquanto sua avó se levantava. – Talvez devêssemos nos erguer e lutar pelo que acreditamos novamente!

– Essas são palavras de um jovem que não viu o que sua *abuela* viu. – A avó de Carlos pousou a mão sobre o ombro do neto ao parar ao lado dele, falando com firmeza: – Nada de bom acontece quando perdemos nossos homens na guerra.

Claudia observou-a se virar, desejando poder fazer mais perguntas. Se pudesse, ficaria sentada ali a noite inteira escutando a avó de Carlos falar sobre Cuba. Era fascinante.

– Carlos, por que você não leva Claudia até o food truck de Mateo esta noite? Se tem alguém que pode responder sobre a família Diaz, é ele.

– Mateo? – perguntou ela.

Carlos chiou.

– Mas e o seu porco com feijões? – resmungou ele. – Eu já consigo até sentir o gosto!

– Sempre teremos a noite seguinte, *nieto* – disse ela com um sorriso. – Além disso, eu não tenho o suficiente para você.

Claudia não pôde evitar rir da cena: Carlos apertando a barriga de um jeito dramático, como se não pudesse suportar o fato de que não iria comer a comida da avó.

– Rosa – chamou Claudia de repente. – Você acabou não contando sobre a outra tragédia que aconteceu. Com a família Diaz.

Rosa se benzeu e resmungou.

– A filha mais velha, Esmeralda, desapareceu certa noite.

– Desapareceu? Ela foi encontrada depois?

– Tudo o que sei é que a família nunca mais voltou a falar sobre ela. Nem eles nem mais ninguém, a não ser que sussurrassem a portas fechadas. Foi como se ela simplesmente desaparecesse no ar. – Rosa suspirou. – Alguns diziam que ela era a garota mais bela de Cuba, a menina dos olhos de seu pai desde que nasceu, mas, depois do desaparecimento, suas irmãs se casaram rapidamente e logo depois se mudaram para a Flórida. Julio ficou para trás, até o amargo fim, sem outra escolha a não ser partir.

Em seguida, Rosa entrou na casa e a conversa chegou ao fim, mas Claudia não conseguia parar de pensar na filha desaparecida. *Esmeralda*. Será que de alguma forma ela era o elo perdido com o passado de sua avó? E, se fosse, de que forma seria?

– Voltarei às cinco horas – disse Carlos, levantando-se e sorrindo para ela.

– Quem é Mateo? – perguntou Claudia. – Ele tem um food truck?

Carlos abriu um sorriso.

– Mateo faz a melhor comida de rua de Havana. Você vai adorar.

– Mas que conexão ele tem com a família Diaz? Por que sua avó quer que eu me encontre com ele?

– O avô dele foi o cozinheiro da família Diaz até o fim.

As sobrancelhas dela se ergueram quando Carlos levantou a mão num aceno.

– Até logo.

Claudia ficou sentada sozinha e novamente pegou a caixinha na bolsa, colocando o pedaço de papel e o cartão de visita lado a lado sobre a mesa. *Qual é a relação dos Diaz com um escritório de Londres?* Ela ainda encarava fixamente o brasão da família quando Rosa voltou e disse que o quarto dela estava pronto. O sol começou a baixar no céu e a temperatura diminuiu um pouco.

Se ao menos você estivesse aqui, vó. Se ao menos eu não precisasse fazer isso sozinha.

Ela guardou suas coisas e seguiu Rosa pela casa, parando apenas para pegar as malas. Depois elas saíram e subiram as escadas.

– Este é o seu quarto – disse Rosa com um sorriso afetuoso. – Fique à vontade para descer quando quiser. Minha casa é sua casa enquanto você estiver aqui.

Claudia agradeceu. Ela foi até a janela e contemplou a Havana Velha, perguntando-se se sua avó um dia apreciara aquela vista. Será que ela alguma vez visitara Cuba? Sua família a teria levado até ali algum dia? E, nesse caso, por que ela guardara segredo?

– Claudia?

Ela se virou.

– Se a sua avó foi uma Diaz, você encontrará respostas enquanto estiver aqui. Os segredos sempre têm os próprios meios de serem revelados, o passado não consegue ficar escondido por muito tempo.

Claudia assentiu, agradecida pela hospitalidade da mulher mais velha. No entanto, não conseguia parar de pensar no que Rosa dissera sobre a tragédia da família.

Se a filha mais velha realmente sumira sem deixar rastros, ou o caso era um grande mistério ou a família havia enterrado um segredo. Uma família com toda aquela fortuna à disposição não teria medido esforços para encontrá-la. Isso sugeria que, em vez disso, eles usaram de sua influência para impedir que o desaparecimento fosse investigado, acobertando algo. Claudia ficou ainda mais interessada em descobrir o que acontecera.

9

HOTEL SAVOY, LONDRES, 1950

.

Esmeralda entrelaçou o braço ao de seu *papá* enquanto caminhavam lentamente pelo saguão do Savoy. Ao seguirem para os elevadores, ela olhou ao redor, acostumada ao luxo, mas ainda deslumbrada com o belo hotel em que estavam hospedados. Esmeralda segurava apenas sua bolsa e uma sacolinha azul de sua visita à Tiffany's, mas olhou de relance por sobre o ombro para os dois porteiros que carregavam as provas de que ela havia passado a tarde fazendo compras. Apesar dos protestos de seu *papá*, ela sabia que, secretamente, ele adorava mimar a ela e às irmãs. Esmeralda sentira um enorme prazer ao comprar presentes para Marisol, já imaginando seu rostinho ao ver as roupas novas.

– Com licença, Sr. Diaz!

Ela parou ao mesmo tempo que o pai, seus dedos ainda ligeiramente apoiados no braço dele.

– Temos uma carta para o senhor que foi entregue pessoalmente – disse o concierge, saindo de trás do balcão para lhe dar um envelope encorpado de cor creme.

– Obrigado – respondeu seu pai, deslizando o dedo sob o lacre e tirando um cartão em alto-relevo que combinava com o envelope.

Esmeralda se aproximou e encostou a cabeça no ombro dele, tentando ler o que estava escrito. Mas não precisava ter se esforçado, pois ele acabou lendo em voz alta.

– "Prezado Sr. Diaz, ficarei honrado se o senhor e sua filha puderem me acompanhar amanhã à noite no Ritz, às sete horas. Por favor, avise à Srta. Diaz que será uma ocasião formal, seguida de jantar e baile. Atenciosamente, Christopher Dutton."

Esmeralda estava ofegante quando seu pai olhou para ela. Ela rapidamente se recompôs, sem querer aparentar demasiada animação.

– O que me diz, minha querida? Devemos ir ao Ritz amanhã à noite?

Ela assentiu, segurando com ainda mais firmeza o braço dele.

– Eu adoraria conhecer o Ritz mais do que tudo, *papá*. Ouvi dizer que a arquitetura é de tirar o fôlego.

– E onde ouviu isso, minha querida?

Esmeralda manteve o sorriso, determinada a não ser pega desprevenida. Ela precisava fazer o pai acreditar que estava empolgada com o lugar, e não com a companhia.

– Antes de nossa viagem, encontrei na sua biblioteca um livro sobre a arquitetura inglesa – disse ela sem titubear. – Ele fazia muitos elogios tanto ao Ritz quanto ao Savoy.

Ao ver o pai assentir, ela percebeu que ele estava impressionado. Esperou enquanto ele instruía o concierge a contatar Christopher e confirmar a presença deles. Quando entraram no elevador, Esmeralda mal pôde conter sua agitação. Ela crescia dentro de si, subindo pela sua garganta como bolhas de champanhe.

Quando chegaram ao andar do quarto deles, Esmeralda esperou até que um dos porteiros abrisse as grandes portas duplas que davam acesso à Suíte Real. Ela atravessou o quarto enquanto eles traziam as sacolas com as compras e as enfileiravam sobre o chão. Olhou pela janela, debruçando-se sobre o peitoril.

– Você está olhando para o South Bank – disse seu pai, ao parar ao lado dela. – É uma vista deslumbrante, não é mesmo?

– Sim, *papá*, muito.

Esmeralda suspirou ao falar, impressionada com Londres e com as diferenças em relação a Havana.

– Tenho que comparecer a alguns compromissos de negócios, mas a encontrarei às seis horas para o jantar, certo?

Ela assentiu e ficou na ponta dos pés para dar um beijo no pai.

– Aguardarei ansiosa pelo jantar.

Esmeralda esperou por alguns instantes até que ele tivesse deixado o quarto, e sentiu um nó na garganta quando viu o envelope cor de creme descartado sobre a mesinha de centro. Ela rapidamente o pegou e o levou para o quarto, fechando as grandes portas antes de se jogar na cama com dossel, o envelope agarrado junto ao peito.

Só preciso esperar até amanhã à noite para vê-lo novamente. Vinte e sete horas de tortura até o jantar. Ela ficou se perguntando se ele a tiraria para dançar.

Esmeralda se levantou e foi até o guarda-roupa, examinando os vestidos que levara. Ela pediria que trouxessem as novas peças da Harrods para que pudesse analisar todas juntas.

Seu coração acelerou quando deixou as roupas de lado e resolveu preparar um banho. Era disso que estava precisando para se acalmar: ficar de molho por bastante tempo na bela banheira vitoriana.

No entanto, ao parar e observar a água encher a banheira, ela soube muito bem que tirar o carismático Christopher Dutton dos seus pensamentos não seria nada fácil.

10

HAVANA, CUBA, DIAS ATUAIS

Mais tarde naquele dia, Claudia não sabia o que esperar quando Carlos apareceu para apanhá-la. Mas, de alguma forma, tudo o que havia acontecido desde sua chegada a Cuba parecia certo. Antes de Claudia sair da casa, Rosa acenou em despedida e disse que ela estava adorável, o que a tranquilizou. O vestido simples e as sandálias rasteiras eram, portanto, apropriados para a ocasião.

Ela prendera o cabelo no alto da cabeça – o ar quente e úmido de Cuba era realmente de outro mundo –, mas pôde sentir que alguns cachos já haviam começado a se desfazer e se soltado ao redor de seu rosto e do pescoço. Justo quando estava começando a se incomodar com o cabelo, viu Carlos descer a rua, as janelas do carro abaixadas e o braço para fora. Ele ergueu a mão e ela acenou de volta.

– Espero que você esteja com fome – disse ele com um sorriso quando ela abriu a porta.

– Meu estômago está roncando, não comi nada desde o voo.

– Mateo tem o título extraoficial de melhor cozinheiro de Havana. Depois de provar a comida dele, você não vai mais querer comer em restaurantes enquanto estiver aqui.

Ela riu e ele se afastou do meio-fio, a brisa soprando através da janela aberta.

– Pensei que a sua avó era a melhor cozinheira de Havana!

Carlos apenas balançou a cabeça, ainda sorrindo.

– Ela é a melhor *com exceção* de Mateo. Só que eu nunca falei isso.

Os dois riram, e Claudia fechou os olhos, reclinando a cabeça ligeiramente na direção do vento. O ar de Cuba era diferente, tinha um aroma diferente e a fazia se sentir diferente do que estava habituada a sentir em Londres. Percebeu então que fazia muito tempo desde que tirara férias e visitara um lugar novo. Quando era adolescente, ela prometera a si mesma que viajaria muito, pois tinha um desejo ardente de conhecer novos lugares. Só que acabou naquela rodinha de hamster chamada vida: universidade, estágio, primeiro emprego.

Fiz a coisa certa ao deixar tudo para trás. É assim que a vida deve ser. É isso que eu tenho que fazer. Estou vivendo de verdade.

– Carlos – disse ela, abrindo os olhos e se virando na direção dele. – Acabei de me dar conta de que não lhe paguei ainda. Me desculpe!

– Basta pagar o jantar, vale mais do que minhas habilidades como motorista.

Claudia não teve tempo de responder, porque ele estacionou o carro e ela viu exatamente para onde estavam indo. Havia uma fila na rua diante de um trailer que não se parecia com nada que ela vira antes de tão velho que era. Na verdade, parecia que a haviam rebocado para aquele lugar. Era cor de creme e, ao lado dele, havia uma tenda, provavelmente para as pessoas comerem ali, e um quadro-negro em forma de cavalete posicionado na calçada, com o cardápio escrito a giz.

Ela seguiu Carlos e, ao se aproximarem, viu o nome *Food Truck do Mateo* pintado na lateral. Achou curioso que as palavras estivessem em inglês, mas então imaginou que a maioria dos fregueses fosse turista.

– Está muito cedo para estar tão cheio – disse ela.

– Aqui sempre está cheio. Às vezes a fila toma a rua inteira.

Claudia olhou para o quadro-negro e viu que alguns itens tinham um NÃO escrito ao lado deles.

– Estou surpresa em ver habitantes locais, achei que a maioria seria estrangeira.

– Às vezes – disse Carlos. – É por isso que eu lhe disse para me pagar o jantar. Para uma família, uma refeição aqui custa 550 pesos, apenas para comer hambúrgueres e tomar refrigerante. É um terço do salário mínimo.

Claudia observou as pessoas na fila, imaginando quanto seu orçamento seria apertado, dando apenas para sobreviver. Ela certamente pagaria o jantar de Carlos *e* os serviços de motorista.

– Esse é um dos motivos pelos quais adoramos os turistas por aqui e os hospedamos em nossas casas – disse ele, enquanto avançavam na fila. – Isso nos permite ganhar um dinheiro extra, para podermos comprar alimentos melhores.

Ela assentiu, sentindo os olhos lacrimejarem ao pensar em como sua vida em Londres era diferente se comparada à vida de um cubano. Mas Carlos voltou a sorrir, gritando e acenando. Claudia seguiu seu olhar e vislumbrou o homem no food truck, debruçado na abertura, as mangas de sua camisa arregaçadas na altura dos cotovelos. Enquanto se aproximavam, viu que ele vestia um avental preto amarrado na cintura e que tinha espessos cabelos pretos penteados para trás. Ela não soubera direito o que esperar, mas não imaginou alguém tão jovem e belo quanto o homem para o qual estava olhando naquele momento.

– Os croquetes são incríveis – disse Carlos ao lado dela, e Claudia afastou os olhos do homem que imaginou ser Mateo para ouvi-lo, olhando para o quadro-negro. – Ele também faz um frango delicioso, suculento, que é o motivo para algumas pessoas estarem aqui, a ponto de comprarem todo o estoque. E suas empanadas são – ele estalou os lábios – tão boas que você vai acabar voltando amanhã para comer mais. Ou você poderia provar a *ropa vieja*. É um prato tradicional, feito com carne picada, tomate, cebola, pimenta e vinho. O paraíso num único prato.

O entusiasmo de Carlos era contagiante e a deixou com água na boca em questão de segundos.

Quando as pessoas na frente deles terminaram de fazer o pedido, ela finalmente se viu no início da fila e ficou observando Matteo limpar as mãos no avental, pedir desculpas e sair pela portinha do trailer. Ele tinha um pedaço de giz na mão e apagou o *ropa vieja*, provocando um lamento por parte das pessoas que ainda estavam na fila.

– Me desculpem – disse ele ao reaparecer, debruçando-se e apoiando os braços no canto da janela aberta. – O que gostariam de pedir?

– Mateo! – cumprimentou Carlos como a um amigo que havia muito não via, o que provavelmente era o caso. – Você está trabalhando sozinho esta noite?

Ele franziu o cenho.

– É por isso que a fila está demorando tanto. Quem é a sua amiga?

Claudia sorriu, se dando conta de que *ela* era a amiga, e então Carlos a apresentou. Mateo voltou seu olhar para ela, e Claudia se viu perdida em seus olhos castanhos da cor do cacau. Havia homens bonitos no mundo... e havia Mateo. Seus traços eram fortes, sua pele marrom tinha uma tonalidade dourada, e seu sorriso era natural e caloroso como o de Carlos.

– Mateo – disse ele, estendendo a mão.

Ela ergueu a dela e trocaram um aperto de mãos, antes de ele piscar para ela.

– Empanadas? – perguntou ele, virando-se para mexer em uma das panelas grandes.

– Dê para ela um pouco de tudo o que você tiver, e o mesmo para mim – respondeu Carlos. – Esta garota precisa provar a verdadeira comida cubana, é a primeira vez que ela visita o país.

Mateo se virou de volta um minuto depois, com o primeiro prato repleto de comida, que ele passou para Claudia com um sorriso. O segundo foi para Carlos.

– Bom apetite! – disse ele.

– Ei, Mateo – chamou Carlos enquanto iam embora, mas antes que a pessoa de trás pudesse fazer seu pedido. – A que horas você termina de trabalhar?

– Talvez em uma hora? – gritou ele. – Tudo está acabando tão rápido esta noite.

– Vamos esperar. Quero que você conheça Claudia direito.

Claudia sabia que ele falara aquilo por causa das perguntas que tinha sobre a família Diaz, mas mesmo assim ficou ruborizada, principalmente quando Mateo ergueu as sobrancelhas e lhe deu um sorriso que quase a derreteu.

Fazia muito tempo desde que um homem lhe causava um frio na barriga. Ela sorriu para si mesma. *Fazia muito, muito tempo mesmo.*

* * *

Ela se sentou perto do mar e o sol começou a se pôr, lançando uma trama rosada pelo céu e até mesmo pela água. No avião, lera sobre o Malecón e quanto ele era popular entre os turistas e os locais, e havia algo de especial em observar as pessoas passarem. Carlos havia encontrado uma conhecida e sumira de vista, passeando e compartilhando um cigarro com a mulher, que parecera muito contente em vê-lo, então Claudia teve a oportunidade de simplesmente ficar ali sentada. Seu paladar ainda desfrutava do sabor daquele incrível prato de comida, e ela compreendeu de imediato por que Mateo tinha uma fila daquelas diante de seu trailer. Cada garfada fora deliciosa, mas naquele momento ela estava explodindo.

– Você sabe o que costumam dizer sobre o Malecón?

Claudia se virou ao ouvir a voz grave de Mateo, que parou ao lado dela na calçada. Ele vestia uma camiseta limpa e os mesmos jeans surrados, mas tirara o avental da cintura.

– O quê? – perguntou ela, e sua pulsação começou a acelerar.

Com um sorriso travesso, ele se aproximou e falou mais baixo:

– É onde as mulheres vêm se deitar nos braços de seus amantes.

Ela estava agradecida pelo céu cor-de-rosa, que esperava que disfarçasse suas bochechas igualmente rosadas.

– Estou em Havana há poucas horas, então ainda não tive tempo para os amantes – gracejou ela, apesar do seu embaraço.

– Carlos queria que eu me encontrasse com você – disse ele, as mãos enfiadas nos bolsos enquanto se aproximava para se sentar ao lado dela e contemplar o mar. – Você e ele são...

– Ah, não! Não somos, não – explicou ela depressa. – Quer dizer, ele é meu motorista e estou hospedada na casa da avó dele. Nunca estive em Cuba, mas de alguma forma ele me encontrou quando eu estava a caminho do hotel.

Mateo sorriu, meio entretido com o jeito como ela rapidamente o refutou.

– E mesmo assim ele queria que nos conhecêssemos?

Ela assentiu.

– Vim para Cuba responder perguntas sobre a minha avó. – Claudia enfiou a mão na bolsa e pegou a caixinha, entregando-lhe o papel. – A família dele reconheceu isso assim que mostrei a eles, e acharam que você também reconheceria.

– Muitas pessoas em Havana reconheceriam – comentou Mateo, mal olhando para o papel antes de devolvê-lo para ela. – A pergunta é: por que você tem esse desenho?

– De alguma forma, isso está conectado com a minha avó. Foi uma das únicas coisas que sua mãe biológica lhe deixou – disse ela, antes de explicar de que maneira tomaram posse daquilo.

– E Carlos lhe contou sobre o meu avô? Por isso ele quis que nos conhecêssemos?

– Isso mesmo.

Mateo começou a caminhar muito lentamente, e ela se pôs a andar ao lado dele.

– Pelas histórias que me contaram, Julio Diaz tratava meu avô como se fosse um membro da família. Eles eram a família mais rica de Havana, mas também uma das mais modestas, ou pelo menos Julio era assim.

– Ele era o patriarca?

– *Sí.*

– Mas todos eles deixaram Cuba e foram para os Estados Unidos depois da Revolução, não foi? Não restaram membros da família aqui, certo?

– Todos eles partiram, sim, mas os fantasmas do passado permaneceram. Ainda há pessoas que os conheciam, pessoas que cresceram com as garotas Diaz. Não era o tipo de família que se costuma esquecer.

Claudia imaginou como devia ser o Malecón quando os Diaz viviam em Havana. Mulheres jovens caminhando de braços dados com belos homens, enquanto uma acompanhante seguia no encalço deles, os vestidos extravagantes demais para um passeio pela orla marítima e, no entanto, totalmente apropriados. Mateo estava certo: era como se até mesmo um turista pudesse viver o passado. Era como se, de alguma forma, quando Cuba fora congelada no tempo, ela também tivesse capturado as memórias que ainda sussurravam na brisa.

– Que conexão você acha que existe entre sua avó e a família Diaz? – perguntou ele.

Claudia não lhe contou que tinha dúvidas se ela mesma não seria uma descendente. Talvez a conexão não fosse consanguínea, mas, sendo essa uma das duas pistas deixadas, não seria a mais óbvia?

– Eu estaria apenas especulando se tentasse explicar – respondeu ela. – Para falar a verdade, esperava encontrar um parente da família ou alguém que pudesse estabelecer essa conexão com o passado. Talvez alguém que soubesse dizer se uma criança teria sido adotada.

Carlos veio se juntar a eles com seu contagiante jeito alegre e despreocupado.

– Contou para ele?

Ela assentiu.

– E?

– Acho que sua amiguinha precisa estudar mais sobre a família Diaz – respondeu Mateo.

– E é você que vai me ensinar? – perguntou Claudia.

– Amanhã – disse Mateo. – Esteja pronta às nove.

Ele acenou e recuou alguns passos, antes de enfiar as mãos nos bolsos e sair caminhando apressado pelo calçadão. Claudia se pegou olhando para ele, surpreendida com a rapidez com que se sentiu atraída por ele e com a rapidez com que ele fora embora.

– Claudia?

Ela se virou e viu que o rosto de Carlos estava lívido. Quando seguiu o olhar dele, viu uma mulher muito brava e muito bonita andando na direção deles.

– Quem é…?

– Minha esposa – sussurrou ele. – E ela vai me matar. Você precisa ir embora.

Claudia riu, mas percebeu que Carlos não estava brincando.

– Por que não me contou que era casado?! Eu nunca teria deixado você trabalhar até tarde! Ela podia ter jantado conosco.

Acontece que a mulher de Carlos nem ao menos se deu ao trabalho de olhar para Claudia. Ela estava mais interessada no marido, a quem puxou pela orelha e foi arrastando até o carro dele. A mulher gritava enquanto Carlos falava rapidamente em espanhol.

Claudia balançou a cabeça, agradecida por não ter sido envolvida na briga, e olhou para ambos os lados para se localizar. Voltar a pé levaria algum tempo, mas ela não se sentia insegura e ainda não estava muito tarde. À esquerda, podia ouvir o som das ondas quebrando suavemente enquanto caminhava. Passou por grupos de homens jovens e idosos, por casais de namorados enlaçados uns nos braços dos outros e por pessoas como ela, que preferiram vagar ou se sentar sozinhas. Talvez ela fosse ingênua, mas não sentiu que havia perigo em caminhar ali.

Um carro encostou e parou ao lado dela com o motor rugindo, então um homem falou:

– Gostaria de uma carona?

Claudia se virou. Mateo estava debruçado na janela de um velho furgão de aparência não muito desgastada, apenas começando a desbotar.

– Por favor.

Ainda que soubesse o caminho para a casa da avó de Carlos, teria aceitado.

– Deixa eu adivinhar: a mulher dele o viu com você?

Mateo inclinou o corpo e abriu a porta para ela entrar.

– Como você adivinhou?

Claudia entrou no carro.

– Carlos é inofensivo, mas é simpático demais com as damas. – Mateo riu. – Digamos apenas que sua esposa preferiria que ele fosse para casa jantar ou pelo menos que chegasse antes da hora de dormir.

Ela torceu para que ele não tivesse se metido em grandes apuros, afinal Carlos a estava ajudando e não havia feito nada de inapropriado. Claudia reclinou a cabeça no banco e observou a penumbra através da janela. Agora o Malecón dera lugar aos edifícios e, antes mesmo que pudessem se dar conta, já estavam parados diante da casa de Rosa.

– Obrigada – disse ela, virando-se ligeiramente na direção dele.

Mateo manteve os olhos fixos nos dela e, mesmo enrubescendo, ela não os desviou. Ele era exatamente o oposto de seu ex-noivo. Mateo tinha pele marrom, ao passo que Max tinha a pele clara. Seu automóvel não era caro e suas roupas eram casuais e bem usadas, enquanto Max costumava vestir ternos bem cortados, que não estariam completos se não houvesse em seu pulso um Rolex reluzente. Mas a maior diferença era que Mateo era autêntico. Ele não escondia nada sobre si, e ela gostou disso.

– Até amanhã.

– Até – repetiu ela.

Ela ficou parada na calçada, observando ele partir, os faróis traseiros vermelhos desaparecendo à distância, e se deu conta de que mal podia esperar pelo dia seguinte.

Claudia sorriu para si mesma ao subir as escadas para o seu quarto. As janelas estavam abertas e sua cama havia sido arrumada. Quando ela se jogou na cama, alcançou a bolsa e tateou até achar a caixinha de madeira.

Você me mandou para cá, vó, e, de alguma forma, vir para Cuba era exatamente o que eu precisava.

Só queria que você ainda estivesse aqui para que eu pudesse lhe contar tudo sobre este lugar.

11

HOTEL RITZ, LONDRES, 1950

Ser o centro das atenções não era algo que fazia Esmeralda se sentir desconfortável, mas, sem as irmãs ao seu lado, a experiência estava sendo muito mais intimidante do que imaginara. Embora desejasse se mesclar à sociedade londrina em vez de se destacar, seu pai a presenteara com um extravagante colar de diamantes, que brilhava intensamente. Também havia pedido que ela usasse o vestido azul-bebê que ele lhe dera antes de partir de Havana. Embora o tivesse adorado na época, ela agora estava muito consciente de quanto o traje contrastava com a moda local, e desejou poder usar um dos vestidos novos que comprara na véspera.

De toda forma, Esmeralda parou de pensar nisso quando reencontrou Christopher. Olhou para ele e para aqueles olhos que tinham o tom de azul mais cintilante que ela já vira. Pelo jeito como ele a olhou, ela percebeu que Christopher estava encantado com sua aparência.

– Seu pai me deu permissão para tirá-la para dançar.

Ela olhou para ele, os olhos arregalados com descrença.

– É mesmo?

– É verdade que apenas dentro deste estabelecimento – admitiu. – Mas não tenho a intenção de ser presunçoso. Esmeralda – disse ele, segurando a mão dela –, você *gostaria* de dançar?

– Sim.

A palavra escapou como se ela a exalasse, e Esmeralda sorriu ao notar quanto soou ofegante. Será que, em Cuba, era assim que as outras garotas se sentiam quando eram tiradas para dançar? Ela finalmente estava começando a compreender o comportamento delas, e por que suas irmãs ficavam sempre tão eufóricas ao voltar para casa depois de um baile noturno.

De repente, a música mudou para um estilo totalmente desconhecido, e, contente, ela segurou a mão de Christopher quando alguém esbarrou nela e os casais começaram a correr para a pista de dança ao redor deles. Ela riu ao rodopiar, ainda segurando a mão dele, e observou os outros pares começarem a dançar de um jeito que nunca vira.

– O que é isso? – perguntou ela, os olhos arregalados enquanto Christopher sorria.

– É o suingue – disse ele. – Nunca ouviu falar?

– Nunca!

– Então venha cá – convidou ele, rindo. – Não sei se serei o melhor professor, mas siga os meus movimentos. Vou tentar não pisar nos seus pés.

Esmeralda não conseguia se lembrar de alguma vez em que houvesse sorrido ou rido com tanta naturalidade. Havia algo de libertador em estar longe de casa, fazendo coisas diferentes, sem estar rodeada pelas mesmas pessoas em cuja companhia passara toda a sua vida. Ela sabia quanto era sortuda por morar em Havana, uma espécie de paraíso com que tantas pessoas sonhavam, mas sua ida a Londres de fato lhe abrira os olhos para o mundo.

Se ao menos ela não tivesse que partir dentro de apenas alguns dias.

Encarou Christopher e imaginou como seria se ele vivesse no mundo dela, se não estivessem separados geográfica e culturalmente. Seu pai estava satisfeito por ela o estar impressionando, assim como a todos os outros parceiros comerciais que ela havia conhecido. Mas se ele soubesse como Esmeralda se sentia de verdade, a despacharia num voo de volta para Havana antes mesmo que ela tivesse tempo de fazer as malas.

A música chegou ao fim, mas Christopher tomou a mão dela, segurando delicadamente seus dedos nos dele.

– Gostaria de tomar um pouco de ar fresco?

Ela engoliu em seco, olhando primeiro para as suas mãos e depois por sobre o ombro, tentando localizar o pai. Não conseguia vê-lo, embora isso não necessariamente significasse que ele não a estivesse vigiando.

– Ele se recolheu numa sala para fumar charuto – sussurrou Christopher em seu ouvido.

As palavras de Christopher pairaram no ar entre eles por um instante, antes que ela assentisse. Esmeralda havia notado mulheres em Londres que andavam pela cidade com toda a liberdade, aparentemente sem precisar de acompanhantes, o que a levou a pensar que seria difícil perceberem se ela saísse do salão na companhia de Christopher. A última coisa que queria era aborrecer seu *papá*. *Mas o que ele não souber não vai magoá-lo.*

Christopher soltou os dedos dela e, em vez disso, cobriu a palma da mão com a sua. Ela abaixou a cabeça, sem conseguir evitar o pensamento de que todos estariam olhando para eles. Até que ele se acercou dela, inclinando-se, e sussurrou em seu ouvido:

– Eles não estão olhando porque você está segurando a minha mão. Estão olhando porque nunca viram alguém como você.

Ela corou ao ouvir essas palavras, com a forma como seus olhares se encontraram quando ele se inclinou para perto dela, com o calor da respiração dele em sua pele. Seus ombros se esbarraram, e a pele desnuda de Esmeralda tocou o tecido do paletó dele.

Quando saíram do salão para um terraço com vista para a cidade, havia um frescor no ar que quase lhe tirou o fôlego. Christopher já havia notado que ela ofegava e rapidamente retirou seu paletó, colocando-o sobre os ombros dela. Ela se envolveu nele, adorando sentir o aroma de sua loção pós-barba tão próximo de seu corpo.

– Obrigada. Não estou acostumada com o frio – disse Esmeralda.

– Conte-me sobre Havana – pediu ele, movendo-se pelo terraço e acenando para que ela o seguisse. – É realmente um paraíso como falam?

Naquele momento estavam afastados da porta, em uma parte do terraço meio escondida, fora de vista. Esmeralda devia estar nervosa, sozinha com um homem que mal conhecia, mas só conseguia pensar no paletó dele ao redor de seus ombros, na maneira como ele havia sido um cavalheiro com ela.

– É tão diferente daqui – respondeu. – Parece outro mundo. É difícil explicar, mas, respondendo à sua pergunta, sim, é realmente um paraíso na terra.

Ela viu a maneira como ele colocou as mãos nos bolsos, se afastou e imediatamente se virou de volta para ela. Os olhos de Esmeralda haviam se ajustado à escuridão, e ela pôde ver como Christopher a observava, buscando seu rosto.

– Eu não estava mentindo quando disse que aquelas pessoas nunca viram alguém como você.

Christopher se aproximou, e seus corpos quase se tocavam. Ele delicadamente envolveu a bochecha dela com a palma da mão.

– Por que *eu* nunca vi alguém como você, Esmeralda. Todas as vezes que a vejo, fico sem fôlego.

A respiração de Esmeralda acelerou ao olhar para ele. *Eu não deveria estar aqui. Poderia me virar e voltar para dentro. Papá nunca saberá que estive aqui.*

Mas ela não se moveu.

– Posso beijá-la?

– Sim – sussurrou ela, sem hesitar.

Os lábios dele eram tão suaves e delicados que Esmeralda se inclinou na direção dele, envolvendo seu pescoço enquanto ele continuava a beijá-la. A boca de Christopher se movia ao encontro da dela, e Esmeralda finalmente entendeu a excitação de ser tocada por um homem.

No entanto, aquilo era proibido. Christopher não vinha de uma boa família cubana, não era um homem com quem ela sequer teria permissão de se encontrar a sós, com o qual jamais teria permissão de se casar.

Quando os lábios dele se afastaram dos dela, Christopher a atraiu para junto de si e ela se lançou em seus braços de bom grado, escondida pelo paletó enquanto se aconchegava em seu peito. A boca dele tocou seu cabelo e ela inalou sua fragrância enquanto lágrimas preenchiam seus olhos.

Nenhum dos dois precisou dizer nada. Ambos sabiam que não havia a possibilidade de ficarem juntos. E, ainda assim, ela não se moveu.

Porque não havia nenhum outro lugar onde gostaria de estar senão ali, nos braços de Christopher.

* * *

– Foi um prazer fazer negócios com você – disse Julio, trocando um efusivo aperto de mãos com Christopher no último dia da viagem.

Esmeralda observou a cena, tentando manter o rosto impassível embora seu coração se partisse ao meio.

– Foi uma semana muito agradável, Sr. Diaz. Obrigado por ter vindo até aqui.

Quando Christopher se voltou para Esmeralda, ela sorriu calmamente, ciente de que o pai a vigiava e do que lhe era esperado. Mas, na verdade, ela estava prestes a explodir, desesperada para ter um momento a sós com ele, sabendo que provavelmente aquela seria a última vez que o veria.

Suas memórias teriam que durar por toda uma vida, porque nenhum outro homem jamais se compararia a Christopher Dutton – tinha certeza disso.

– Obrigada por ter entretido a minha filha também – disse seu pai. – Sem minha mulher ao meu lado, devo dizer que é reconfortante ter Esmeralda comigo, embora talvez tenha sido egoísta da minha parte arrastá-la até aqui.

– Egoísta? – repetiu ela, antes que Christopher tivesse a chance de retrucar. – *Papá*, não diga uma coisa dessas! Vir a Londres foi a experiência mais maravilhosa da minha vida! Eu sempre serei grata por ter me pedido para acompanhá-lo.

Ela olhou para Christopher ao dizer essa última parte. Londres havia sido especial graças a ele.

– Sr. Diaz, antes de sua partida, achei que seria agradável levar Esmeralda ao que costumamos chamar de chá da tarde – disse Christopher. – É algo que minha mãe e minhas irmãs adoram, e de fato elas me repreenderam por não tê-la convidado antes.

Esmeralda prendeu a respiração, mantendo a compostura ao se virar ansiosamente na direção do pai. *Um momento a sós com Christopher?* Ela admirou a ousadia dele em perguntar.

– É claro que o senhor pode se juntar a nós, se quiser. Embora eu tenha certeza de que terá compromissos de trabalho para atender antes...

– Você estará o tempo todo com ela? – perguntou Julio. – Ao seu lado?

– É claro – respondeu Christopher. – Estaremos no quarto andar da Harrods, um dos estabelecimentos mais sofisticados de Londres.

Seu pai olhou para ela, que assentiu, ainda segurando a respiração, até que ele acenou com a mão.

– Minha filha está muito bem familiarizada com o departamento de roupas femininas da Harrods, então, por favor, evite parar naquele andar a qualquer custo.

Todos riram, e Esmeralda, como a boa filha prendada que era, avançou um passo e deu um beijo no rosto do pai.

– Obrigada, *papá*.

– Não se afaste em nenhum momento do Sr. Dutton – advertiu ele, antes de estender o braço e trocar mais um aperto de mãos com Christopher. – Confio sua vida a este homem.

Esmeralda engoliu em seco e sorriu, tomando cuidado para não reagir à frase.

Se papá ao menos soubesse que é justamente de Christopher Dutton que ele deveria me manter afastada...

* * *

Os salões de chá da Harrods eram requintados, com um teto de vitral e mesas arrumadas com uma precisão quase militar, mas Esmeralda mal reparou no espaço ao seu redor. Tudo em que conseguia pensar era no fato de que estava de braços dados a Christopher, o ombro dele próximo o suficiente para ela encostar sua cabeça enquanto esperavam para serem conduzidos à mesa. Quando ele baixou seu braço, ela deixou a mão escapar, já sentindo falta do toque dele.

– Por aqui, por favor.

Eles seguiram a garçonete e se sentaram um diante do outro, enquanto um sortimento de finos sanduíches e bolinhos foram servidos. Christopher pediu o chá. Quando finalmente estavam a sós, ela pôs a mão sobre a mesa e ficou empolgada quando ele a cobriu com a dele. Ela resistiu à urgência de olhar por sobre o ombro. Ninguém ali a conhecia, ela não precisava se preocupar que os vissem.

– Es...

– Chris...

Esmeralda deu um risinho nervoso enquanto ele cortesmente indicou que ela deveria falar primeiro.

– Obrigada por ter me trazido aqui. Sei quanto meu pai pode ser intimidador.

Os dedos de Christopher se moveram delicadamente em contato com os dela.

– Você tem razão. Não pensei duas vezes ao fechar um negócio de milhões de libras, mas pedir sua permissão para levar a filha para tomar chá na minha companhia? – Ele riu. – Eu estava certo de que ele notaria o suor na minha testa.

Esmeralda não queria falar sobre sua partida nem lhe perguntar se algum dia se veriam novamente. Ela estava voltando para Havana, e a vida dele permaneceria em Londres. Que futuro poderiam ter? Tudo o que sabia era que queria aproveitar cada momento que tivesse com ele. Se aquela era a última hora que os dois passariam juntos, que assim fosse – ela absorveria cada segundo daquele encontro.

– O que é isto aqui? – perguntou ela, indicando uns pãezinhos que pareciam ser macios, cobertos de geleia e creme.

– Isto, minha querida, são *scones* ingleses – disse Christopher, servindo um deles para ela em um pratinho. – O sabor é divino.

Cuidadosamente, Esmeralda o pegou com os dedos e deu uma mordida, depois outra.

– Ah, é incrível! Acho que preciso de mais um.

Os dois riram enquanto ela colocava outro *scone* no prato, assim como um pequenino sanduíche de pepino e uma espécie de docinho. Os garçons retornaram com o chá, e embora ela estivesse mais habituada com o forte café cubano, bebericou satisfeita a xícara de chá preto que havia sido colocada diante dela. Já havia se acostumado desde que tinham chegado à Inglaterra.

– Você é ainda mais bela quando come – disse Christopher com um suspiro. – Nunca conheci alguém como você, Srta. Diaz.

Ela limpou os cantos da boca com um guardanapo branco e engomado.

– E eu nunca conheci alguém como você, Sr. Dutton.

Eles ficaram se olhando fixamente através da mesa, sem que nenhum dos dois precisasse dizer nada. Esmeralda havia se perguntado se Christopher sentia o mesmo que ela sentia por ele ou se estava simplesmente passando o tempo ao lado de uma mulher inexperiente que ele viu como exótica. Mas algo no jeito como ele a olhava, no jeito como sorria tão atenciosamente para ela, a fez mudar de ideia. Ela acreditou que os sentimentos dele eram mais profundos do que pareciam. Afinal, ele agira o tempo todo como um cavalheiro.

– Esmeralda, posso lhe escrever? – perguntou ele de repente.

– Sim! – respondeu ela, antes de baixar a voz. – Mas você terá que escrever para a minha criada, e ela me passará as cartas. Se meu *papá* descobre, ele mata você.

Christopher empalideceu visivelmente. *Se ao menos isso não fosse verdade.*

– Este não pode ser o fim – disse ele, entrelaçando os dedos nos dela outra vez.

Esmeralda assentiu, embora não tivesse ideia de como esse poderia *não* *ser* o fim. Encontrar um jeito de ver Christopher novamente parecia quase impossível.

12

HAVANA, CUBA, DIAS ATUAIS

—A onde você vai hoje?

Claudia ergueu o olhar. Rosa se sentou à mesa com ela e se serviu de café.

– Conheci Mateo ontem à noite – disse ela. – Ele foi muito gentil e se pôs à disposição para me mostrar a cidade.

A mulher mais velha sorriu.

– Mateo é um bom garoto. Conheço a mãe dele.

Claudia riu.

– Bem, isso me deixa mais tranquila.

– Se tem alguém que poderá ajudá-la a descobrir mais sobre a família Diaz, é ele. Quem sabe? Pode ser que você encontre todas as respostas para as suas perguntas.

Claudia assentiu e terminou de comer sua fruta. Seu café da manhã havia sido delicioso, com frutas frescas, café e pães cubanos fresquinhos. Ela estava ainda mais agradecida a Carlos naquele dia do que estivera na véspera, por ele ter insistido que ela ficasse hospedada num lar cubano em vez de em um hotel. O café da manhã deles provavelmente seria bom, mas saborear a comida cubana, sentada a uma mesinha no quintal ao sol, foi a melhor maneira de passar a manhã. De alguma forma lhe pareceu mais apropriado estar hospedada na casa de uma família, já que o que a atraíra a Cuba havia sido um assunto de família.

– Pode deixar tudo na mesa, vou lavar a louça depois que você tiver saído.

– Tem certeza? – Claudia olhou de relance para o seu prato e a xícara. – Eu não me incomodo em ajudar.

– Seus pesos estão me ajudando mais do que você imagina – disse Rosa, dando um tapinha na mão dela. – Agora, vá aproveitar o dia. Mateo é uma ótima companhia, e eu quero que você se apaixone por Cuba.

Claudia já pressentia que seria fácil se apaixonar por Cuba. Havia algo de especial naquela ilha, nem que fosse por ela ser tão diferente de tudo a que estava habituada. Mas passar o dia ao lado de um homem que ela mal conhecia tinha todo o jeito de um encontro, e havia muito tempo que ela não saía com alguém, o que a estava deixando nervosa.

– Você vai jantar aqui hoje à noite? – perguntou Rosa.

– Sim, por favor! Ouvi falar de seus dotes culinários.

– Ah, *cariño* – murmurou Rosa, depois balançou a cabeça, como se tivesse percebido que não havia falado em inglês. – Ah, querida. Falta muito para eu estar à altura disso.

Claudia riu sozinha enquanto subia as escadas correndo. Ela terminou de se aprontar, pegou a bolsa e voltou para o sol, bem na hora em que Mateo estacionava do lado de fora. O carro dele era velho, como tudo o mais à sua volta, mas não tentava dissimular os anos de uso. A pintura certamente não era tão lustrosa quanto a do carro de Carlos, e quando ele saltou do automóvel e se aproximou para cumprimentá-la, ela percebeu que ele estava calçando as mesmas botas surradas da véspera, jeans desbotados e uma camisa. Ela pigarreou e ergueu o olhar. Era quase impossível não encará-lo nos olhos.

– *Buenos días*, Claudia – cumprimentou ele, abrindo a porta do passageiro para ela.

– Bom dia – respondeu ela, sem conseguir esconder um sorriso enquanto deslizava para dentro do carro.

Claudia havia esperado que a temperatura ali dentro estivesse mais amena, mas, na falta do ar-condicionado, fazia tanto calor quanto do lado de fora. Ela abriu a janela toda.

– Então me conte – disse Mateo quando já estava outra vez ao volante –, o que você sabe sobre a residência dos Diaz?

– Absolutamente nada – respondeu ela. – Para ser sincera, isso tudo é novo para mim, sei muito pouco sobre a família ou a casa deles, então estou nas suas mãos.

Mateo a olhou de soslaio e ela tentou disfarçar o rosto enrubescido, mas suas bochechas sem dúvida estavam com um forte tom rosado. Talvez ela devesse ter escolhido outras palavras para concluir a frase.

– Então deixe eu ver se entendi bem – disse ele, com um braço para fora da janela e o outro segurando o volante descontraidamente. – Você recebeu uma pista, não sabia nada sobre a família, simplesmente comprou uma passagem e decidiu vir para Cuba? – Ele estalou os dedos. – Fácil assim?

Claudia suspirou.

– Exatamente. Embora, ouvindo você falar desse jeito, parece até que foi uma loucura.

– Não uma loucura – retrucou ele com um sorriso. – Talvez algo impulsivo. Poucas pessoas conseguem tomar uma decisão tão rápido assim.

Claudia considerou quanto deveria revelar sobre sua história. Ele ainda era um estranho, afinal, mas ela queria que ele compreendesse a situação. A pessoa que ela havia sido no passado jamais agiria de forma tão espontânea.

– Há um ano, eu levava uma vida muito diferente, com um trabalho estressante e pouco tempo para mim mesma. Acho que eu tentava deixar todos satisfeitos ou buscava corresponder às expectativas. Mas agora estou tentando viver mais o presente, quero apenas aproveitar minha vida.

O que ela não revelou foi quanto havia sido afortunada. Conseguira ganhar dinheiro o suficiente no mercado financeiro para conquistar sua independência, e sabia que nem todo mundo tinha essa sorte.

– Gostei disso – retrucou Mateo. – É muito corajoso renunciar àquilo que todos esperam da gente. Só se vive uma vez.

Claudia assentiu, satisfeita por ter lhe contado, embora não quisesse falar muito sobre si mesma.

– Não somos tão diferentes assim, você e eu – disse ele, lançando um olhar de relance na direção dela. – É por isso que faço o que amo. Quer dizer, eu poderia ser chef em um dos hotéis ou poderia simplesmente sair de Cuba, mas se for para ficar horas trabalhando diante de um fogão, quero conhecer as pessoas que comem a minha comida, quero vê-las comendo, e quero fazer isso no país que eu amo. Não há nada melhor do que poder observar a reação de alguém provando minhas empanadas pela primeira vez.

– Foi o que comi ontem à noite.

Ela nunca se esqueceria daquela explosão de sabor.

Mateo sorriu outra vez.

– Eu sei. E seu rosto revelou exatamente quanto ela estava boa.

Claudia estava convencida de que a temperatura dentro do carro havia ficado 100 graus mais quente. Deu graças a Deus quando ele acelerou e o vento refrescou sua pele. Mas justo quando estava desfrutando daquele frescor, ele encostou o carro no meio-fio e parou.

– O que vamos fazer? – perguntou.

– Tomar um café – disse ele, gesticulando para que ela saísse do carro e o seguisse.

Percorreram uma distância curta, até que Mateo parou. Ela notou que havia algumas pessoas de pé, com pequenas xícaras de porcelana nas mãos, agrupadas na rua e muito próximas aos carros que passavam.

Mateo foi até uma janelinha que ela nem teria notado se não estivesse com ele, e voltou na direção dela com duas xícaras.

Ela pegou uma delas, ainda intrigada.

– Eu não esperava por isso, mas obrigada. – Claudia deu um gole, surpresa ao sentir a doçura. – Alguém mora aqui?

Mateo assentiu.

– O dono da casa faz café toda manhã, e é um lugar popular entre os locais.

Ela deu mais um gole, começando a se acostumar com o gosto forte do café cubano, embora não com a doçura daquele café específico.

– Acabou? – perguntou Mateo.

Claudia deu um último gole e lhe passou a xícara, que ele devolveu através da janelinha na parede.

– *Gracias!* – gritou ela, enquanto mais pessoas avançavam para pegar sua dose matinal.

Eles começaram a voltar para o carro. Claudia seguiu as passadas de Mateo e se perguntou se ele estaria escondendo mais surpresas na manga.

– Há outros lugares secretos reservados apenas aos locais?

Os olhos de Mateo brilharam.

– Talvez mais tarde eu te leve para comer uma pizza – disse ele. – Comemos pizza de um jeito diferente aqui. Você vai gostar.

– Pizza?

A barriga dela roncou alto o suficiente para que os dois caíssem na risada.

– É uma pizza muito simples, feita com molho de tomate cubano e queijo – explicou ele. – A base é massuda, mas é boa, e você apenas a dobra ao meio e come. É uma das poucas coisas que podem ser preparadas em qualquer momento, porque os ingredientes são muito simples.

Eles já estavam perto do carro quando ele segurou a mão dela.

– Por aqui, venha comigo. Todo esse papo sobre comida me deixou com fome.

Claudia olhou de relance para a sua mão na dele, mas se deixou levar.

– Você consegue comer pizza de manhã? Eu mal acabei de tomar o café!

– É claro, é uma ótima comida para o café da manhã!

Em alguns minutos eles estavam diante de outra janela, e essa era um pouco mais evidente do que a do café. Mateo entrou na fila, e logo estava lhe passando uma pizza pequena, servida num guardanapo.

– É assim que se come – disse ele, demonstrando com a sua própria pizza, dobrando-a ao meio e comendo-a como se fosse um taco. – Agora você pode comer pizza como uma cubana.

Claudia riu, mas seguiu as instruções, dobrando-a ao meio e dando uma mordida. Ele estava certo, era massuda, mas tinha um recheio de queijo e molho de tomate caseiro.

– É boa – comentou ela, enquanto eles caminhavam lentamente e comiam ao mesmo tempo. – Não tanto quanto a comida de ontem à noite, mas é gostosa.

Eles voltaram para o carro e ficaram parados na calçada enquanto terminavam a pizza, depois limparam as mãos nos guardanapos.

– Vamos – disse ele.

– Sabe, fiquei curiosa sobre o seu avô – mencionou Claudia, quando já estavam dentro do carro em movimento. – Você se tornou um chef para seguir os passos dele?

– Meu avô trabalhou para a família Diaz por quase duas décadas, quando a casa era administrada pela mãe de Julio. E ele continuou a trabalhar lá quando Julio se casou e formou sua própria família. Meu avô sempre falava muito afetuosamente sobre essa época.

– Ele deve ter criado laços com a família depois de todos aqueles anos, não?

Mateo assentiu.

– Sim. Ele considerava os Diaz sua própria família. Quando minha mãe era jovem, ela era convidada para nadar na piscina e passar o dia com as garotas Diaz, e sempre se apressava a contar quanto eles eram gentis com ela. Eram uma boa família, e meu avô dizia que as garotas haviam sido educadas para respeitar a todos, fossem criados ou empresários.

Claudia não conseguiu evitar pensar em quanto aquilo era estranho. Famílias como os Diaz pareciam ter sido uma parte tão importante da identidade de Havana que o fato de todos terem partido, restando apenas as suas memórias, dava a sensação de que parte da história de Cuba havia sido apagada. Ela se perguntou se alguns optaram por ficar, e se, nesse caso, eles ainda estariam lamentando, décadas depois, a perda da Havana de sua juventude.

– Cresci ouvindo tantas histórias. Mesmo sem ter conhecido as antigas gerações de Havana, elas são familiares para mim. Meu avô as contava de um jeito muito vívido, embora eu sempre tenha me perguntado se, com os anos, ele passou a embelezá-las.

– Quando ele morreu? – perguntou ela.

– Quando eu tinha uns 14 anos, embora sua memória tenha permanecido através do meu pai. Depois de inaugurarmos o food truck juntos, cozinhamos lado a lado por anos, quase sempre falando sobre ele e sobre quanto ele teria adorado aquilo.

Claudia percebeu a mudança no tom de voz de Mateo, a maneira como sua mão se enrijeceu por um momento sobre o volante. De repente, ela pôde ver o branco dos nós de seus dedos.

– Seu pai também faleceu?

– Sim, mas ainda consigo senti-lo aqui comigo às vezes, especialmente quando estou cozinhando.

– São deles as receitas? Você cozinhava os mesmos pratos com ele?

– Na verdade, elas são do meu avô – confessou Mateo. – Embora falem por aí que minha avó era a verdadeira chef, e que meu avô simplesmente as copiou. De toda forma, elas foram passadas de geração em geração, e permaneceram na família praticamente inalteradas, mesmo depois de todos esses anos.

Claudia sorriu ao imaginar as gerações da família de Mateo e quão especial era o fato de todos compartilharem um amor tão profundo pela culinária. Era tão diferente de sua família. Era muito provável que seu pai queimasse qualquer coisa que tentasse cozinhar em um churrasco, e sua mãe tinha umas quatro receitas em seu repertório que costumava alternar desde que Claudia era criança. Mas sua avó havia sido diferente. Seus dotes culinários reuniam a família semanalmente, sempre deixando todos na expectativa de qualquer que fosse o prato que haviam pedido. Eles sentiam uma falta enorme daqueles momentos desde que a avó se fora, e desejavam ter dedicado mais tempo para aprender com ela, se ao menos tivessem se conscientizado antes de que ela nem sempre estaria por perto. Claudia se perguntava se a avó teria deixado algum caderno repleto de suas famosas receitas, e decidiu perguntar isso à mãe na próxima vez em que se falassem.

Depois de um silêncio confortável, durante o qual Claudia ficou olhando com interesse para tudo o que passava por eles, Mateo de repente pigarreou.

– Aqui está.

Ela se desvencilhou de seus pensamentos enquanto o carro desacelerava, e olhou na direção para a qual Mateo apontava. A casa era enorme, uma verdadeira mansão em todos os sentidos, localizada na proximidade da estrada e impossível de não ser notada. Os tijolos haviam escurecido, tinham adquirido uma tonalidade acinzentada e estavam cobertos de limo, com o reboco descascando em algumas partes. Claudia se perguntou se a casa algum dia tivera uma cor mais vibrante ou simplesmente uma cor creme mais suntuosa e impecável. Era como se ela estivesse vendo a casa em preto e branco, e não em cores. Como se, a não ser pelo seu tamanho colossal, os anos houvessem removido tudo o que um dia fora excepcional nela. Porque, por mais monumental e imponente que fosse, havia algo muito triste quanto ao estado de conservação da casa. *Ela precisa de alguém como eu, que volte a lhe dar vida, que a faça brilhar e reassumir sua antiga glória.* Algumas telhas faltavam no telhado e a pintura estava descascada nos desgastados peitoris das janelas. Ela pôde apenas imaginar o que o jardim fora um dia, pois parecia ainda mais abandonado do que a própria casa.

– Uau! – exclamou ela.

Não havia mais nada a dizer. Era incrível e triste ao mesmo tempo, mas ainda provocava um *uau*, simplesmente pelo seu enorme tamanho.

– É algo e tanto, não? – perguntou ele, estacionando o carro mais à frente na estrada. – Está consideravelmente diferente do que era na época em que foi habitada por uma das famílias da alta sociedade de Havana, embora ao menos não tenha caído em completo abandono. Pode parecer estar em mau estado para você, mas algumas das casas desta região estão em condições muito piores.

Claudia esticou o pescoço para olhar mais uma vez para a casa, mas não houve necessidade, pois Mateo saiu do carro e lhe abriu a porta, acenando para que ela o seguisse.

– Ela ainda é muito bonita – disse Claudia, quando passaram juntos pela casa, andando lentamente para que ela tivesse tempo de apreciá-la. – É como eu a imaginaria, se tivesse que tentar visualizá-la.

Talvez tivesse romantizado a Cuba de antigamente, mas a casa com certeza correspondia às suas expectativas, apesar do estado de abandono. Havia de fato algo mágico em relação a ela.

Claudia adorou a arquitetura e o design, e teria feito qualquer coisa para poder passar mais tempo olhando para a casa, talvez até mesmo para entrar nela. Desde que começara a reformar propriedades profissionalmente, arquitetura e design de interiores haviam se tornado uma obsessão. Todos os lugares que reformara eram antigos, todos tinham uma história além da arquitetura, e ela sempre considerou que fazia parte de seu trabalho preservar algo do passado, para não eliminar por completo a história do lugar.

– Venha, vamos dar uma olhada – disse Mateo, pegando a mão dela.

– Do lado de dentro? Você conhece as pessoas que moram aqui?

– Não exatamente.

Ela engoliu em seco, balançando a cabeça, pouco convencida.

– Mateo, não tenho certeza se devemos fazer isso.

– Venha comigo, há um portão dobrando a esquina – disse ele. – Vamos apenas olhar pela porta principal se estiver aberta.

Claudia foi arrastando os pés, convencida de que estavam sendo vigiados e que ela acabaria sendo detida, mas Mateo parecia estar completamente relaxado, como se estivessem visitando um amigo. A última coisa que ela queria era parar em uma prisão cubana!

– Este é o portão que as garotas Diaz costumavam usar quando voltavam para casa furtivamente tarde da noite – sussurrou Mateo, aproximando-se dela.

– Sério?

Ele riu.

– É só uma suposição. Mas, de acordo com todas as histórias que ouvi sobre como elas eram deslumbrantes, capazes de fazer um homem parar no meio da rua apenas por sua beleza, posso imaginar que elas dessem suas escapadas. Você não acha possível que elas ficassem até tarde nas festas ou que se encontrassem com rapazes em segredo na escuridão da noite?

Claudia criara uma imagem mental delas, dessas beldades de cabelo preto retinto capazes de seduzir todos os homens em um salão. Na realidade, imaginou que a personalidade delas devia ser o contrário disso, mas Cuba fazia sua imaginação correr solta. Ela desejou poder ver uma foto delas para entender como eram de verdade.

– Há um amplo jardim e um quintal nos fundos, e antes havia uma piscina incrível ali. Ainda me lembro do meu avô contando que todos queriam ser convidados para nadar na piscina da família Diaz. Era a maior da cidade, com uma cascata que jorrava água o dia inteiro.

– Quando foi isso?

– No final dos anos 1940, acho – disse ele. – Ou será que foi no início dos anos 1950?

Ela tentou se lembrar em que ano sua avó tinha nascido e se perguntou se de alguma forma ela poderia ter participado desses encontros e se relacionado com as pessoas que um dia consideraram aquele lugar um "lar". Pareceu tão improvável e distante da vida que seus avós tiveram em Londres. Claudia ainda não conseguia enxergar uma conexão entre a família Diaz e a sua própria.

Perto do portão, Claudia hesitou.

– Estou com a sensação de que vamos invadir uma propriedade.

– Só estamos dando uma olhada – argumentou Mateo. – Além do mais, hoje as pessoas voltam para Cuba o tempo todo, e todos se dirigem para suas antigas casas para ver o que aconteceu com elas. Não é diferente do que estamos fazendo.

Os pés de Claudia continuaram fincados no chão.

– Eu só…

– Venha – disse Mateo, e os olhos dele brilharam ao pegar a mão dela.

Ela se lembrou imediatamente de seus tempos de colégio, quando ficava indecisa entre sair para fumar com os colegas atrás do prédio de educação física ou voltar para a sala de aula.

– As pessoas foram embora daqui sem levar nada, achando que voltariam e retomariam sua vida. Foi como se partissem para passar uma temporada fora do país, então deixaram os quadros pregados nas paredes e as roupas penduradas no armário.

Claudia engoliu em seco. Ter feito a extravagância de viajar para Cuba era uma coisa, mas ser detida por invasão de propriedade? Isso não era ser impulsiva, e sim completamente imprudente.

– Claudia?

Ela estava lutando contra o bom senso.

– Tudo bem, mas só uma espiadinha pela porta. Não quero ser pega em flagrante.

– Se acontecer alguma coisa, eu é que vou me encrencar, não você. Eu juro.

Claudia segurou firme a mão de Mateo e eles foram rapidamente até a porta principal. Ela não pôde acreditar na audácia dele quando o viu girar a maçaneta para conferir se a porta estava destrancada. Estava, e ele logo a empurrou e a abriu, depois deu um passo para trás para que ela fosse na frente.

– Pode ir – sussurrou ele. – Não vai acontecer nada.

Ela deu um passo furtivo, prestes a dar meia-volta e dizer a Mateo que não conseguiria fazer aquilo, mas, no instante em que viu o interior da casa, ficou fascinada. Não havia por que não dar só uma espiadinha.

Claudia reclinou a cabeça para olhar o teto alto, absorvendo a visão do lustre e da escadaria em curva na extremidade do saguão. O tapete conhecera dias melhores e estava quase gasto, mas, parada ali, ela conseguia imaginar como deviam ter sido aqueles tempos, e praticamente visualizou a família Diaz passando diante dela, as garotas correndo até a escada, seus vestidos farfalhando enquanto os suspendiam acima dos tornozelos. Ela pôde ver criadas passarem apressadas de um lado para outro, e objetos muito bem polidos, reluzindo, fazendo jus à fama daquela residência, considerada a mais opulenta de Cuba.

– É mesmo impressionante, não acha? – perguntou Mateo baixinho, parado tão próximo a ela que estavam quase se tocando. – E veja: estes são alguns dos quadros que eles deixaram para trás. Parece que a coleção de obras de arte de Julio Diaz valia milhões, e é claro que grande parte dela foi saqueada pelo regime, mas algumas permaneceram.

Claudia então ouviu vozes, e Mateo segurou a mão dela novamente. Eles se apressaram a voltar para a porta, que ficava a alguns passos dali. Em seguida, ele a fechou em silêncio e ambos correram pela frente da propriedade e atravessaram o portão outra vez.

Resfolegando, ficaram parados na calçada, lado a lado, apoiados no muro. Quando Claudia observou Mateo, ela explodiu numa gargalhada.

– Não posso acreditar que fizemos isso!

Ele deu de ombros.

– Valeu a pena?

Ela fechou os olhos por um instante, ainda recuperando o fôlego.

– Sim. Sim, Mateo, valeu a pena.

Eu só queria descobrir qual é a minha relação com tudo isso. Qual era a relação da minha avó com a família Diaz. Isso não estava nem um pouco mais claro naquele momento do que quando ela vira as pistas pela primeira vez.

– Vamos – disse ele, afastando-se do muro e fazendo um gesto para que ela o seguisse de novo. – Podemos andar por aqui, ver os fundos da propriedade e dar uma olhada nas outras casas da vizinhança.

– Mas sem entrar – avisou ela. – Esta foi a primeira e última vez que fiz uma coisa dessas na vida. Nunca cometi um crime!

Ele sorriu com naturalidade e ela o seguiu, surpresa ao notar como se sentia livre naquele momento. Na Inglaterra, ela nunca ousaria ter a coragem de passar um dia com um homem que mal conhecia, muito menos de invadir um domicílio.

– Veja, há uma fresta grande nesta cerca aqui.

Mateo recuou e ela se aproximou da cerca, apoiando as mãos no frio muro de concreto e lentamente posicionando seu olho na direção daquela fresta. De certa forma, ela imaginou alguém do outro lado, olhando de volta para ela, mas tudo o que viu foi um enorme quintal. Claudia avançou e avistou as altas palmeiras da antiga propriedade dos Diaz, o extenso gramado, e, o mais impressionante, a área pavimentada que levava a uma piscina extravagante. Na lateral, erguiam-se estátuas de leões que pareciam estar ali na condição de guardiões da piscina, e, na extremidade, havia uma estrutura ornamentada que ela imaginou ter sido um dia a cascata mencionada por Mateo, embora naquele momento ela estivesse completamente seca.

– É incrível – disse ela, desviando o olhar. – Não posso imaginar como essas famílias puderam simplesmente dar as costas para tudo isso, para uma casa dessas.

– Acho que ninguém imaginou que essas famílias não retornariam – disse Mateo enquanto continuavam a caminhar lado a lado, agora num ritmo mais tranquilo. – Teria sido praticamente impossível acreditar numa Havana sem aquelas famílias afluentes, que empregaram tantas pessoas em suas usinas de açúcar, nas plantações de cana e dentro de suas casas. Mas essas casas nunca mais voltariam a lhes pertencer, tudo nelas seria confiscado. – Mateo suspirou. – Julio Diaz não era um homem mau, ele tratava seus empregados muito melhor do que a maioria dos empresários daqui, mas é claro que os milionários não eram conhecidos por sua generosidade, e isso foi alimentado por anos de corrupção por parte do governo. Algumas pessoas ficaram contentes quando os viram perder suas mansões.

Claudia conhecia a história o suficiente para entender de modo geral o que havia acontecido em Cuba, mas ouvi-la da boca de um cubano era algo totalmente diferente.

– Muitas famílias que perderam um irmão ou um filho para a Revolução acreditavam com fervor que nosso país precisava de uma mudança, mas infelizmente as coisas foram longe demais.

– Mas melhorou para a população? – perguntou ela. – Depois da Revolução, com Castro no poder, a situação melhorou?

– Não, Claudia, não melhorou. Cuba precisava de mudanças, mas Castro não atendeu às expectativas. Ou talvez as pessoas estivessem tão desesperadas para derrubar o governo que alimentaram expectativas irreais em relação ao homem no qual depositaram todas as suas esperanças. Pelo menos foi o que meu pai me contou, e ele perdeu o irmão dele em combate.

Eles caminharam em silêncio por um tempo e Claudia ficou olhando para as mansões à volta deles. A casa dos Diaz estava mais bem conservada do que muitas outras, mas ela só conseguia pensar em como devia ter sido doloroso para os integrantes dessas famílias retornarem a Cuba e ver o que restara de suas antigas residências.

– Muitas famílias influentes moravam nesta rua e nos quarteirões da vizinhança – disse Mateo. – Alguns contam que as famílias que fugiram enterraram dinheiro e joias, que o solo está repleto de riquezas, mas tenho certeza de que Castro procurou e não encontrou nada.

Enquanto caminhavam, Claudia ponderou sobre o que Mateo lhe contara e o que ela já sabia. *Se a família Diaz havia fugido de Cuba e ido para a Flórida, como a sua avó acabou nascendo em Londres, se é que de fato tinha alguma relação com eles? Ou será que o próprio Julio Diaz tivera um caso e a conexão não seria com uma de suas filhas, como ela havia imaginado no início?*

– Mateo, por acaso você já ouviu algum rumor sobre uma filha bastarda na família Diaz? Será que Julio poderia ter tido uma filha fora do casamento? Ou, quem sabe, sua mulher?

Ele deu de ombros.

– Com uma família dessas, quem sabe? Para um homem como ele, seria comum ter uma amante.

Claudia parou e se virou a fim de olhar para a casa dos Diaz, desejando ter mais tempo para explorá-la e buscar pistas, para procurar nos retratos da família semelhanças entre a avó e algum deles. *Se ao menos essas paredes pudessem falar...*

* * *

A manhã fora longa e o passeio se estendera até muito depois do horário do almoço. Eles exploraram as ruas de Havana que um dia haviam sido abastadas. Claudia, no entanto, ainda não estava pronta para que o dia terminasse ali. Ela se sentou com Mateo nos degraus de seu food truck, um inclinado na direção do outro, suas pernas volta e meia se tocando. Ele pediu que ela esperasse ali e desfrutasse do pôr do sol enquanto ele preparava o almoço. Ela não soubera bem o que esperar, mas quando ele voltou com dois pratos de papel e se juntou a ela, imediatamente soube que a comida estaria deliciosa.

– Este é um famoso sanduíche cubano – explicou ele, dando uma mordida e incentivando-a a experimentar.

Claudia o fez e, ao mastigar, não conseguiu controlar o gemido que escapou de seus lábios.

– Ah, meu Deus, isso é incrível. O que tem aqui?

– O resto da carne de porco de ontem à noite, com picles, mostarda picante e queijo suíço. Vim aqui mais cedo para assar o pão, antes de te buscar.

– Espera aí, você já esteve na cozinha esta manhã?

Ele deu de ombros e mordeu o sanduíche.

– Faço tudo do zero. Faz parte do meu trabalho.

Ela continuou comendo, adorando o sabor salgadinho do sanduíche e sabendo que teria que tentar reproduzi-lo quando estivesse em casa. Era divino. Depois de passar mais tempo com Mateo, talvez ela pudesse juntar algumas receitas e assumir o lugar da avó como a cozinheira da família.

– Obrigada por hoje – disse ela, deixando um pedaço no prato e limpando os cantos da boca. – Foi muito divertido.

Mateo terminou seu sanduíche e se reclinou um pouco.

– Que tal se amanhã eu te levar para ver a usina de açúcar?

Os olhos dela se arregalaram.

– Sério?

– Você não vai conseguir aprender sobre a família Diaz sem conhecer o lugar onde eles fizeram sua fortuna – argumentou ele. – Quem sabe? Talvez possa ser útil em sua busca.

Claudia sentiu uma grande agitação tomar conta dela.

– Eu adoraria, muito obrigada, mas você tem certeza? Quer dizer, sei que você tem coisas melhores para fazer do que ser meu guia particular.

Mateo se pôs de pé, limpando a terra da calça e olhando para ela.

– Passear por Havana com uma bela turista não é nada chato, Claudia. Será um prazer para mim.

Ela não soube o que dizer, então apenas sorriu e desviou o olhar para o sanduíche – parecia bem mais seguro do que encarar Mateo.

– Consegue voltar daqui sozinha? Preciso começar a preparar os pratos para hoje à noite.

Claudia passou o prato de papel e o guardanapo para ele, assentindo.

– É claro.

De pé no trailer e a certa altura de onde ela estava, Mateo a observou por um bom tempo sentada no degrau, e por um segundo ela achou que ele ia se aproximar. Em vez disso, ele apenas abriu um largo sorriso e se virou, acendendo o fogão e lançando pelo ar deliciosos aromas que escapavam da panela.

– *Hasta luego* – disse Mateo.

Claudia não fazia ideia do que ele acabara de dizer, mas imaginou que fosse algum tipo de despedida e, ao se afastar do trailer, não pôde conter um sorriso. Havia sido um dia excelente, um daqueles cuja mera lembrança a deixaria feliz pelas horas seguintes. Mas ela logo parou de pensar em Mateo quando viu a placa de uma lan house do outro lado da rua. Desde que chegara a Cuba, a internet em seu celular estava instável, para dizer o mínimo, e ela queria conferir seus e-mails.

Alguns minutos depois, Claudia se viu sentada diante de um computador com uma velocidade de internet arcaica, e chegou a duvidar se aquilo valia a pena. No entanto, quando finalmente conseguiu acessar a caixa de entrada, viu que o primeiro e-mail era de seu pai, e ficou satisfeita por ter persistido.

Ela clicou na mensagem.

Oi, querida

Espero que esteja aproveitando muito seu tempo em Havana. Como anda a pesquisa sobre a família Diaz? Tive algum sucesso com o cartão de visita, depois de ter usado todos os meus antigos contatos no mercado financeiro. Aparentemente, Christopher Dutton foi um jovem e bem-sucedido empresário no final dos anos 1940. Não se sabe quase nada sobre ele, exceto que deixou sua firma em Capel Court em 1951 e que, quando morreu em 2001, deixou todo o seu espólio para o Centro de Pesquisa em Maternidade do Hospital St. Thomas, aqui em Londres. Ao que parece, morreu sem deixar filhos, e além do que descrevi antes, minha pesquisa praticamente chegou a um beco sem saída.

Sua mãe está espiando por cima do meu ombro e quer saber tudo o que você anda fazendo por aí, embora eu tenha dito que você provavelmente está sem sinal de celular.

Quando puder, nos conte as novidades, e boa sorte em suas buscas.

Um beijo,
Papai

Ela se reclinou na cadeira e releu o e-mail do pai. Por que um homem que não tinha filhos deixaria toda a sua herança para uma pesquisa sobre *maternidade*? Será que esse homem tinha alguma conexão com a Hope's House, o lugar de que Mia havia falado, e não com a sua própria avó? Será por isso que ele quis financiar uma instituição voltada para cuidados maternos?

Mais confusa sobre suas pistas do que antes de ter lido o e-mail, Claudia enviou uma breve resposta para seu pai e fez *logout*. Seus pensamentos giravam em torno desse tal Christopher e tentavam desvendar o que tudo isso significava, e de que maneira sua família estaria relacionada com aquilo. *Se é que de fato está.*

E se a mãe da vovó fosse uma criada da família? E se ela não tivesse nenhuma ligação de sangue com a família Diaz?

No entanto, em seu coração Claudia sabia que a relação era mais profunda. A atração pela casa, a incontornável conexão que sentira ao olhar o seu interior, tudo lhe dizia que devia haver algo mais, ou seja, alguma relação consanguínea com a família Diaz.

Ou talvez eu apenas tenha me apaixonado pela história da família, e agora não posso suportar a ideia de não ter nenhuma conexão com ela.

Ela pegou a bolsa e decidiu voltar a pé para casa, pois assim teria tempo de organizar seus pensamentos.

13

Residência dos Diaz, Havana, Cuba, 1950

— Conte-me tudo sobre ele! – sussurrou María, quando elas se sentaram na cama de Esmeralda. – Ele era mesmo tão lindo?

Esmeralda suspirou, deixando-se cair sobre a fileira de travesseiros macios atrás dela. A cama estava coberta de roupas e joias que ela havia trazido da viagem, mas seus pensamentos ainda estavam tomados por Christopher. Ela não via a hora de chegar em casa e contar às irmãs tudo sobre ele – no fim das contas, não ousou escrever para elas, temendo que as cartas de algum modo pudessem ser interceptadas por *papá*. Quando a criada finalmente saiu do quarto, Esmeralda pôde parar de sussurrar. Suas irmãs estavam esperando para saborear cada detalhe compartilhado, e ela mal podia esperar para lhes contar.

– Ele era um verdadeiro cavalheiro – disse Esmeralda, olhando para o teto ornamentado. – No instante em que o vi, assim que meus olhos encontraram os dele, eu soube que estaria em apuros. Havia algo nele que era diferente, e ele era tão lindo!

– Então foi amor à primeira vista? – perguntou María.

Esmeralda se apoiou sobre os cotovelos.

– Parece tolice, mas foi a primeira vez que compreendi por que vocês duas ficam tão animadas com festas e bailes. Se eu tivesse conhecido Christopher aqui, teria dançado nos braços dele a noite inteira e depois sonhado com ele por dias a fio. Vocês se cansariam de me ouvir falar dele.

– Quem poderia imaginar, nossa Es apaixonada por um inglês –

provocou Gisele. – Achei que você voltaria com a mente repleta de assuntos de negócios, e não românticos.

– De negócios?

Esmeralda riu. O comentário da irmã não fora nem um pouco tolo, uma vez que ela sempre adorara aprender sobre os negócios do pai e, principalmente, andar pelas usinas de açúcar com ele, mas ela esquecera de tudo aquilo durante a viagem. Christopher consumira todos os seus pensamentos.

– Conte-nos como ele é! – pediu María. – Preciso imaginá-lo.

Esmeralda novamente se deixou cair sobre os travesseiros, lembrando-se dele como se Christopher estivesse ali, sorrindo para ela e segurando sua mão como quando ficaram sentados um diante do outro na Harrods.

– Ele era tão lindo, com olhos azuis como o oceano. Mas foi o jeito como ele sorriu para mim, o jeito como sua expressão mudou assim que entrei no salão, que me levou a notá-lo. Ele olhou para mim de um jeito que nenhum outro homem jamais olhou.

María riu.

– É assim que *todos* os garotos olham para você, Es! Em todas as festas a que comparecemos, os olhos deles seguem você pelo salão enquanto nós temos que fazer um esforço tremendo para que ao menos uma cabecinha gire na nossa direção. Talvez você apenas não tivesse percebido antes.

– Que tolice! – Seus olhos se abriram e ela deu um tapinha na irmã ao se sentar. – Não diga uma coisa dessas! Sempre vejo vários rapazes babando por vocês, não é só para mim que eles olham.

Todas riram, as cabeças inclinadas próximas umas das outras.

– Ela está certa, Es – disse Gisele. – Os olhos dos homens brilham toda vez que você entra em um salão. Mas e quanto a *esse* homem? O que há de tão diferente nele?

Esmeralda suspirou.

– Não sei. No instante em que o vi, assim que *papá* e eu chegamos para jantar em nossa primeira noite, apenas tive a certeza de que ele era diferente. Ele fez com que eu me *sentisse* diferente. – Ela se lembrou da primeira vez em que pôs os olhos nele. – Tivemos uma conexão imediata, como se estivéssemos predestinados a ficar juntos.

Suas irmãs também suspiraram, como se os seus corações transbordassem de emoção ao lado do dela. Mas não levou muito tempo até que

Gisele e María começassem a olhar todos os presentes da Harrods que Esmeralda comprara. A atenção delas se desviou e, num pulo, elas se puseram de pé, provando os vestidos e rindo uma para a outra enquanto Esmeralda as observava, tentando demonstrar interesse. Até que Gisele voltou a se sentar ao lado dela na cama, pegando a mão da irmã e intuindo seu sofrimento.

– Você já está com saudades dele, não é?

Esmeralda assentiu, enquanto lágrimas umedeciam seus cílios.

– Receio que nunca mais voltarei a vê-lo.

Gisele ficou em silêncio por algum tempo.

– Não há como saber, Es. Talvez seus caminhos voltem a se cruzar, talvez algo aconteça e vocês se encontrem novamente.

– Não consigo imaginar uma vida sem ele – sussurrou Esmeralda, piscando depressa enquanto as lágrimas preenchiam seus olhos. – Logo *papá* precisará tomar uma decisão sobre o meu futuro. Ele não deixará que eu me torne uma solteirona, e quero me casar com um homem por quem eu sinta o que senti ao lado de Christopher. Temo que ninguém chegue à altura dele, que eu nunca vá me apaixonar por outro homem como me apaixonei por ele.

María sentou-se do outro lado da cama, e Esmeralda a envolveu com os braços. Gisele aninhou-se às suas costas do outro lado, o corpo bem aconchegado ao da irmã. Ficaram sentadas assim: as irmãs lhe fazendo cafuné e consolando-a em seu sofrimento, até que a criada bateu à porta avisando que estava na hora do jantar.

Gisele se levantou para pegar um lenço, enxugando delicadamente as lágrimas nos olhos e nas bochechas de Esmeralda. Depois lhe deu um beijo carinhoso no topo da cabeça.

– O tempo cura todas as mágoas. Vai passar, prometo.

Esmeralda se pôs de pé e assentiu, olhando seu reflexo no espelho comprido e desejando que seus olhos não estivessem tão avermelhados. Era óbvio que ela estivera chorando, embora esperasse que com um pouco de maquiagem bem aplicada pudesse disfarçar e dizer que estava apenas cansada. Tudo o que ela não queria era ter que responder a perguntas de sua criada ou de seu pai sobre a sua aparência, e Esmeralda sabia que ambos perceberiam caso algo parecesse errado.

– Gisele tem razão, vai passar – disse María ao se levantar para sair, também beijando a irmã. – Foi a mesma coisa quando perdemos *mamá*. Naquela época, achei que nunca seria capaz de sair da cama novamente, mas olhe para nós agora! Apesar da nossa perda, nós florescemos, pois pudemos contar umas com as outras. Estaremos sempre ao seu lado, para o que precisar, assim como você sempre nos apoiou.

Esmeralda assentiu e sorriu para a irmã, sabendo quanto aquelas palavras eram sinceras. Porém, no instante em que María fechou a porta e ela ficou sozinha no quarto, Esmeralda desmoronou no chão como uma bailarina caída, o vestido todo amarfanhado ao seu redor.

Nunca me esquecerei de como me senti ao lado de Christopher. Nunca me esquecerei de como foi sentir sua pele na minha. Nunca vou deixar de desejar estar em seus braços.

Ela fechou os olhos e viu o rosto de Christopher, lembrou-se do toque de sua mão na dobra do braço dele, de sua cabeça recostada no ombro dele, do momento que compartilharam na penumbra da varanda.

Preciso encontrar um jeito de estar com ele outra vez. Não posso viver o resto da minha vida casada com um homem que não amo. Não posso viver uma vida da qual ele não faça parte.

– Esmeralda? – O chamado foi seguido por uma batida suave à porta. – Está na hora do jantar, posso entrar para vesti-la?

– Só um momento! – respondeu ela, rapidamente se recompondo e se levantando.

Tirou um instante para acalmar sua respiração e, por fim, deixou a criada entrar.

– Está tudo bem?

Esmeralda assentiu, forçando um sorriso.

– É claro, estou apenas cansada e sonhando com a minha cama. A viagem para Londres sugou toda a minha energia. – Ela suspirou e se virou. – Por favor, escolha um vestido para mim enquanto cuido da minha maquiagem. Qualquer um servirá muito bem.

E foi assim que Esmeralda retomou a vida que esperavam que levasse, usando um belo vestido e deslizando escada abaixo para se reunir com sua família, mais uma vez assumindo o papel da mulher da casa. Seu pai nunca poderia saber como ela se sentia. Quando circundou a mesa para lhe dar um beijo no rosto e tomou o lugar ao lado dele, Esmeralda tentou ignorar seu coração partido. De nada lhe valeria se lastimar, e ao menos ela guardava as memórias de Londres, ao menos vivera aquela semana mágica.

Pode ser que essas memórias tenham que durar uma vida inteira.

– María, como estão os preparativos finais para a sua festa? – perguntou ela, forçando-se a interagir. – Estou tão ansiosa para celebrarmos! Você deve estar muito animada, não é?

O sorriso de María enterneceu a todos à mesa e aqueceu o coração de Esmeralda. A irmã merecia tudo o que havia de melhor no mundo. Seria o dia mais importante de sua vida, e Esmeralda faria tudo o que estivesse ao seu alcance para que ele fosse inesquecível. Era isso que *podia* fazer pela irmã, como um dia sua mãe fizera por ela.

– A última prova do vestido será amanhã de manhã – disse María. – Eu o provei enquanto você estava viajando e me senti como uma princesa.

– Exatamente como deve ser – disse Esmeralda. – *Papá*, o senhor vai precisar de mim amanhã ou podemos ir juntas para a prova do vestido e depois almoçar fora? Eu gostaria de acompanhar María para ter certeza de que tudo estará perfeito no grande dia.

Seu pai se recostou na cadeira, sorrindo para as filhas como costumava fazer durante o jantar. Seu olhar sugeria que ele era o homem mais afortunado do mundo. Ela sabia que, pelas filhas, ele faria tudo o que estivesse ao seu alcance. A generosidade dele era incomparável, assim como a sua bondade. Mas se o pai descobrisse que Esmeralda havia beijado Christopher, que o homem em quem ele confiara para acompanhar sua filha mais velha fizera tudo menos protegê-la, seu temperamento se tornaria explosivo. Ela nunca o ofendera nem lhe desobedecera, nunca fizera nada além do que esperavam dela. Até surgir alguém que a levou a questionar tudo em sua vida.

Esmeralda tentou tirar Christopher da cabeça, receosa de que o pai pudesse ler seus pensamentos se ela não tomasse cuidado.

– Aproveite para contar às suas irmãs sobre a viagem. Tenho certeza de que sentiram muito a sua falta e querem saber tudo sobre Londres – disse ele. – E não deixem de me trazer o chocolate que sua mãe costumava comprar, sim?

Esmeralda assentiu, agradecida por ter um pretexto para sair de casa na manhã seguinte. A última coisa que queria era que ele lhe pedisse para ir ao escritório.

– *Sí, papá*, claro.

María e Gisele voltaram a conversar sobre a festa, e, pelo jeito, seu pai sentira falta da comida cubana durante a viagem, pois comeu com muito apetite. Por isso, ele não notou quando ela apoiou o garfo no prato, incapaz de engolir um bocadinho que fosse do jantar.

14

HAVANA, CUBA, DIAS ATUAIS

Claudia estaria mentindo para si mesma se dissesse que não estava ansiosa para ver Mateo novamente. Ela havia se revirado na cama durante a noite, perguntando-se por que passava tanto tempo com ele, mas então outra voz em sua mente disse: *por que não?* Ela era solteira e estava de férias. Que diferença fazia a pessoa com quem passava seu tempo? Além do mais, ele tinha uma conexão justamente com o assunto que ela fora investigar em Cuba.

Apenas relaxe e pare de pensar demais sobre tudo.

E, bem na hora, o carro de Mateo apareceu. Claudia sorriu ao ver o sorriso tão natural dele, o braço pendurado para fora da janela, batucando na porta com a mão. Quando ele encostou junto ao meio-fio, ela sentiu que seus pés se moveram por vontade própria. Mateo abaixou o volume da música e ergueu as sobrancelhas.

– Bom dia.

– Bom dia – respondeu ela, deslizando até se sentar no banco do passageiro.

– Tenho uma coisa para você.

– É mesmo?

Ela ficou observando quando ele se inclinou na direção do banco traseiro. Naquele momento, a blusa dele levantou um pouco e ela pôde vislumbrar um pedacinho de seu corpo bronzeado. Claudia abafou um suspiro. *Quando foi a última vez que um homem me fez suspirar?* Max havia sido...

perfeito. Ele tinha um corpo perfeitamente esbelto, assim como uma personalidade e um emprego perfeitos. Mas, em algum momento daqueles últimos meses que haviam passado juntos, ela começara a se perguntar quanto de fato queria que tudo fosse tão *perfeito*.

– Isso – disse ele, passando-lhe um livro volumoso – é algo que minha mãe encontrou.

– Sua mãe?

Mateo riu.

– Sim, minha mãe. Ela ficou muito intrigada quando soube que uma inglesa andava por aí pesquisando sobre a família Diaz. Os boatos se espalham bem rápido em Havana, e parece que Rosa contou tudo sobre você.

Claudia olhou para o livro em seu colo e se deu conta de que era um antigo álbum de fotografias. Quando Mateo começou a dirigir, ela virou a primeira página com cuidado. Seus olhos foram percorrendo lentamente as imagens em preto e branco.

– Quem são essas pessoas?

– Minha mãe e as irmãs Diaz – disse ele. – Você reconhece a piscina?

Ela assentiu. Era a mesma que havia entrevisto pelo portão, na véspera, mas aquela fotografia fora tirada nos dias do auge da família. Claudia estreitou os olhos e aproximou o álbum de seu rosto, olhando fixamente as belas mulheres na foto. Outras imagens mostravam um lugar diferente, uma festa em que todos usavam trajes de gala. No entanto, por mais que ela buscasse, não conseguiu reconhecer sua avó em nenhuma das garotas retratadas. O cabelo delas também era preto, mas não havia nenhum traço singular que a fizesse acreditar que fosse parente de alguma daquelas pessoas.

Claudia fechou o álbum e olhou para a paisagem, apoiando o braço na janela aberta e sentindo a brisa enquanto Havana passava por eles. As árvores eram tropicais e balançavam ao vento, mas foi o Malecón que atraiu sua atenção. O sol pintava a paisagem com uma cor dourada. Ela ficou observando a maré ir e vir e, de repente, desejou mergulhar o pé no oceano, encontrar o caminho para uma praia em algum lugar onde pudesse apenas se deitar e refletir sobre essa história.

Ela se viu olhando de relance para Mateo, que mantinha uma das mãos no volante.

– Você mencionou o mistério da filha mais velha no outro dia. Não consigo parar de pensar no que pode ter acontecido com ela.

– Esmeralda? – perguntou ele. – Acho que todos ainda estão intrigados com o que aconteceu.

– Então ela desapareceu no ar? – indagou Claudia. – A família não teria procurado em todos os cantos, sem economizar recursos? Ela não pode simplesmente ter sumido!

Mateo deu de ombros.

– Isso aconteceu há muito tempo, mas sempre disseram que ela teria fugido.

– E você acredita nisso?

– Acho que uma família como a dela tinha o poder e a influência para descobrir o que aconteceu – disse ele. – Se quisesse.

Claudia ficou ponderando sobre isso por alguns momentos, reabrindo o álbum e perscrutando a primeira foto em busca da filha mais velha. Esmeralda. *O que aconteceu com você?*

– Você acha então que ela fugiu, e a família ficou em silêncio para evitar um escândalo?

– Pelo que ouvi falar, parece que ela simplesmente desapareceu e, desde esse dia, ninguém na família voltou a tocar no nome dela. Não houve busca nem polícia, nada.

Todo aquele mistério intrigou Claudia – ainda que nada tivesse relação com sua própria família, ela gostaria de descobrir o que havia acontecido. Afinal, era uma família riquíssima e em posição muito privilegiada, então por que não foram até os confins da terra para encontrar sua filha amada? Ou será que fizeram isso e apenas não contaram o que haviam descoberto?

– Ela era conhecida por ser rebelde? – perguntou Claudia.

Mateo balançou a cabeça.

– Pelo que sei, todas as garotas amavam o pai, e ele adorava as filhas. As histórias que ouvi descrevem a mais velha como a menina dos olhos do pai. Depois que a esposa de Julio morreu, Esmeralda costumava ser vista várias vezes ao lado dele. Os Diaz eram considerados a família perfeita, por isso, naquela época, muitos cubanos investigaram esse desaparecimento. Mesmo depois que a mãe morreu, as meninas seguiram em frente, criando a irmãzinha pequena e sendo devotas ao pai.

– Então talvez a família não fosse tão perfeita assim?

Ele assentiu.

– Exatamente. Mas quem pode saber ao certo o que aconteceu? Talvez essa história seja como uma lenda, que se torna cada vez mais misteriosa à medida que é recontada. Deve haver alguém que saiba a verdade.

Mas quem poderia ser essa pessoa?

Claudia suspirou, voltando a olhar através da janela e notando quanto a paisagem havia mudado. Ela estivera tão concentrada examinando o álbum, tão absorta em seus próprios pensamentos, que não percebera a mudança de cenário. Naquele momento, Claudia absorveu o viço dos campos, o gramado de um verde tão vívido que parecia ter saído da paleta de um artista. A distância, as colinas sinuosas eram como gigantes adormecidos, prontos para se espreguiçar e se levantar. O céu estava tão azul que ela se maravilhou com sua perfeição, praticamente sem nuvens passageiras.

O carro começou a desacelerar e Mateo esticou o braço.

– Aqui está o que eu queria lhe mostrar.

– Esta é a usina de açúcar?

– A própria – disse ele. – Não era a única que Julio possuía, mas era a maior e mais bem-sucedida. Pelo que entendi, foi a última usina privada depois da Revolução, e quando o regime a confiscou, ele finalmente partiu de Cuba.

Claudia se perguntou se Julio permanecera na ilha por mais tempo por causa do açúcar ou da sua filha desaparecida. Talvez tivesse sido uma combinação dos dois. Ou, quem sabe, ele já desistira havia muito tempo da ideia de que um dia sua filha voltaria para casa, se o que Mateo insinuou fosse verdade. Se Julio soube que ela fugira, então presumivelmente teria sabido onde encontrá-la, se quisesse, tendo em vista os meios à sua disposição. Será que a família Diaz permitira que todos acreditassem que Esmeralda estava desaparecida apenas para encobrir a verdade sobre o que ela fizera? Sem dúvida haveria inquéritos sobre o caso, se é que algum dia ela fora registrada como desaparecida.

Eles ficaram sentados no carro por um bom tempo, até que Mateo saiu e Claudia foi atrás dele, menos preocupada em ser vista na usina de açúcar do que quando espiaram a casa. Ali, o carro ficou parado no acostamento, e eles simplesmente miraram os campos repletos de caules verdes, que ela nunca saberia se tratar de cana-de-açúcar se não lhe houvessem contado. Ela não estava acostumada a ver plantações e nunca havia parado para pensar em como o açúcar era produzido, nem mesmo quando ia à cafeteria, batendo num sachê de açúcar antes de despejá-lo no café.

A distância, via-se um prédio alto que ela imaginou ser a usina. Claudia ergueu sua mão e estreitou os olhos, perguntando-se se haveria alguém ali.

Mateo se pôs ao lado dela, seu ombro roçando o de Claudia quando ele ergueu sua mão e olhou na mesma direção.

– A fortuna que a família Diaz fez com este açúcar... – comentou ele, com um assobio.

Ela fechou os olhos e imaginou o campo repleto de trabalhadores, cortando a cana-de-açúcar. E depois recuou no tempo, se perguntando se o campo já fora repleto de escravizados, que teriam trabalhado duro enquanto seus senhores enriqueciam, muito além do que se poderia imaginar. Mateo disse que Julio havia sido um patrão respeitável, gentil com seus empregados, mas, ainda assim, ela não pôde evitar imaginar como a fortuna da família devia ter começado.

Eles permanecerem ali por mais um tempo. Os pensamentos de Claudia vagavam pelo passado, quando, de repente, percebeu com clareza que Mateo havia se aproximado bastante dela.

– Vamos dar uma volta.

Claudia o seguiu, ignorando quanto sua pele estava quente e pegajosa e como a grama pinicava seus pés. Ela se arrependeu de ter calçado sandálias, em vez dos tênis, mas a sensação logo melhorou quando passaram para a estrada de terra. Seu pé ficaria sujo depois disso, mas pelo menos era mais agradável.

– Ainda não perguntei quanto tempo você ficará em Cuba.

– Uma semana – respondeu ela. – Se for preciso, posso ficar mais tempo.

– Então tenho apenas uma semana para lhe mostrar meu país.

Ela olhou ao redor, para a paisagem verdejante que uma semana antes nem conseguia imaginar existir.

– Você tem sido tão gentil em me levar de carro por aí. Não esperava que me levasse para nenhum outro lugar.

– Eu quero lhe mostrar a minha Cuba – disse Mateo, dando meia-volta e começando a andar de costas, seus olhos brilhando ao fitá-la. – A Havana

Velha pode dar uma ideia do que foi a antiga Cuba, e não há nenhum lugar no mundo que se compare ao Malecón, mas quero mostrar onde eu vivo, como são os lugares aonde os turistas não costumam ir.

Claudia sorriu para ele timidamente.

– Isso parece maravilhoso.

– Posso fazer uma pergunta?

Ela assentiu e, por algum motivo, ficou sem palavras depois desse discurso apaixonado sobre apresentar o mundo dele. *Mateo quer me mostrar a Cuba onde mora?* Seu coração batia acelerado, e ela esperou que ele não percebesse como estava nervosa.

– Tem alguém esperando por você em casa? Um namorado? Algum casinho?

Naquele momento ele praticamente havia parado de se movimentar, assim como ela.

– Ah, não! Não tenho mais.

Aí está: consegui falar. Não tem ninguém esperando por mim.

– Que bom – disse ele com um sorriso. Mateo se acercou dela e passou seu braço pelos ombros de Claudia enquanto caminhavam lado a lado. – Embora talvez não tenha sido tão bom para o sujeito.

Claudia não pôde evitar e riu. Conhecer Mateo sem dúvida fora um dos inesperados pontos altos daquela viagem improvisada.

– Digamos que foi ele quem pôs um fim no relacionamento.

Por que eu disse isso? Eu terminei o noivado quando ele se recusou a me deixar crescer, a me deixar ser quem eu precisava ser. Quando ele saiu porta afora e me deu as costas.

Mateo balançou a cabeça.

– Melhor para mim. Ele deve ser *loco*.

Ela riu.

– *Loco*?

Ele riu em resposta.

– Maluco da cabeça.

Ela riu ainda mais, adorando o jeito como os dedos dele roçavam seu ombro enquanto os dois caminhavam.

– Obrigada.

Mateo a encarou com perplexidade.

– Pelo quê?

Ela olhou para baixo por um segundo, e ele parou de andar novamente.

– Apenas por isso, por tudo isso.

Mateo ergueu uma sobrancelha, mas foi o jeito como os olhos dele recaíram sobre os lábios dela que fez Claudia perder o fôlego. Ele se aproximou, inesperadamente tocando o queixo dela com os dedos, depois se inclinou e encostou os lábios nos dela. O beijo foi suave, quente e muito doce, mas provocou um arrepio pelo corpo de Claudia e fez sua pele se eriçar, apesar do calor e da umidade.

– Vamos até lá para ver a usina de açúcar? – perguntou ele com a voz embargada.

Claudia apenas assentiu, mas, quando ele se virou e segurou a mão dela, ela levou os dedos aos lábios, tocando o lugar onde a boca dele a havia beijado, surpresa com o rumo dos acontecimentos naquela tarde.

Não é só o mistério dos Diaz que está me surpreendendo nesta viagem.

* * *

Claudia se sentia entorpecida. Olhou para a tela novamente, sem saber ao certo por que aquilo lhe doía tanto, mas talvez tivesse sido apenas o choque da revelação.

Ele vai se casar.

Ela releu o e-mail de sua amiga. Mateo a deixara direto na lan house para que ela pudesse conferir se seu pai havia entrado em contato. Certamente Claudia não esperara por isso.

Achei que seria melhor você saber por mim do que ver a notícia no Facebook. Max acabou de anunciar o noivado no Times. *Não consigo acreditar que ele já passou para outra tão rápido, sinto muito por isso. Mas e aí, que tal Havana? Me conte! Estou morrendo de curiosidade, quero saber de tudo!*

Claudia respirou fundo e clicou no anexo. Aquilo não deveria lhe provocar nenhuma dor, não deveria ter nenhum efeito sobre ela, mas estaria mentindo se dissesse que seu coração não se partira um pouquinho por ele ter seguido em frente tão rápido. Havia se passado quase um ano desde que Claudia terminara o noivado, e desde então Max dizia que estava lhe dando espaço para ela reconsiderar a decisão, afirmando que o término fora um grande erro, do qual ela se arrependeria, e repetindo sempre que a queria de volta.

Era evidente que ele não esperara tanto e que passara mais tempo procurando por uma nova Sra. Perfeita.

Comunicamos o noivado de Maxwell, filho do Sr. e da Sra. Henry Lawford, de Londres, e Priscilla, filha de lorde Stewart Henderson e lady Helen White.

Claudia fechou a tela, sem vontade de ver aquilo. Que bom para ele. Ela lhe devolvera a aliança, afinal. Decidira que não olharia para trás. Apenas não esperara que ele encontrasse uma substituta tão rápido. Nem que a relação deles tivesse tido tão pouco significado a ponto de, depois dos anos que passaram juntos, ele ter encontrado outra pessoa e tê-la pedido em casamento! Talvez sempre tivesse existido uma esposa de reserva, esperando nos bastidores, para o caso de Claudia falhar totalmente. *Eu deveria ter ficado com a maldita aliança.*

Claudia alongou seus dedos antes de começar a digitar. Tudo o que ela queria naquele momento era pegar o telefone e ligar para Charlotte, escutar a voz da amiga e a ouvir dizer que Max era mesmo um grande idiota. Mas a verdade era que o fato de ele ter seguido em frente de maneira tão pública talvez fosse exatamente o que ela precisava. Pelo menos isso encerrava a história deles de forma definitiva.

Bem, parece que ele encontrou alguém para seguir em frente mais rápido do que o esperado. Obrigada por me avisar. Estou feliz por ele, ou pelo menos acho que estou. Só não sei por que isso me incomoda tanto, já que eu nem mesmo queria estar com ele. O sinal do celular é péssimo aqui. Estou sentada em uma dessas lan houses de antigamente, que nem existem mais na Inglaterra, pois aqui não tem wi-fi! Se eu tivesse me hospedado no hotel sofisticado em que supostamente deveria estar (é uma longa história...), talvez eu conseguisse pelo menos enviar e-mails. Bem, vou tentar telefonar em breve, tenho muitas novidades para contar, incluindo um cubano maravilhoso que talvez seja capaz de acabar com a minha seca. Mas não vá ficar toda animada, foi apenas um beijo...

Beijos,
C.

Claudia sorriu para si mesma enquanto passava os olhos pelos outros e-mails. Charlotte teria um ataque quando lesse aquela última linha, principalmente porque não poderia pegar o telefone de imediato e pedir um relato minucioso sobre o que estava acontecendo.

Então Max vai se casar. Ela suspirou. Só doía porque parecia ter acontecido muito rápido, mas talvez isso fosse um alívio. Ele merecia encontrar a mulher que queria – aquela mulher simplesmente não havia sido ela. *Nós dois teríamos sido um desastre.*

Quanto a Mateo, a história era diferente. Mateo era jovem, solteiro e livre. O beijo dele a transformou em uma adolescente eufórica. Ele não parecia ligar para quem ela era ou o que possuía. *É apenas um romance de férias, mas talvez ele seja a pessoa que fará com que eu me sinta viva novamente.*

Claudia gostava do jeito como se sentia ao lado dele. Com Max, ela desempenhara um papel. Isso incluía receber convidados para jantares no sábado à noite, depois de quarenta horas de trabalho por semana; ser amável com os pais dele, apesar de eles deixarem claro que ela não era tão bem-sucedida quanto a filha deles; sem mencionar a constante insistência do casal para que Claudia assinasse um contrato pré-nupcial, embora ganhasse o mesmo salário que Max. Essa vida a colocou no meio de um turbilhão e a deixou sem ar, como se ela sentisse um peso constante no peito que a impedia de respirar direito. Pois bem, se a tal Priscilla queria uma vida daquelas, que a tivesse.

Claudia saiu da lan house e se pôs a caminhar, e em alguns minutos se viu diante do food truck de Mateo. O aroma de sua comida preenchia suas narinas. Ela ficou parada por um momento, deixando-se observá-lo. A música tocava baixinho dentro do trailer, e ele se preparava para receber os fregueses, que logo mais fariam fila para pedir o jantar.

Ela suspirou antes de pigarrear. Quando ele se virou e a viu, ela sentiu uma vibração pelo corpo que lhe revelou tudo o que precisava saber. Max a deixava com um peso no estômago toda vez que os olhos dele encontravam os dela, pois Claudia se obrigava a corresponder às expectativas dele. Mateo, porém, acendia algo diferente dentro dela. *Anseio. Mateo me faz querer estar perto e não sair correndo.*

– Você gostaria de uma ajudinha extra esta noite? – perguntou ela com timidez.

O sorriso de Mateo bastou para que ela entendesse a resposta. Claudia entrou no trailer e ele pegou um avental, aproximando-se para passá-lo pela cabeça dela naquele espaço estreito. Mas foi enquanto ele amarrava o avental, quando seus dedos roçaram a cintura dela, que ela prendeu a respiração. Por um momento, ele colocou delicadamente suas mãos nos quadris dela, a respiração próxima à orelha de Claudia.

– Vai ficar quente na cozinha hoje à noite – disse ele, por fim afastando as mãos.

Claudia não tinha ideia se ele estava falando do calor entre os dois ou da temperatura ali dentro. Tudo o que sabia era que sua pele estava pegando fogo, e ela duvidou que voltasse ao normal nas horas seguintes.

15

―――――

HAVANA, CUBA, 1950

Esmeralda entrelaçou o braço ao de sua irmã María quando entraram na sala de estar para se juntar ao pai. A criada fora correndo até o andar de cima para avisar que tinham visita, e que precisavam descer imediatamente – mas esse não era um pedido incomum. O pai gostava de exibir as filhas. Elas eram motivo de orgulho e alegria para ele. Quando a mãe delas ainda era viva, os pais recebiam os convidados sem que as filhas precisassem fazer mais do que uma rápida aparição, mas agora o pai preferia tê-las ao seu lado. Ele adorava vê-las sorrir e entreter seus sócios e amigos. Seus olhos sempre brilhavam quando elas adentravam no recinto. Nada lhe agradava mais do que estar na companhia delas.

Mas naquele dia foi diferente. Pela primeira vez, Esmeralda perdeu sua compostura perfeitamente treinada. Seus pés travaram por vontade própria, e de nada adiantou María ter seguido em frente, tentando arrastar a irmã, ou Gisele ter esbarrado em Esmeralda a caminho da sala, ansiosa para descobrir quem era o inesperado visitante.

Pois ali, sentado no opulento canapé de entalhes dourados, levantando-se ligeiramente quando Esmeralda e as irmãs entraram na sala, estava Christopher.

Meu Christopher está aqui. Seu coração disparou e a boca ficou seca. *Não pode ser. Como Christopher veio parar em Cuba?*

– Esmeralda, será que você se lembra do Sr. Christopher Dutton, de Londres? – Seu pai deu um grande sorriso e acenou com um charuto na mão, para que a filha se aproximasse. – E estas são minhas filhas María e Gisele.

Esmeralda forçou-se a avançar para que o pai não notasse como estava afetada pela presença de Christopher. Ela ficou aliviada porque os olhos de Christopher encontraram os dela apenas de modo fugaz e ele manteve a postura impecável. Será que o pai imaginava o que acontecera entre eles? Os olhares que Christopher lhe lançara em Londres, a maneira como suas mãos roçaram uma na outra, os dedos mindinhos apenas se tocando quando ela se afastara dele pela última vez?

– É um grande prazer vê-la novamente, Esmeralda – disse Christopher, assentindo.

Com delicadeza, ele tomou primeiro a mão de María e depois a de Gisele. As bochechas de Esmeralda esquentaram enquanto ela o observava. María a olhou de relance por sobre o ombro, arqueando as sobrancelhas quando ele beijou as costas de sua mão. Apesar de nunca tê-lo esquecido desde que voltara de Londres, nunca em sua vida Esmeralda teria imaginado que ele os visitaria em Cuba. Quando chegou a vez dela, Christopher demorou um segundo a mais ao segurar sua mão, mantendo os lábios encostados à pele, os olhos fitando os dela.

– O que... Hã, o que... – Esmeralda se recompôs depressa, pigarreando enquanto ele soltava a mão dela. – O que o trouxe a Havana, Sr. Dutton?

– Seu pai fez questão de que alguém da companhia viesse até aqui para ver a produção em primeira mão – explicou ele. Julio gesticulou para que todos se sentassem, e Christopher se reclinou no canapé, embora seus olhos mal se afastassem dos dela. – Devo admitir que é muito difícil dizer "não" para ele, e eu não poderia recusar a oportunidade de visitar Cuba, especialmente depois de todas as histórias sobre Havana com as quais a senhorita me entreteve. Com certeza pintou uma bela imagem de seu país.

Naquele momento, uma das criadas entrou depressa na sala. Como a atenção de seu pai se desviou com a interrupção, ela se permitiu olhar propriamente para Christopher. O embrulho em seu estômago se desfez enquanto ele sorria. Seus olhos lhe diziam que ele estava aliviado ao vê-la, e era assim que ela se sentia diante dele.

Talvez eu não tenha imaginado os sentimentos dele por mim.

Desde a viagem, ela repassara em sua mente as cenas da última vez que o vira. Os dois sentados na Harrods, ela sem querer se despedir, perguntando-se o que poderia ter acontecido entre eles. *E agora aqui está ele.*

– Uma garrafa do nosso melhor champanhe! – anunciou seu pai ao acender o charuto e dar uma baforada, soltando a fumaça pungente pela sala enquanto a criada saía apressada para atender ao pedido.

Christopher não pareceu estar muito confortável quando o pai de Esmeralda se inclinou para acender o charuto dele. Ele tossiu um pouco quando todos o olharam, mas rapidamente se recompôs. Seus olhos, de certa forma, sempre acabavam se direcionando para ela.

Quando Esmeralda passou por Christopher, tão perto que o tecido de seu vestido devia ter tocado o joelho dele, sua respiração ficou presa na garganta e ele fisgou o dedo dela com o dele. Foi apenas por uma fração de segundo que se entrelaçaram e ninguém chegou a notar, mas foi tudo o que ela precisava saber.

Ele não veio apenas para conhecer Cuba.

Ele viajou até aqui para me ver.

Um arrepio percorreu seu corpo quando ela se sentou e pegou a taça de champanhe que a empregada lhe servira. Esmeralda deu um gole e evitou o olhar de Christopher a todo custo. Mas não pôde evitar o das irmãs. Ambas pareciam agitadas e prestes a explodir, e não paravam de lançar olhares em sua direção. Ela fez um grande esforço para evitar as irmãs e esperou que, caso seu pai percebesse, pensasse apenas que as filhas mais novas estavam eufóricas por conhecer um homem que viera de Londres, um lugar tão distante dali.

– Christopher, minhas filhas adorariam lhe mostrar Havana enquanto você estiver por aqui. Não é mesmo, meninas?

Esmeralda assentiu junto às irmãs.

– Sim, *papá* – disse ela. – Será um prazer levar Christopher para conhecer os pontos turísticos.

Desta vez, ela *não* pôde evitar olhar para Christopher, e o olhar que ele lhe retribuiu provocou nela um anseio que Esmeralda nunca havia sentido.

* * *

Naquela noite, o jantar foi quase dolorosamente longo, em especial porque Esmeralda teve que se forçar a engolir cada garfada, quando tudo o que queria era roubar Christopher para si mesma e levá-lo dali. Suas irmãs pareciam achar muito agradável conversar com ele e lhe contar histórias sobre Cuba. Enquanto isso, Esmeralda estava mais afastada, e podia se deleitar ao observá-lo, sem precisar interagir. Mas o lugar que ocupava era o mais próximo de seu pai, o que significava que ela precisava vigiar cada movimento que fazia, cada palavra que dizia, com mais cuidado do que nunca.

Ela ergueu o olhar e encontrou o de seu pai, sorrindo para ele com doçura quando a criada deu um passo à frente e o serviu de mais vinho. Esmeralda controlou sua respiração e recompôs seu sorriso, embora seu coração estivesse muito acelerado. Quase teve certeza de que todos à mesa podiam escutá-lo martelando em seu peito. Ela ainda não conseguia acreditar que ele estava ali.

– Christopher, conte para minhas filhas sobre Londres – pediu Julio, enquanto se servia de mais comida. – Elas nunca saíram de Cuba, a não ser nossa Esmeralda aqui, é claro.

Christopher sorriu.

– Foi um prazer enorme receber Esmeralda em Londres. Gostei muito de levá-la ao chá da Harrods no último dia.

Ela manteve seu sorriso, novamente evitando o olhar de Christopher. Sabia que, se fizesse isso, suas bochechas iriam corar e ficar ainda mais rosadas, e então seu pai com certeza suspeitaria de algo.

– Tenho certeza de que sua irmã as entreteve com histórias sobre a viagem, mas Londres é muito diferente de seu belo país, senhoritas – continuou ele. – Todas as ruas são pavimentadas e os dias são nublados, se comparados com o viço e a luminosidade de Cuba.

– Vejam só! Ele diz isso como se já tivesse visitado Cuba! – Julio riu. – Esmeralda, pode providenciar para que Christopher conheça a ilha? Quero que ele seja invejado por todos os colegas quando retornar para casa, cheio de histórias sobre a vida aqui. – Ele franziu o cenho. – Você terá tempo de fazer isso em meio aos preparativos para a festa? Se não...

– *Sí, papá*, é claro – confirmou ela depressa. – Será um prazer. Todos os preparativos já foram concluídos.

Uma de suas irmãs lhe deu um pequeno chute por debaixo da mesa e ela logo a chutou de volta. As duas sabiam muito bem quanto Esmeralda gostaria de acompanhar Christopher, porque isso significaria estar com ele sem a interferência do pai.

– Vocês estão planejando uma festa? – perguntou Christopher. – Alguma ocasião especial?

– Será minha festa de 15 anos – respondeu María, mostrando timidez ao sorrir e baixando ligeiramente a cabeça.

– Em nossa cultura, é o marco mais importante de uma jovem garota – explicou Esmeralda. – Só não é mais do que o casamento. Aos 15 anos, é celebrado o momento em que a menina se torna mulher. As famílias costumam passar meses, se não anos, se preparando, então estamos todos bem eufóricos.

– Esmeralda assumiu a responsabilidade de organizar tudo – disse Julio –, já que minha mulher já não está entre nós.

Christopher assentiu.

– Bem, tenho certeza de que ela está fazendo um excelente trabalho – disse ele. – Eu não vou atrapalhar se…

– Que bobagem! – Esmeralda se controlou ao perceber o entusiasmo com que se pronunciara. – Quer dizer, não é todo dia que temos um visitante de *Londres*, e tudo já está bem adiantado para a festa.

– Você será nosso convidado de honra! – exclamou Julio, animado. – Podemos comemorar o sucesso de nossa parceria e o que isso significa para nossas empresas, agora que chegamos a um acordo sobre os termos do negócio.

Esmeralda conteve seu sorriso.

– O acordo com a Fisher, Lyall & Dutton foi concluído?

Seu pai abriu um enorme sorriso, e ela aproveitou a oportunidade para dar uma olhadinha em Christopher, que estava fazendo um excelente trabalho ao não dirigir muita atenção a ela. Mas quando seus olhares se cruzaram, foi quase impossível evitá-lo.

– Assinaremos os documentos enquanto ele estiver aqui. Trata-se do maior acordo de açúcar já negociado!

Seu pai pegou a taça de vinho e deu um grande gole.

– Parabéns – comentou Esmeralda. – Estou tão feliz em saber que nossa viagem para Londres foi um grande sucesso.

– O Sr. Dutton é agora um membro honorário da nossa família – disse Julio ao se levantar e se colocar atrás dele, dando um tapinha nas costas de Christopher.

Esmeralda assentiu e ergueu sua taça.

– Ao acordo de açúcar mais bem-sucedido da história – disse ela.

E ao fato de Christopher agora fazer parte da família. Se apenas seu pai soubesse como ela queria desesperadamente que Christopher fosse um membro legítimo da família...

Esmeralda deu um gole e depois outro, deliciando-se com as borbulhas de champanhe que arranhavam de leve sua garganta.

– Senhoritas, acho que está na hora de se retirarem – disse Julio, gesticulando para que as criadas tirassem o jantar da mesa. – Christopher, me acompanhe para mais um charuto.

– É claro, *papá*.

Esmeralda assentiu e fez um sinal para que as irmãs subissem com ela. Ela precisou de toda a força de vontade para não olhar de relance para Christopher. Em vez disso, torceu para que ele pudesse encontrá-la depois que a noite tivesse caído.

Ela sorriu sozinha enquanto caminhava. María segurou sua mão de um lado e Gisele do outro, ambas apertando-as com força enquanto deixavam a sala. Depois, saíram em disparada escada acima.

16

Havana, Cuba, dias atuais

Claudia se deitou na cama e fitou o teto. Ela teria mais cinco dias em Cuba, o que, por um lado, parecia ser tempo o suficiente, mas, por outro, um período muito curto para que de fato chegasse a uma solução. Ela descobrira muita coisa sobre a família Diaz – sabia seus nomes, o lugar onde haviam morado e como era a casa deles, além do mistério envolvendo a filha mais velha. Mas não havia chegado nem perto de compreender o que tudo aquilo significava e qual seria a relação de sua avó com a família cubana.

Se pudesse ligar para Charlotte, sabia exatamente o que a amiga diria. Havia muito tempo eram próximas, e Claudia podia imaginar que conselhos ela lhe daria. *Vá e explore Cuba! Desde que te conheço você fala em viajar, então aproveite. Mergulhe no mar, sinta a areia sob seus pés, absorva a antiga arquitetura e encontre um homem maravilhoso para sair, tomar umas cervejas e dar uns beijos.*

Ela sorriu consigo mesma. Até então, fora bem-sucedida na parte dos beijos, o que Charlotte aprovaria totalmente, mas ainda não fizera nenhuma das outras coisas. *E não pense no seu ex.* Esse seria outro conselho que Charlotte lhe daria, porque a amiga teria sido capaz de ler sua mente. O lado bom de não haver internet em Havana era que Claudia não poderia passar horas no Google e no Facebook bisbilhotando o novo casalzinho.

Claudia se sentou e mudou de roupa, fez um rabo de cavalo e aplicou uma maquiagem bem leve. Se não descesse logo, perderia o café da manhã, e sua barriga estava começando a roncar. *Estou me acostumando com a maravilhosa mesa de Rosa.*

Como era esperado, quando desceu as escadas sentiu o agora familiar aroma do café e do pão fresquinho preenchendo a pequena cozinha, e todos os pensamentos sobre o seu ex e a antiga vida que levaram juntos desapareceram.

– Bom dia, Rosa.

– *Buenos días*, Claudia – respondeu Rosa com um largo sorriso. – Sente-se lá fora.

Um casal já estava sentado no quintal, e Claudia não sentiu vontade de se juntar a eles. Na maior parte do tempo, ela havia conseguido evitar os outros hóspedes. Estava mais interessada em conversar com Rosa do que com outros turistas.

– Quer ajuda aqui na cozinha? – perguntou ela. – Não estou com vontade de me sentar lá.

Rosa lhe lançou um olhar perplexo.

– Você é minha hóspede, não pode ficar me ajudando!

Claudia apenas riu.

– Então está bem, vou ficar em pé aqui, tomando meu café. Mas se eu estiver atrapalhando, por favor, me diga.

A mulher mais velha murmurou alguma coisa sem deixar de sorrir. Claudia teve a sensação de que ela estava mais entretida do que incomodada com seu comportamento. Ela não gostava de ficar sentada sem ter o que fazer, e de bom grado teria ajudado a arrumar a cozinha ou a preparar a comida. Além disso, gostava de conversar com Rosa. De certa maneira, era como se estivesse novamente na companhia de sua avó, observando-a na cozinha e lhe contando sobre a escola ou as amigas. Sua avó adorava saber de tudo o que estava acontecendo em sua vida.

– Ajudei Mateo no food truck ontem à noite – disse Claudia enquanto se servia de café, misturando um pouco de açúcar e dando um gole.

– Deve ter sido bom para ele ter companhia.

Rosa desapareceu no quintal por um momento e Claudia a seguiu com o olhar, perguntando-se sobre a vida que ela teria levado, se teria sido casada e como teria feito para conseguir manter sua casa apesar de todas as dificuldades. A vida devia ser difícil com tão pouco dinheiro para tantos custos, mesmo com a renda extra da hospedagem dos turistas.

– Mas, da próxima vez, tente conseguir o segredo da *ropa vieja* – pediu Rosa, ao voltar. – Há anos tento convencer a mãe dele a me passar a receita.

Claudia pegou uma fruta, saboreando a doçura do mamão papaia. Rosa se movia ao redor dela, preparando mais café para levar para o quintal e começando a lavar alguns pratos. Claudia se aproximou e pegou o pano de prato no ombro de Rosa, pondo-se a secar os pratos antes que sua anfitriã protestasse.

– Rosa, o que sabe sobre Esmeralda Diaz?

Rosa parou por um momento, as mãos sob a água cheia de detergente, mas sem esfregar os pratos.

– Tanto a senhora quanto Mateo mencionaram o desaparecimento dela, e isso me deixou curiosa – disse Claudia. – A senhora e ela tinham quase a mesma idade?

– Eu tinha apenas 12 anos quando ela desapareceu, mas todos sabiam quem era Esmeralda Diaz.

Rosa recomeçou a lavar os pratos.

– Mateo mencionou rumores de uma possível fuga. Disse que as circunstâncias do desaparecimento não foram tão suspeitas quanto se imaginou a princípio.

Ela pegou outro prato para secar enquanto Rosa falava:

– Alguns segredos devem permanecer escondidos. Por que questionar coisas que aconteceram há tanto tempo? A garota desapareceu e ninguém jamais voltou a falar nela, e isso é tudo. Se ela fugiu, bem, não sei nada sobre isso.

Quando terminou de secar os pratos, Claudia se sentou e pegou um pãozinho.

– Talvez eu queira saber o que aconteceu com Esmeralda, pois isso pode ter alguma relação com a minha avó – explicou ela. – Não consigo parar de pensar por que uma família como a dela a deixaria ir embora sem mais nem menos.

Rosa suspirou e lançou um olhar que mostrava que ela gostaria de encerrar o assunto.

– Se outras garotas também tivessem sumido, então todos teriam procurado por Esmeralda, mas a polícia se recusou a comentar sobre isso na época, e a família pediu privacidade. Aqui não costumamos fazer perguntas, principalmente quando envolvem uma família como os Diaz, muito menos naquela época!

– Então eles *sabiam* o que aconteceu com ela? Quer dizer, a família?

Rosa murmurou alguma coisa antes de responder:

– Se eles sabiam, trataram do assunto entre eles, em segredo. As pessoas realmente falaram disso por meses a fio, comentavam sobre o escândalo a portas fechadas, mas havia tantas outras coisas acontecendo em Cuba naquela época... Por anos, as pessoas só falaram na Revolução, então ninguém deu muita importância para uma garota rica da alta sociedade que decidiu fugir com um homem.

Claudia quase deixou o café cair no chão.

– Um homem? Todos pensaram que ela havia fugido com um *homem*?

Aí estava uma informação que Mateo não mencionara. E, pelo jeito, Rosa sabia muito mais do que deixava transparecer!

Rosa balançou a cabeça.

– Você faz perguntas demais. Às vezes é melhor deixar o passado no passado.

– Mas...

Rosa abanou a mão.

– Vá e aproveite o dia. Explore Havana! Você quer que Carlos te leve de carro a algum lugar? Posso chamá-lo para você.

Claudia segurou a língua, por mais que isso doesse por dentro. Como Rosa poderia soltar uma coisa dessas e de repente encerrar o assunto? No entanto, ela sabia muito bem que não deveria perguntar mais nada, pois Claudia não queria aborrecer sua anfitriã.

– Obrigada, Rosa – disse ela com um sorriso. – Eu adoraria se você chamasse o Carlos. Tenho certeza de que ele saberá exatamente aonde levar uma turista como eu para passar o dia.

Rosa a enxotou da cozinha agitando as mãos, e Claudia pegou seu café. Sua cabeça estava repleta de perguntas. *Esse é o problema deste lugar: acabo sempre com mais perguntas do que respostas!* Mas passar algumas horas na rua com Carlos talvez fosse exatamente o que ela precisava. Assim aproveitaria o tempo para apreciar os pontos turísticos de Havana e esquecer todo o resto.

Já nem se lembrava quanto tempo fazia desde que pensara em passar as férias na praia, e, de repente, ali estava ela, no paraíso, mas sem ter pisado na areia! Talvez nunca solucionasse o mistério que a levara até ali, mas pelo menos passaria férias maravilhosas em um país que ela provavelmente nunca teria visitado.

* * *

Naquela noite, Claudia foi se deitar e voltou a fitar o teto. Passara um dia adorável visitando pontos turísticos ao lado de um entusiasmado Carlos, e jantara uma comida simples, porém deliciosa, que Rosa preparara. Mas sem televisão para assistir e sem livros para ler, pois havia esquecido de levar, ela ficou deitada ali, relaxada demais para se mexer, mas sem estar cansada o suficiente para pegar no sono. Também não conseguia parar de pensar no que Carlos lhe contara sobre Mateo e sobre a morte do pai dele, que fora devastadora para a família. Parecia que a cidade inteira ficara de luto com a morte de um homem memorável, um homem que era uma cópia idêntica de Mateo. Isso apenas confirmava sua impressão de que ele era gentil e autêntico, e agora ela sabia que ele compreenderia tudo aquilo que ela mesma atravessara. Carlos insinuara que houve outra tragédia na família, mas não se aprofundou, e Claudia não quis bisbilhotar.

O ano anterior havia sido muito difícil devido às perdas tanto de sua amiga quanto de sua avó, e ela sabia que apenas alguém capaz de compreender o luto poderia entender sua dor.

Uma leve batida à porta a surpreendeu e ela se levantou, apoiando-se nos cotovelos.

– Entre! – gritou ela, achando que seria Rosa trazendo alguma coisa.

A senhora comentara que prepararia um drinque antes que ela fosse dormir, mas Claudia não esperava que Rosa o levasse até o quarto.

Ela sorriu quando a porta se abriu, mas seu sorriso logo se transformou numa expressão de surpresa quando viu Mateo parado ali.

– Mateo!

– Você disse para entrar – retrucou ele, nitidamente notando sua surpresa.

– Claro, mas achei que fosse a Rosa, só isso.

Parado ali na porta do quarto, Mateo parecia tão envergonhado quanto ela e enfiou suas mãos nos bolsos do jeans. Aquele era um ambiente bem feminino, com a estampa floral da colcha da cama e um pequeno arranjo de flores na mesinha de cabeceira. Ele parecia tão deslocado que ela quase caiu na risada.

– Você terminou por hoje?

Mateo assentiu.

– Sim. Senti falta de você esta noite.

– Não tenho certeza se ontem eu ajudei ou acabei atrapalhando, então achei melhor ficar longe.

O sorriso dele a fez retribuir com outro sorriso.

– "Atrapalhar"? Foi bom ter você lá comigo. Eu estava acostumado a ter companhia no trailer, então o último ano foi difícil.

Claudia tentou se recordar de quando o pai dele havia morrido, mas tinha certeza de que Carlos dissera que havia mais de um ano. Chegou a abrir a boca para perguntar, mas Mateo falou antes que ela tivesse a oportunidade:

– Você gostaria de sair para caminhar? O Malecón à noite é inigualável.

– Mas você não disse que o Malecón era para as mulheres e seus amantes? – provocou ela.

Seus olhares se cruzaram e ela corajosamente continuou a encará-lo, mesmo sentindo a pele esquentar.

– Devo levar uma jaqueta?

Ele balançou a cabeça.

– Não.

Claudia teria preferido jogar uma água no rosto, mas Mateo não desviou o olhar dela e ela não quis pedir que ele esperasse. Ela não se preocupou em levar nada – afinal, não precisaria do telefone nem da bolsa – e, depois de calçar as sandálias, o seguiu porta afora, fechando-a silenciosamente atrás de si. Mateo a deixou passar na frente e descer as escadas primeiro. Claudia sentiu o olhar dele sobre si e desejou ter sido ela a segui-lo.

Ao pé da escada, viu Rosa sentada no quintal, onde havia uma vela queimando e algumas luzes que iluminavam apenas a mesa.

– Estamos saindo para dar uma volta! – gritou Claudia.

– Tome conta da nossa menina, Mateo – falou Rosa.

Mateo desapareceu por um instante, e Claudia viu que ele foi falar com Rosa, dando-lhe um beijo na bochecha e segurando sua mão por um momento. Ela não entendeu o que ele disse, mas notou a expressão de Rosa se iluminar depois que ele se afastou.

– O que você disse para fazer os olhinhos de uma senhora brilharem dessa maneira? – perguntou Claudia quando ele voltou a caminhar ao lado dela.

– Eu pedi que ela não se preocupasse caso você não volte para casa.

– Mateo!

Ele apenas riu e segurou a mão dela enquanto passavam diante do carro dele, estacionado na rua. Desta vez, ele chegou mais perto dela ao falar:

– Estou brincando. Há anos ela tem me pedido uma receita, e eu disse que lhe daria.

Claudia não teve certeza se acreditava. O lampejo nos olhos dele a fez pensar que ele gostava de provocá-la, mas ela não ligou. Era bom passear com alguém como ele, com quem ela se sentia ao mesmo tempo relaxada e animada. E Rosa havia mencionado uma receita, então poderia ser verdade.

– Ontem à noite – disse ele –, quando você foi me ajudar…

– Eu te *atrapalhei*, não foi?

Mateo riu.

– Não, Claudia, você não me *atrapalhou*, como insiste em dizer. Foi bom ter companhia. Depois de tantos anos trabalhando com outra pessoa, às vezes é difícil ficar sozinho.

– Você disfarça bem – comentou ela, apertando sua mão e se lembrando que suas palmas estavam juntas. – Naquela primeira noite, quando te conheci, você parecia tão feliz.

– Eu me sinto feliz. Me sinto feliz por poder compartilhar minha comida e por ter um trabalho, mas…

Sua boca se crispou num sorriso que não chegou aos olhos dele.

– Seu pai? – perguntou ela.

Mateo balançou a cabeça, aproximando Claudia de si e soltando a mão dela para envolver seus ombros com o braço.

– O que eu quis dizer é que havia algo diferente em você ontem à noite.

Ela ficou se perguntando se deveria contar ou não, se de certa forma não seria melhor manter a discrição e não revelar nada a respeito de suas vulnerabilidades. Por outro lado, que problema haveria em contar a ele? O que quer que acontecesse entre ela e Mateo terminaria em alguns dias. Ela logo deixaria Cuba para voltar a Londres e não o veria nunca mais.

– Ontem à noite, um pouco antes de me encontrar com você, descobri que meu ex-noivo está comprometido outra vez.

– Você ainda o ama?

Ela riu.

– Não. Aí é que está, eu não o amo de forma alguma. Às vezes fico triste pelo futuro que eu pensei que teria, mas escolhi não estar com ele, e sei que foi a decisão certa a tomar.

Os dedos de Mateo acariciaram o ombro dela e, com hesitação, ela deslizou o braço ao redor da cintura dele.

– Você está magoada por ele não ter te amado como você achou que amava – concluiu Mateo. – Se ele te amasse de verdade, por que seguiria em frente tão rápido?

Claudia piscou para afastar lágrimas inesperadas. As palavras de Mateo doeram porque eram verdadeiras – era exatamente assim que ela se sentia. Mas o que não doeu foi a maneira como ele pegou a mão dela e a puxou para si, tocando a bochecha de Claudia com a outra mão, seus quadris roçando um no outro.

– Mas quer saber o que mais?

Ela olhou fundo nos olhos dele, perguntando-se como havia conseguido encontrar em seu caminho, e em um país repleto de estrangeiros, um homem que a fizesse se sentir daquele jeito.

– O quê? – sussurrou ela.

– Você está em Havana, passeando pelo Malecón, com um homem que quer muito estar com você. – A boca de Mateo se aproximou da dela, e as palavras se transformaram em sussurros. – Só terei você por poucos dias, e quero aproveitar cada segundo.

Os lábios dela se entreabriram, mas ela não disse nada, porque não conseguiu. A boca de Mateo pairava sobre a dela, os olhos sem parar de fitá-la. Assim, em vez de falar, ela elevou ligeiramente o rosto e o beijou, enlaçando o pescoço dele. Mateo retribuiu o beijo com carinho, movendo as mãos até a cintura dela e espalmando-as em sua lombar.

Não pense demais. Apenas aproveite o momento. Aproveite o homem maravilhoso que quer você.

Mateo a beijava sem pressa, como se tivesse todo o tempo do mundo, e a tocava com delicadeza. Quando por fim se afastou, manteve sua cabeça abaixada, pressionando a testa na dela.

– Nós dois temos coisas que queremos esquecer – murmurou ele.

Ela não sabia ao certo o que exatamente ele queria esquecer, mas se sentia mais do que feliz por ser sua distração. Claudia se aninhou ao lado dele quando voltaram a caminhar, respirando a brisa do mar, úmida e salgada, e observando os casais que surgiam aqui e ali naquele trecho do calçadão, que se estendia diante deles.

– Com quantas garotas estrangeiras você já passeou pelo Malecón? – perguntou ela.

Ele soltou uma espécie de resmungo e sapecou um beijo no topo da cabeça dela.

– Nenhuma.

– Nenhuma?

Mateo ficou em silêncio, e ela não fez mais nenhuma pergunta, contente com a sensação do corpo dele contra o dela e com as ondas do mar indo e vindo. Foi então que ela se perguntou quais seriam os demônios dele, e se estar na companhia dela o distraía de outra coisa. Ela pensou na maneira como ele havia mencionado estar sozinho e notou, enquanto caminhavam, como o olhar dele se perdia na distância, como se ele estivesse a quilômetros dali.

– Mateo – murmurou ela.

Ele olhou para ela, regressando ao presente. Os dois pararam novamente de andar. Claudia tocou seu rosto e fez carinho em sua bochecha. Os olhos dele lhe confirmaram que ela estava certa, que algo o preocupava.

Era a primeira vez que ele abria um sorriso triste, conforme afagava o rosto dela com seu polegar. Nenhum dos dois disse nada – não foi necessário. Ele entendia a dor que ela sentia, porque a conhecia – algo dentro dele também havia se rompido. Agora ela enxergava isso.

Eles recomeçaram a caminhar e ela se aninhou mais a ele, àquele homem lindo que ela já não conseguia imaginar não rever depois que fosse embora de Cuba.

– Alguém também partiu seu coração? – perguntou ela finalmente.

Será que havia mais em sua dor além da perda do pai? Teria sido isso que Carlos insinuara?

O suspiro de Mateo foi mais como um estremecimento, que ela sentiu percorrer o corpo dele.

– O coração é uma coisa surpreendente – disse ele. – De uma forma ou de outra, ele sempre se cura.

Eles caminharam silenciosamente por tanto tempo que Claudia perdeu a noção da hora, até que Mateo enfim parou e pegou a mão dela, sentando-se sobre o muro de pedra e tomando-a mais para perto de si. Ela se sentou sobre o joelho dele, com mais atrevimento do que teria sido capaz em seu país. Mas com a brisa marítima ainda quente em sua pele e as mãos de Mateo a envolvê-la, a única coisa com que se importava era mergulhar nos beijos dele e se perder em seu toque.

– Você não acreditou em mim quando eu disse que este lugar era para os amantes – murmurou ele.

– Ah, eu acreditei, sim – disse ela, relembrando aquela primeira noite, quando o conhecera.

No entanto, nunca teria imaginado que acabaria nos braços dele – ou nos braços de qualquer outro homem, na verdade.

Ficaram sentados por um bom tempo e se viraram para contemplar o brilho cintilante da lua sobre a água, curtindo a delicadeza daquele momento. Ela não poderia imaginar um lugar mais romântico no mundo do que aquele. E foi quando Claudia sugeriu algo que soou estranho até mesmo para ela.

– Você gostaria de passar a noite comigo?

Seus olhares se encontraram, e eles se entenderam sem precisar dizer nada. Mateo a envolveu nos braços e a beijou novamente.

– *Sí, hermosa chica* – sussurrou ele contra a pele dela. – *Sí*.

Claudia não fazia ideia do que ele dissera, a não ser que a resposta fora *sim*, mas o que quer que fosse, soara belo na língua dele. E quando Mateo se levantou, tomando a mão dela na sua, ela imaginou que ele sussurraria em espanhol contra sua pele a noite inteira.

17

———

HAVANA, CUBA, 1950

E smeralda não pôde evitar lançar olhares furtivos para Christopher enquanto caminhavam. Suas irmãs os seguiam a certa distância, para que os dois pudessem dispor de alguma privacidade, mas ela tomou o cuidado de se manter longe dele o suficiente para seus cotovelos não roçarem por mera distração. Em Londres, eles desfrutaram de um anonimato que ela desejava ter aproveitado melhor. Já em Havana, todos sabiam quem era Esmeralda, portanto bastaria o sussurro de um escândalo para que sua reputação fosse destruída, especialmente se alguma notícia chegasse aos ouvidos de seu pai.

Mas sempre que Christopher falava, sempre que os olhos dele a exaltavam ou quando ela precisava se mover ao redor dele, Esmeralda ficava ofegante, seus dedos ansiosos para tocá-lo.

– Você não estava exagerando quando disse quanto seu país era bonito – falou Christopher, enquanto passeavam.

– Quando se conhece apenas este país, é difícil compreender que o restante do mundo não é assim – respondeu ela.

– Acredite, é um dos lugares mais deslumbrantes na terra.

Ele parou de caminhar e seus olhos capturaram os dela. Naquele instante, nenhum dos dois se moveu. Esmeralda tinha a consciência de que mal conseguia respirar.

– Vamos nos sentar? – perguntou ele.

Ela assentiu, sentando-se sobre a murada baixa e observando ele fazer o mesmo, de frente para ela. Esmeralda lançou um olhar afiado para as irmãs, e elas continuaram a caminhar, compreendendo com toda a clareza que ela não as queria por perto.

– Christopher – disse ela, finalmente falando com liberdade, sem que fossem entreouvidos. – Da última vez que estivemos juntos, na véspera da minha partida, achei que nunca o veria de novo.

O sorriso dele foi caloroso como o sol que brilhava sobre os dois, e ela adorou perceber como ele parecia estar mais relaxado em Cuba, o último botão de sua camisa desabotoado e a gravata dispensada.

Ele se inclinou para pegar a mão dela, mas ela rapidamente cruzou os braços sobre o colo e balançou a cabeça de maneira discreta.

– Aqui não – murmurou ela. – Alguém pode nos ver.

Christopher assentiu e baixou a voz à medida que falava:

– Sei que prometi escrever, mas, depois do que você disse, sobre a possibilidade de o seu pai interceptar nossas cartas, achei que não valeria o risco.

– Achei que fosse um sinal de que o tempo que passamos juntos não havia significado nada para você.

O sorriso sumiu do rosto dele.

– Não pensei em mais nada depois que você partiu.

Christopher colocou sua mão na murada e aproximou seus dedos dos dela. Ela respirou fundo e também baixou sua mão, olhando ao redor antes de cuidadosamente mover seus dedos até que tocassem os dele. Sua pulsação acelerou, pois ela sabia o que aconteceria se fossem flagrados pelo pai dela.

– Quantos dias passará aqui? – perguntou ela.

– Ficarei uma semana. Não consegui me ausentar do trabalho por mais tempo. – Ele riu. – Meu pai ficou furioso por eu demorar tanto, mas eu o convenci de que precisava ver Julio pessoalmente antes de assinar o contrato definitivo e de que seu pai me esperava aqui.

Esmeralda absorveu as palavras e examinou cada pedacinho do rosto dele, enquanto permaneciam sentados.

– Você veio por minha causa?

Ele sorriu.

– Eu vim por você, Esmeralda. É claro que vim por você.

Esmeralda fechou os olhos, escutando as palavras dele, deixando que elas a invadissem. *Ele veio por minha causa*. Ela havia passado tantas horas se perguntando se Christopher sentira o mesmo que ela, imaginando que talvez o que para ela significasse tanto, para ele não tivesse representado nada... E seus pensamentos não podiam estar mais longe da verdade.

– Então terei mais seis dias com você? – perguntou ela, quando finalmente abriu os olhos.

– Mais seis dias – repetiu ele.

Antes que pudessem dizer mais uma palavra, Esmeralda viu suas irmãs voltando.

– Encontre-me do lado de fora do portão de nossa casa esta noite – disse ela, inclinando-se na direção dele ao começar a se levantar. – Quero vir aqui com você quando já tiver anoitecido.

Os olhos de Christopher se arregalaram.

– Esta noite?

Ela sorriu com doçura e deu um passo atrás para que ele se levantasse.

– É aqui que todos costumam passear com seus amados e amadas depois que anoitece – sussurrou ela.

O rosto de Christopher enrubesceu, e ela riu quando se pôs a caminhar com suas irmãs, de braços dados com Gisele. Continuou a sorrir na direção do homem que havia roubado seu coração, e foi bom, pela primeira vez, vê-lo corado, e não ela.

– Ele é exatamente como você descreveu – sussurrou Gisele.

– Ainda não consigo acreditar que ele esteja aqui. – Esmeralda suspirou. – Tenho uma semana com ele. Uma semana antes de nos despedirmos mais uma vez.

– Talvez você devesse conversar com *papá* – murmurou Gisele. – Haveria alguma chance de ele compreender?

– Que eu me apaixonei pelo sócio dele, um homem que não é cubano? É claro que ele não compreenderia! *Papá* ficaria furioso comigo, e isso acabaria arruinando tudo.

Gisele recostou a cabeça em seu ombro.

– Você é a preferida dele, Es. Se ele pudesse perdoar alguém por alguma coisa, com certeza seria a você.

Ela não respondeu porque sabia que a irmã estava certa. Esmeralda *sempre* fora a favorita do pai, mesmo que não gostasse de admitir. Mas o fato de ela ter se apaixonado por Christopher não era apenas um pequeno erro, uma indiscrição que pudesse ser perdoada e esquecida. Seu pai esperava mais dela, ela era um modelo de conduta para as irmãs, aquela que servia de exemplo para toda a família.

Não, *papá* nunca a desculparia se descobrisse, da mesma maneira que nunca aceitaria Christopher como parte da família, como seu genro, por mais orgulho que tivesse do acordo comercial que selaram. Isso significava que Esmeralda teria que escolher o que era mais importante para ela: sua família ou o homem por quem se apaixonara.

Ela piscou para afastar as lágrimas, rapidamente secando suas bochechas enquanto Gisele levantava a cabeça.

– O que houve? – perguntou ela, a preocupação estampada no rosto, o que partiu ainda mais o coração de Esmeralda.

– Nada – disse ela. – Não há nada de errado. Estou apenas feliz, é só isso.

Gisele se aconchegou perto dela novamente e Esmeralda endireitou a postura para que ninguém notasse o turbilhão que a invadia por dentro. *Não importa quanto eu o ame, não importa quanto anseie por estar ao lado dele, nada irá me afastar da minha família.*

Nosso amor é simplesmente impossível.

* * *

Naquela noite, Esmeralda se deitou sob suas cobertas com o coração martelando forte enquanto aguardava. A casa já estava em silêncio por algum tempo, e a escuridão havia estendido seu manto sobre o céu, mas ela precisou esperar até que não houvesse a mínima chance de ser flagrada a caminho do próprio quarto pelo pai, ou pelas criadas, que, àquela hora, ainda poderiam circular, finalizando tarefas noturnas. Depois do jantar, como na noite anterior, Christopher e seu pai haviam se retirado para fumar charuto e tomar um drinque, mas ela mantivera uma fresta da porta aberta e escutara, esperando até que todos os sons costumeiros da casa cessassem. Ela colocara sua irmã caçula na cama horas antes, se despedira de todos e dissera à sua criada que não precisaria de nenhuma ajuda para se preparar para dormir. Em seguida, Esmeralda mudou de roupa e pôs um vestido simples. Encontrou um lenço para amarrar no cabelo, que ela havia trançado para ajudar no disfarce. Ela esperava que ninguém a reconhecesse sob a escuridão da noite, mas, caso fossem notados, queria fazer o possível para se parecer menos com uma Diaz e mais com uma garota cubana qualquer.

Depois de um tempo que pareceu uma eternidade, Esmeralda se levantou, evitando a parte do assoalho que sempre rangia, e guardou o lenço no bolso, sem querer usá-lo até que já tivesse saído de casa. Se fosse vista com ele amarrado à cabeça, ficaria óbvio que estava saindo de casa furtivamente.

Esmeralda parou no topo da escada, os olhos já acostumados à escuridão graças à longa espera, e pôde ver que todas as portas dos quartos estavam fechadas, e não havia uma única frestinha de luz resplandecendo sob elas. Ela respirou fundo e desceu as escadas lentamente, com o passo mais leve de que foi capaz. Quando chegou ao andar inferior e andou em silêncio pelo saguão, decidiu atravessar a cozinha e sair pela porta lateral em vez de usar a pesada porta principal. Ela devia ter avisado Christopher sobre isso, mas se ele fosse flagrado, poderia dizer que estava saindo para dar uma volta e arejar a cabeça ou dar alguma outra desculpa – os homens nunca eram questionados, não importava a hora.

Quando já estava do lado de fora, a porta lateral se fechou atrás dela. Esmeralda pegou seu lenço de seda e cuidadosamente cobriu seu cabelo com ele, prendendo-o e passando os dedos sobre ele para fixá-lo. Mas de repente seu coração começou a martelar ainda mais forte, pois faltavam apenas alguns passos para descobrir se Christopher realmente estava esperando por ela do outro lado do muro. Ela se apressou, olhando por sobre o ombro antes de atravessar o portão, mas a casa jazia sob o manto da escuridão. Ninguém a escutara.

Ela deixou o portão ligeiramente aberto para evitar um possível rangido e se viu sozinha à espera na rua, as costas apoiadas contra o muro. Justo no momento em que começou a se afligir com a possibilidade de ele ter mudado de ideia, um vulto saiu das sombras.

– Christopher? – sussurrou.

– Sou eu.

Ela correu para os braços dele sem pensar, suas mãos deslizando pela nuca dele, enquanto ele a aconchegava com firmeza contra seu corpo, os dedos na cintura dela.

Eles deveriam ter esperado até que já estivessem mais afastados da casa, mas Esmeralda já estava ansiosa desde a noite anterior, consumida por pensamentos, imaginando-o deitado em um dos suntuosos quartos de hóspedes, tão próximo dela e, mesmo assim, tão distante. Os lábios de Christopher tocaram os dela delicadamente, e ela o beijou com vontade, sendo transportada para a noite que haviam passado juntos em Londres, dançando e depois se beijando no terraço.

– Precisamos ir – sussurrou ela próximo à pele dele, consciente de que poderiam facilmente ser flagrados ali.

O lenço na cabeça não enganaria ninguém que a conhecesse bem, principalmente um criado, caso os encontrasse.

Esmeralda passou seu braço pela cintura de Christopher e eles começaram a caminhar, o braço dele sobre os ombros dela. Por um bom período eles não disseram nem uma palavra, de certa forma felizes apenas por estarem juntos. Mas quanto mais andavam, quanto mais se afastavam da residência da família, mais coragem ela sentia por estar com ele, por isso acabou tirando o lenço da cabeça e deixando seu cabelo cair sobre os ombros. Se aquela fosse uma das únicas noites que passariam juntos, então Esmeralda queria se sentir como ela mesma.

– Aonde você está me levando? – perguntou Christopher, pressionando de leve os ombros dela.

– De volta ao Malecón. Ou a qualquer lugar aonde queira ir.

– Soaria exagerado se eu dissesse que ao seu lado qualquer lugar me satisfaz?

Ela se aproximou dele.

– De forma alguma.

Continuaram caminhando num silêncio confortável, até que chegaram exatamente aonde ela queria estar. A vida toda vira casais passeando ao longo do Malecón e se perguntara que graça tinha aquilo: o andar vagaroso, as mãos dadas, os beijos ainda mais demorados à noite, quando, supostamente, ninguém poderia ver, ou as lágrimas de despedida. Agora Esmeralda compreendia.

– Vamos nos sentar? – perguntou ela.

Christopher soltou a mão dela e se sentou, e ela se posicionou tão perto dele que estava praticamente em seu colo. Os braços dele a envolveram, e ela deixou sua cabeça tombar sobre o peito dele. A leve brisa marítima soprava, fazendo o cabelo dela se agitar ao redor dos dois.

– Esmeralda, sei que nos conhecemos há pouco tempo, mas se eu falasse com seu pai...

– Não! – Ela ergueu a cabeça e encarou Christopher nos olhos. – Não, não faça isso. Ele nunca aceitaria.

Christopher afagou os cabelos dela ao fitá-la.

– Mesmo que ele preze nossa parceria comercial? Não acha que isso já é suficiente? Se ele compreendesse que minhas intenções são sérias, se...

Ela balançou a cabeça.

– Meu *papá* nunca permitiria. Se ele sequer suspeitar de que existe algo entre nós, de que você se comportou de outra forma que não como meu acompanhante de confiança em Londres, muito provavelmente ele se apressará em me casar com um cubano em vez de me permitir ficar com você.

Christopher pousou a mão sobre a bochecha dela, afagando sua pele delicadamente com o polegar.

– Não posso partir de Havana sem você, Esmeralda. Ou pelo menos sem uma promessa de que teremos uma vida juntos.

Ela se recusou a chorar, afastando as lágrimas presas em seus cílios.

– Às vezes não podemos ter aquilo que desejamos.

Descendo o polegar até a altura do queixo dela, Christopher a acariciou e se aproximou, como se fosse beijá-la novamente.

– Esmeralda?

Ela deu um pulo, protegendo o corpo com os braços ao se virar.

– Alejandro?

Seu primo estava parado ali com os braços cruzados e uma bela mulher ao lado, apoiando a mão no cotovelo dele. Ela não sabia ao certo se ele estava bravo ou apenas curioso.

– O que está fazendo aqui a essa hora da noite? Quem é este?

– Este... – começou ela, acenando na direção de Christopher, que já havia se levantado. – Este é Christopher Dutton. Ele veio de Londres para nos visitar.

Alejandro deu um passo à frente, e ela reparou que a amiga dele ficou no mesmo lugar, tendo retirado a mão do braço do primo.

– Seu *papá* sabe que você está fora de casa a essa hora? E na companhia de um homem?

– O que você acha, Ale? – perguntou ela, balançando a cabeça e se posicionando diante de Christopher. – E nem pense em contar para ele.

– Desculpe-me, ele é seu...

– Primo – explicou ela rapidamente, antes de segurar a mão de Alejandro. – Meu querido primo *preferido*, que não ousaria revelar nosso segredo.

Alejandro riu, e sua expressão foi se suavizando até assumir a que ela estava acostumada a ver.

– Seu primo preferido, hein?

– Você sempre foi meu favorito e sabe disso – disse ela, sorrindo para ele.

Quando soltou a mão dele, ela deu um passo atrás e voltou a se colocar ao lado de Christopher.

– Christopher e eu nos conhecemos quando eu fui a Londres.

– E você achou que seria uma boa ideia sair furtivamente de casa depois de escurecer para dar um passeio pelo Malecón? – perguntou Alejandro, antes de soltar um assovio. – *Prima*, você é mais corajosa do que eu pensava.

Ela se aproximou.

– Você não vai contar nada, certo?

– Quantas vezes você já saiu escondida à noite? – perguntou ele.

Esmeralda olhou feio para ele, com uma das mãos na cintura.

– Nunca.

A mulher que o acompanhava deu um passo à frente, e ele deu de ombros, rindo e balançando a cabeça.

– Você sabe que o seu segredo está a salvo comigo. Mas se Julio descobrir...

– Ele não vai descobrir.

Ela se afastou e Alejandro trocou um aperto de mãos com Christopher.

– Você deve ser muito especial para ela se arriscar dessa maneira.

Christopher disse algo que ela não ouviu, e Alejandro recuou e se aproximou de sua acompanhante. Apenas quando eles começaram a se afastar, o coração dela martelando com força por ter sido pega, foi que ela se deu conta de que não havia perguntado o nome da amiga dele, e pensou que ela deveria ser a mulher que ele mencionara antes.

– Essa foi por pouco – comentou Christopher, quando os dois já estavam a sós novamente e Esmeralda observava Alejandro se afastar.

Ela se virou.

– Se tivesse sido outra pessoa, se alguém mais houvesse me reconhecido...

Os braços de Christopher a envolveram e ela apoiou a bochecha no peito dele enquanto se abraçavam.

– Mas não foi. Nosso segredo está a salvo.

Ela sabia que ele estava certo, mas também sabia que ele provavelmente não compreenderia as repercussões caso fossem flagrados.

– Vamos caminhar? – perguntou ele. – Ou você prefere se sentar?

– Vamos caminhar – disse ela.

Seus pensamentos estavam a mil, tentando imaginar algo mais seguro, perguntando-se onde eles poderiam se encontrar numa próxima vez, se haveria algum lugar onde não seriam pegos de surpresa.

E enquanto Christopher a mantinha aconchegada contra o corpo dele, ela desejou que houvesse alguma forma de conseguir passar uma noite inteira com Christopher, sem que alguém percebesse sua ausência.

– Sei que você acha que sua família não me aceitaria, mas minha mãe a adoraria – disse Christopher. – Ela exibiria você a todas as amigas dela, e a levaria para almoçar toda semana.

Esmeralda tentou imaginar essa cena. Depois de tanto tempo sem a presença de sua mãe, era quase impossível imaginar uma vida em que uma mulher mais velha cuidasse dela. Ela sempre fora a filha mais velha, a que tomava conta de tudo, até mesmo de seu *papá*.

– Você acha mesmo que ela me aprovaria?

– Sim, Esmeralda, eu sei disso. Um dia, ela a considerará a filha que nunca teve. Sem falar que, se lhe der os netos pelos quais ela anseia a tantos anos, você será a preferida dela.

Christopher sorriu para Esmeralda, passando os dedos delicadamente pelos braços dela até tomar suas mãos nas dele.

Quando seus lábios se tocaram, quando ela se deixou levar pelo toque da boca dele na dela, Esmeralda realmente acreditava que qualquer coisa era possível. Que, de alguma forma, independentemente dos obstáculos que surgissem, eles encontrariam uma forma de ficarem juntos outra vez.

18

HAVANA, CUBA, DIAS ATUAIS

Claudia decidira que não se repreenderia em relação a Mateo. Sentia que sua pele ainda brilhava pela noite passada, eletrizada pelo toque das mãos dele e pelo jeito como ele a fazia se sentir. Ela sorriu ao recordar o que havia acontecido mais cedo naquele dia, quando acordou ao lado dele pela manhã.

Sua barriga roncara, e Mateo logo afastou os lençóis e deu um beijo em sua pele nua.

– Você está com fome.

Ela soltou um gemido e estendeu os braços na direção do rosto dele, puxando-o para perto e se entregando a mais um beijo. A verdade é que ela não se cansava dele, e mesmo com o sol se infiltrando pelas persianas, percebeu que não se sentia constrangida por ele ver seu corpo. Havia alguma coisa a respeito de estar longe de casa, com um homem que ela sabia que nunca mais veria novamente, que lhe dera uma nova confiança. Ou talvez se tratasse daquele homem em particular.

Mateo se reclinou sobre os travesseiros, e ela se aninhou contra o peito dele, escutando sua respiração e afagando a sua pele com movimentos circulares. Os pelos do corpo dele eram escuros e a pele tinha uma linda tonalidade marrom-dourada sob a dela, mais clara.

– Quantos dias você ainda tem aqui? Já perdi a conta.

– Três – sussurrou Claudia, desejando ficar mais tempo se isso significasse ter mais noites como aquela.

– Três dias com você nos meus braços – sussurrou ele com o rosto apoia-do na cabeça dela. – É muito pouco tempo com um corpo desses.

Ela sabia que estava corando quando ele passou os dedos pelo quadril e pela parte superior da coxa dela. Eles mal dormiram, e Claudia percebeu que seria impossível manter os olhos abertos mais tarde, mas, depois de ter passado aquela noite com Mateo, ela entendeu que decididamente já não sentia mais nada pelo seu ex. Max havia sido a última coisa que passara pela cabeça dela enquanto voltava para o quarto de mãos dadas com Mateo, e ela esperava que Mateo fosse o único homem em seus pensamentos por meses a fio. Na verdade, ela duvidava que algum dia seria capaz de esquecer aquele encontro.

– Preciso ir embora em breve – disse ele. – Mas, se eu pudesse, ficaria o dia todo aqui com você.

Ela se aconchegou ainda mais ao corpo dele, desejando poder ficar na-quela pequena bolha por mais tempo, apenas os dois. Mas, dentro de pou-cos minutos, Mateo se desvencilhou, então lhe deu um beijo demorado na boca e se levantou.

Claudia se deleitou ao observar e admirar seu corpo musculoso e es-belto enquanto ele se vestia. Os olhos dela passearam pelo peito de Mateo quando ele se virou e ficou de pé ali, apenas de jeans. Mas ele não estava olhando para ela, e sim para a caixinha sobre a mesa de cabeceira.

Ela se reclinou e a pegou.

– Estas são as pistas deixadas para a minha avó – disse ela, envolvendo--se com o lençol enquanto se sentava na cama. – Foi esta caixinha que me trouxe até aqui.

Não fosse por ela, provavelmente Claudia nunca teria viajado para Cuba.

Mateo se sentou ao lado dela, pegando a caixa e passando o polegar pela superfície lisa.

– O brasão estava dobrado dentro dela?

Ela assentiu e levantou a tampa.

– Ainda está aqui dentro. Foi desenhado à mão, o que é o mais estranho.

– Alguém devia conhecê-lo bastante para ser capaz de desenhá-lo à mão, sobretudo tão bem. Não é algo fácil de se lembrar.

– Nós fizemos uma versão colorida, apenas para ver como ficaria

– disse ela. – Bem, meu pai fez. Ele ficou muito empolgado com a história toda.

– O brasão simplesmente estava dobrado dentro dessa caixa?

– Sim. A caixa estava amarrada com um barbante, e havia um cartão preso a ela com o nome da minha avó escrito à mão.

Mateo revirou a caixa em suas mãos, examinando-a com atenção, antes de olhar dentro dela novamente e retirar o cartão de visita. Ela o observou enquanto lia o cartão e depois colocava tudo de volta na caixa.

– Essas eram as únicas coisas dentro dela? – perguntou ele.

Ela assentiu.

– Sim. Apenas o brasão e o cartão.

– Consigo entender por que você está tão intrigada com tudo isso.

Ela pegou a caixa e a devolveu à mesa de cabeceira. Claudia tinha a sensação de estar se desviando do motivo principal de sua viagem a Cuba, e, naquele momento, a visão da caixa a fez se sentir frustrada por ainda não ter avançado em suas buscas. Estar com Mateo era incrível – de certa forma, era exatamente aquilo de que ela precisara.

– Você vai estar livre amanhã? – perguntou Mateo, aproximando-se e afagando o cabelo dela, caído sobre os ombros.

Ela sorriu.

– Esqueceu que estou de férias? Estou livre todos os dias.

– Então venha almoçar com a minha família – convidou ele. – Talvez minha mãe possa ajudá-la.

Claudia tentou disfarçar seu entusiasmo diante da ideia de conhecer a família dele. A mãe de Mateo já havia sido muito gentil ao compartilhar o álbum de fotografias, o que a deixara curiosa para conhecê-la, e Claudia estava interessada em vislumbrar seu mundo e descobrir como era a vida dele de verdade. O lugar onde morava, o bairro em que havia crescido e como era sua família.

– *Te veo pronto, mi amor* – disse ele, abaixando-se para beijá-la mais uma vez antes de partir.

– Ainda não tenho a menor ideia do que você está falando. – Ela suspirou. – Mas poderia ficar escutando o dia todo.

Mateo riu, virando-se quando já estava na porta.

– Eu disse: vejo você logo mais, meu amor.

Ela esperou até que ele tivesse fechado a porta para voltar a afundar nos travesseiros, seus olhos fechados, se perguntando se não era a mulher mais sortuda do mundo.

* * *

Claudia sorria ao caminhar, lembrando-se da maneira como ficara deitada, saciada de um jeito que nunca sentira. E quando avistou o food truck de Mateo, sua pele se arrepiou só de vê-lo. Havia alguma coisa nele: o jeito como a olhava, como a fazia se sentir. Ela não se cansava dele.

– Claudia!

Era Carlos. Ela viu Mateo erguer o olhar e sorrir, enquanto ela se virava. Como era de esperar, Carlos estava andando na direção dela, o chapéu branco acomodado casualmente sobre a cabeça, a camisa um pouco desabotoada demais. Mas foi a mulher com quem ele estava de braços dados que a fez sorrir – dessa vez, ela não parecia querer matar ninguém.

– Claudia, quero lhe apresentar a minha esposa – disse Carlos.

Naquele momento, Mateo havia saído do trailer com um pequeno pano de prato jogado sobre o ombro, o avental preto contrastando com a blusa branca. Ele se aproximou e ficou ao lado dela.

– Prazer em conhecê-la...

– Amber – apressou-se a outra mulher.

Carlos sorria de orelha a orelha, o braço sobre os ombros de sua mulher, que analisava Claudia descaradamente, de um jeito não muito simpático.

– O que tem feito? – perguntou Carlos. – Achei que precisaria de mim para guiá-la pela cidade. Nosso Mateo tem te mantido ocupada?

Claudia riu, olhando de relance para Mateo, mas ele apenas deu de ombros.

– Preciso voltar ao trabalho. Venham mais tarde para jantar. Vou guardar algo para vocês – disse ele para Carlos.

Claudia se virou ligeiramente e, sem que ela esperasse, Mateo lhe deu um beijo demorado, como se estivessem a sós. Mas quando ele se afastou e lhe lançou uma piscadela, ela percebeu que Amber de repente desfez a cara feia e pareceu muito mais amigável.

Carlos soltou um assovio.

– Pelo jeito, Mateo está fazendo muito mais do que te ajudar a solucionar o mistério, hein?

Ela decidiu não ficar sem jeito – era uma mulher adulta, solteira, desfrutando da companhia de um homem.

– Não vou mentir, estou muito contente por você ter me apresentado Mateo.

– Bem, estou feliz por vocês dois – comentou Amber. – Mateo merece que algo de bom lhe aconteça, mesmo que seja apenas por alguns dias.

Claudia notou o olhar afiado que Carlos lançou para a mulher.

– O quê? – perguntou Amber, dando de ombros. – É verdade. Depois do que ele passou, é bom vê-lo feliz.

Claudia hesitou, olhando de um para outro.

– Depois do quê? O que aconteceu? – Era a segunda vez que alguém mencionava o passado de Mateo. – Você se refere à morte do pai dele?

Carlos olhou por cima do ombro dela, e ela sabia que ele fitava o food truck.

– Ele é um homem bom, nosso Mateo. Continue a fazê-lo sorrir, é bom vê-lo feliz outra vez.

Ela os viu partir, Carlos puxando sua mulher para longe, embora não antes de Amber articular um *desculpe*. Claudia ficou parada por um tempo, depois se virou e olhou para Mateo, que estava assoviando no trailer enquanto cozinhava, como se não tivesse nenhum motivo para se preocupar na vida. *Do que será que Amber estava falando?*

De repente ela sentiu que não era apenas o mistério de sua avó que precisaria solucionar. Parecia que ninguém gostava de falar sobre o que acontecera com Mateo, ou talvez só não quisessem falar sobre isso *com ela*.

– Vamos lá, *chica*! – gritou Mateo. – Vai ficar parada aí jogando seu charme ou vai me ajudar?

Claudia sorriu e entrou no food truck, deslocando-se para ficar ao lado dele. *Mateo disse alguma coisa sobre ficar feliz por ter companhia no trailer novamente. Será que mais alguém, além do pai dele, trabalhou ali antes? Será que ele perdeu mais alguém?*

Mas ela não teve tempo de perguntar, porque Mateo se movia habilmente ao redor dela, naquela cozinha compacta repleta dos mais deliciosos aromas. E, mesmo que quisesse, Claudia não teria perguntado nada que pudesse arruinar a leveza que reinava entre eles.

* * *

– Então tudo o que preciso fazer é mexer? – perguntou ela, olhando de relance para Mateo, que estava ocupado fatiando alguma coisa para adicionar ao ensopado que Claudia cozinhava. – Como é mesmo o nome disso?

– *Ropa vieja*, a receita que Rosa vive me pedindo – disse Mateo, aproximando-se e pousando o queixo no ombro dela ao se inclinar para a frente, a pélvis encostando-se no corpo de Claudia. – É nosso prato típico, mas eu adaptei um pouco.

– *Ropa vieja* – repetiu ela, brincando com as palavras.

– *Vieja.*

Mateo corrigiu o sotaque, e ela tentou não rir enquanto repetia a expressão.

– Melhor – elogiou ele. – Agora, prove isso.

Ele tirou um pequeno pedaço de carne da panela e a fatiou, antes de lhe pedir para abrir bem a boca. Mateo lhe deu a carne, observando o rosto dela para ver sua reação.

– É incrível – disse ela. – Está tão macia que chega a dissolver na boca.

– O segredo é cozinhar lentamente, depois fatiar a carne em tiras e colocar sobre o arroz na hora de servir. O molho é muito saboroso, com pimentões, cebolas, alho e vinho, mas é preciso cozinhar com amor, e isso significa horas de dedicação.

Ele se inclinou sobre ela novamente e mergulhou uma colher no molho, erguendo-a até a altura da boca de Claudia. Ela obedeceu.

– Hummm, está tão bom!

Ele roçou a pélvis no corpo de Claudia de novo, dessa vez sussurrando diretamente no ouvido dela.

– Tudo depende do tempo que eu levo para fazer as coisas.

Ela já não sabia se estavam falando do molho ou de outra coisa completamente diferente. Mateo passou diante dela e naquele momento estava de costas, fatiando alguma coisa para outra receita que também preparava.

– O que eu posso fazer para ajudar? – perguntou ela.

– Você pode servir a comida. Preste atenção que vou te orientar passo a passo.

Ela engoliu em seco. Claudia não estava cozinhando, mas isso não queria dizer que não poderia cometer algum erro. Não queria decepcioná-lo, principalmente porque ele era um cozinheiro renomado.

– O que você está fazendo? – perguntou ela, esgueirando-se e aproximando-se um pouco mais.

– Estou finalizando a *yuca con mojo* – explicou ele, enquanto picava o alho. – Aqui está, você pode espremer os limões para mim.

Ela se aproximou e pegou os limões.

– Você tem um espremedor?

– Use as mãos, *tonta* – retrucou Mateo, rindo.

– *Tonta*?

Ele riu ainda mais, embora não tivesse olhado para ela, pois estava manejando uma faca muito afiada.

– Bobinha – disse ele. – Significa bobinha.

Claudia pegou uma faca que parecia ser muito menor e cortou o primeiro limão pela metade, espremendo-o com a mão. Percebeu que era bem mais agradável fazer isso manualmente do que com um espremedor. Ela passou ao limão seguinte, volta e meia enchendo a tigela que ele passara para ela.

– O que mais você coloca?

– Este prato é feito com mandioca, e você cozinha com um molho forte, feito com alho, sumo de limão e azeite. É um dos pratos vegetarianos mais saborosos de Cuba.

Ela assentiu, usando o braço para enxugar a testa, já que seus dedos estavam cheios de sumo de limão.

– Cozinhar combina com você – disse ele, cutucando-a com o ombro.

Claudia o cutucou de volta, rindo ao fazer isso. Talvez cozinhar não fosse uma tarefa tediosa, afinal.

* * *

– Foi uma noite e tanto – comentou ela, suspirando e tentando soprar o cabelo do rosto.

Sua pele estava pegajosa devido ao calor da cozinha, sua camiseta grudava na pele, e depois de horas sentindo o aroma de uma comida tão deliciosa, ela estava faminta. Apesar de tudo isso, havia sido uma das melhores e mais agradáveis noites da sua vida.

– Venha aqui, sente-se comigo e coma isso – convidou Mateo.

Claudia olhou para o prato com avidez, gemendo de deleite ao ver o que havia nele. Era a *ropa vieja* que ela mexera no comecinho da noite.

– Você não falou que tinha acabado?

– Separei um pouco para você – confessou ele. – Não tenho como pagar pelo seu trabalho, então o mínimo que posso fazer é te alimentar.

Com água na boca, ela estava prestes a se sentar no degrau, como haviam feito da última vez que comeram juntos, quando Mateo fez um gesto para que Claudia continuasse a andar. Como se ela fosse permitir que ele lhe pagasse pelo trabalho módico que fizera – pelo que sabia, ela mais atrapalhara do que ajudara, isso sim!

– Por que não caminhamos enquanto comemos? Preciso alongar minhas pernas.

Claudia gostou da ideia, e à medida que vagavam lentamente, a maior parte do tempo em silêncio, percebeu quanto ficava relaxada ao lado dele. Não havia muitas pessoas em sua vida com as quais ela se sentisse daquela maneira, além de seus pais e sua amiga Charlotte, e Claudia não pôde evitar o pensamento de que aquilo era muito bom.

– Preciso admitir que sinto inveja do seu trabalho – confessou ela. – Você encontrou algo em que tem talento, se diverte toda noite e parece tão feliz. É bonito observar você cozinhar.

Mateo engoliu em seco e assentiu lentamente.

– Tem razão, mas eu sinto inveja de você por poder viajar – concordou ele. – E parece que seu trabalho também te deixa feliz.

Ela olhou para ele e soube que precisava lhe contar. Era algo que trazia dentro de si, e Claudia detestava pensar nisso, mesmo sabendo que não poderia manter aquilo a sete chaves para sempre. Mas, por algum motivo, quis que Mateo compreendesse por que ela havia feito certas escolhas na vida. Por que ela podia viajar e de que maneira sua vida mudara.

– Eu achava que adorava meu antigo trabalho – disse ela, quando começaram a andar ainda mais lentamente. – Consegui o emprego dos sonhos logo que terminei a universidade, e o salário era incrível. É a única razão pela qual posso viajar agora, e pude escolher o meu trabalho atual.

Mateo a observava enquanto comia. Claudia deu um suspiro profundo, cutucando a carne no prato com o garfo.

– Eu tinha duas melhores amigas. Nós nos conhecemos na universidade e nos jogamos na vida com grandes sonhos – continuou ela, visualizando tudo em sua mente, lembrando-se de como elas eram. *As três mosqueteiras, prontas para conquistar o mundo.* – Nenhuma compreendia de verdade quantas horas os outros esperavam que trabalhássemos ou que tipo de pressões encararíamos. Minha amiga Charlotte trabalhava num escritório de advocacia e lidava com práticas diferentes da nossa, na área de finanças.

– Foi por isso que você saiu? Por causa das horas? – perguntou Mateo, parecendo genuinamente interessado. – Imagino que eles faziam os mais jovens trabalharem pesado.

Ela suspirou com um leve tremor e perdeu o apetite.

– Lisa e eu nos sentávamos lado a lado, em uma área que eles chamavam de "curral", porque entulhavam todos ali. Só os melhores seriam promovidos e ganhariam uma mesa própria, e nós duas achávamos que conseguiríamos chegar a essa posição quando fôssemos recomendadas. A vida parecia incrível.

– O que aconteceu?

– Depois de meses trabalhando cem horas por semana sob uma pressão contínua para bater metas, nós duas enfrentávamos sérias dificuldades. Era muita coisa para dar conta, mas todos continuavam dizendo que estávamos indo muito bem, que devíamos agradecer pelas oportunidades que tínhamos ali. – Ela enxugou as lágrimas. – Até que um dia Lisa não apareceu para trabalhar e não atendeu ao telefone. Saí do escritório, pois sabia que alguma coisa estava errada. Eu tinha a chave do apartamento dela. Meu chefe ficou furioso porque saí durante o expediente, mas eu não estava nem aí.

Mateo apoiou seu prato, olhando nos olhos dela.

– Acontece que ela estava tomando remédios para se manter desperta, para dar conta das horas que precisava trabalhar. O médico-legista disse que a causa da morte foi uma overdose acidental. Eu nem sabia que ela estava tomando remédios.

Mateo balançou a cabeça.

– Sinto muito. Consigo entender por que você quis largar esse trabalho.

– Além disso, meu noivo que não foi capaz de entender por que eu quis sair de uma firma em que tudo estava tão equivocado, e que levara embora uma das pessoas de quem eu era mais próxima. Minha vida de certa forma implodiu.

– A morte nos faz reavaliar a vida – disse ele, gesticulando para que se sentassem.

Ela seguiu a orientação dele, remexendo na carne e no arroz, até que decidiu comer um bocado – o prato estava delicioso, e Claudia não ia deixar que suas memórias a impedissem de saborear algo que ele havia preparado para ela.

– Algumas pessoas tiram alguns dias para pensar, outras fazem mudanças drásticas – continuou ele. – Mas todas veem a morte como uma nova maneira de abordar a própria vida.

Claudia ergueu o olhar e viu que ele parecia ter a mente distante, fitando o vazio.

– Você fala como alguém que vivenciou isso – observou ela.

– Um dia eu vou lhe contar minha história – disse Mateo. – Mas não hoje.

Claudia estava curiosa, era inevitável. Depois do que havia sido falado mais cedo, da maneira como Carlos lançara aquele olhar tão afiado para a esposa, e até mesmo depois de Rosa ter aludido à tristeza ou ao luto de Mateo. Ela apenas assentiu, encostando o joelho no dele. Quando ele estivesse pronto, lhe contaria.

– Chega mais perto.

A voz dele estava mais rouca do que antes, e seus olhos procuravam os dela.

Claudia fez o que ele pediu, aproximando-se, e se surpreendeu quando ele pegou seu prato e deixou os dois atrás dele. Talvez ambos se sentissem atraídos um pelo outro porque buscavam um recomeço, porque, quando a boca dele tocava a dela, Claudia entendia que Mateo também estava tentando esquecer. Escapar das memórias, viver o presente e não permitir que o passado o definisse.

– Você vai voltar para casa e se lembrar de ter sido beijada no Malecón

– sussurrou ele. – Poderá se lembrar de Havana e da maneira como a cidade te trouxe de volta à vida, como ela lhe permitiu viver sem ficar pensando no passado.

Claudia não se deu o trabalho de perguntar como ele sabia disso, pois ela mesma poderia afirmar que era uma mulher diferente daquela que havia chegado a Cuba.

E talvez para evitar as lembranças dele, e decididamente as dela, ela o beijou mais uma vez, a palma de sua mão sobre as bochechas quentes e macias de Mateo, permitindo-se aproveitar aquele romance de férias com o qual nunca teria nem sonhado.

Carpe diem. Ela fizera aquela promessa no dia do funeral de Lisa, assim como Charlotte. Sua amiga havia se casado e tinha um bebê a caminho, e Claudia pedira demissão e mudara seu estilo de vida.

Mas, se eu soubesse sobre Cuba, teria começado minha jornada de auto-conhecimento aqui.

Ela olhou para Mateo através dos cílios grossos, absorvendo a visão e guardando em sua memória a sensação que experimentava ao lado dele. *Eu nunca vou me esquecer destas férias.*

19

———

Havana, Cuba, 1950

—Não posso acreditar que será hoje à noite!

Esmeralda apoiava as mãos no ombro da irmã, parada atrás dela e sorrindo através do espelho.

– Você está linda, María. Ninguém vai conseguir tirar os olhos de você.

– A não ser Christopher – comentou Gisele de onde estava, enquanto a criada a ajudava a se vestir. – Ele parece só ter olhos para você.

Esmeralda lhe lançou um olhar afiado, mas, como era Sofia, a própria criada dela, que as estava auxiliando, sabia que poderia confiar seus segredos a ela. Esmeralda não teria confiado em mais ninguém na casa, mas Sofia era praticamente uma irmã.

– *Mamá* ficaria tão orgulhosa de você – sussurrou Esmeralda no ouvido de María, enquanto colocava um colar de diamantes no pescoço dela. – Não consigo nem acreditar que você já tem 15 anos.

– Esmeralda! É lindo!

Ela sorriu, observando a irmã dar uma volta para admirar o resplendor dos diamantes sob a luz.

– *Papá* pediu que eu encontrasse algo especial para você. Fico feliz que tenha gostado.

– Adorei. É perfeito.

– *Mamá* teria adorado vê-la esta noite, vê-la se tornar uma mulher diante de seus olhos – disse Esmeralda, enquanto fitava seu próprio reflexo no espelho por um momento, esperando ter escolhido o vestido apropriado para a ocasião. Era bordô, com um decote baixo que acentuava sua cintura fina, e bastante tecido ao redor dos quadris. – É difícil acreditar que já somos todas mulheres.

Elas se entreolharam, e Esmeralda reconheceu a tristeza no olhar das irmãs. Tornar-se jovens mulheres e ansiar pelo amor e por um marido era uma coisa, mas pensar em uma época em que não viveriam sob o mesmo teto era o bastante para partir o coração de cada uma delas. E esse dia estava começando a se aproximar.

– Estou nervosa com a minha valsa, e se…

– Sua valsa será perfeita – assegurou Esmeralda. – Você ensaiou tantas vezes, dará tudo certo.

María suspirou, fitando-se novamente no espelho. Esmeralda se lembrava muito bem de como havia ficado nervosa: na véspera de sua festa, ficara acordada a noite toda, preocupada, e até mesmo apavorada, diante da possibilidade de dar um passo em falso na hora da valsa.

– Vou dar boa-noite para Marisol antes que todos comecem a chegar – disse Esmeralda. – Vejo vocês duas lá embaixo daqui a pouco.

Ela deu um rápido abraço em María e as deixou ali para terminarem de se aprontar em seu quarto. Atravessou o saguão e encontrou Marisol amuada, sentada na cama.

– O que você está fazendo, minha pequenina? – perguntou ela, tentando não sorrir quando a babá de Marisol resmungou alguma coisa para si mesma. – Você já deveria estar debaixo das cobertas.

– Mas eu quero ir para a festa – protestou Marisol. – Por que não posso ir? *Papá* diz que sou muito nova, mas eu não sou!

– Marisol – chamou Esmeralda, sentando-se e passando o braço ao redor da irmã caçula, aproximando-se dela. – Um dia você frequentará festas o ano inteiro e será parecida comigo. – Ela riu. – Ficará cansada de tantas festas e desejará não ter que dançar a noite toda com sapatos desconfortáveis.

Marisol fez uma cara de quem estava contrariada.

– Eu dançaria a noite toda.

– Talvez, meu amor – disse ela. – Talvez você seja mais parecida com Gisele ou com María, e adore festas e todas as danças do mundo, mas até isso acontecer, ainda falta muito tempo. Um dia será a sua *quinceañera*, e você usará o mais belo vestido que já se viu, acompanhado de diamantes presenteados por *papá*.

O bracinho de Marisol a envolveu e Esmeralda a abraçou, dando um beijo suave no topo da cabecinha da irmã.

– Por favor, deixe Marisol assistir à chegada de alguns de nossos convidados do andar de cima – instruiu Esmeralda para a babá, e essa notícia foi recebida com um gritinho de alegria por parte de sua irmã. – Mas depois disso ela vai direto para a cama.

Marisol a envolveu num abraço apertado e beijou a irmã na bochecha.

– Você irá para a cama quando mandarem? – perguntou Esmeralda.

A irmã assentiu.

– Sim, Esmeralda. Depois disso vou direto para a cama.

Ela então as deixou, sabendo que já estava quase na hora de se posicionar à porta com as irmãs para receber cada convidado à medida que fossem chegando. Deveria cumprimentá-los pelo nome, dar beijinhos nas bochechas e recebê-los em sua casa. Seu *papá* não esperaria menos que isso, e não era de seu feitio desapontá-lo.

* * *

Foi apenas quando a valsa tradicional começou que Esmeralda viu Christopher. Havia mais de trezentos convidados ocupando cada centímetro da casa deles, e ela mal conseguia dar dois passos sem que alguém a parasse para conversar ou se apresentar, por isso fora impossível procurá-lo em meio a todo o movimento. Mas enquanto María e treze de suas amigas apresentavam uma valsa bem ensaiada, carregando velas ao redor de catorze meninos que seguravam rosas, enquanto seus olhos deveriam estar focados em sua irmã, Esmeralda encontrou o olhar de Christopher. Trocaram olhares através do salão, e ela percebeu que, por mais que tentasse, não conseguia desviar.

A visita de Christopher logo terminaria, e embora ela tivesse imaginado muitos momentos roubados para ficarem juntos, acabaram sendo poucos e espaçados.

– Você parece uma mulher apaixonada.

Ela deu um pulo ao ouvir essas palavras sussurradas ao pé de seu ouvido, e se chocou contra Alejandro ao se virar e vê-lo parado atrás de si, bem próximo.

Esmeralda não respondeu. Em vez disso, apenas lhe lançou um olhar afiado, pois não queria que ninguém escutasse a conversa deles, mas Alejandro não recuou. Pelo contrário, acercou-se dela ainda mais e tomou seu braço. Ele era seu primo querido e todos sabiam disso, então, quando a dança oficial terminou e todos começaram a bater palmas para celebrar a *quinceañera* antes de se juntarem aos seus pares, ninguém estranhou quando os primos começaram a valsar juntos. Esmeralda era capaz de dançar até mesmo em seus sonhos, e, com Alejandro conduzindo, parecia algo muito fácil. Por isso, os dois estavam acostumados a dançar e conversar ao mesmo tempo, sem precisar se preocupar se pisariam nos pés um do outro.

– É ele o escolhido, não é? – murmurou Alejandro.

– Não vou negar – disse Esmeralda. – Você é a única pessoa que nos viu juntos, então, por favor, não comente sobre isso com ninguém.

– O que você vai fazer? – perguntou ele, enquanto continuavam a dançar. – Ele vai te pedir em casamento?

– Ele quer pedir minha mão para meu pai depois de retornar a Londres. Nós dois achamos que é melhor ele esperar até que o acordo comercial esteja concluído, e acho que seria melhor se ele escrevesse para *papá*, para lhe dar tempo de pensar a respeito.

Alejandro ficou em silêncio e ela se viu buscando uma reação no rosto dele. Queria saber o que ele estava pensando.

– Você não concorda? – perguntou ela.

Ele lhe lançou um longo olhar enquanto giravam pela pista de dança.

– Acho que ele deveria mover céus e terras para se casar com você, Es. Tantos homens dariam tudo para tê-la como esposa.

Esmeralda engoliu em seco, quase chorando.

– Você acha que ele não está preparado para lutar por mim? É isso?

– Eu não disse isso – respondeu ele.

Outra música começou a tocar, e os casais passavam por eles, abrindo espaço para novos pares de dançarinos.

A respiração de Esmeralda ficou presa enquanto ela encarava o primo.

– Então o que você está tentando dizer, Ale? O que é?

Ele ergueu a mão dela e lhe deu um beijo.

– Estou dizendo que você é a garota mais maravilhosa que conheço, Esmeralda, e merece tudo de bom nesta vida. Eu apenas queria ter certeza de que ele está preparado para lhe dar isso.

Naquele exato instante, Christopher surgiu por trás de Alejandro. Agora sua respiração não estava mais presa. Em vez disso, seu peito subia e descia rapidamente.

– Posso tirar a dama para dançar?

– Sim – disse Alejandro, dando um passo para o lado e sorrindo de forma calorosa.

Mas ela ignorou seu primo no instante em que se viu diante de Christopher. O toque da mão dele na dela, a outra em sua cintura enquanto ele a fitava, provocava ondas de excitação por suas costas.

– Você sabe valsar? – perguntou ela com uma voz suave, que soou como um sussurro e pareceu não lhe pertencer em absoluto.

– Felizmente, sei.

Ela notou quanto ele foi cuidadoso, mantendo o corpo distante do dela. Com Alejandro, Esmeralda dançou bem mais próxima, sem pensar nos movimentos, seus passos desenvolvendo-se com naturalidade. Mas com Christopher ela sentia cada toque do corpo dele no seu, muito consciente do espaço que os separava, do jeito como seus pés se moviam, do toque de seus dedos nos dela. Com ele segurando-a, foi quase impossível se concentrar nos passos da dança. E ela ainda estava aflita com a ideia de que alguém que os estivesse observando percebesse, de alguma forma, a química que existia entre eles.

– Sinto que todos os olhares estão voltados para nós – murmurou ele enquanto dançavam. – Todos sempre a observam dessa maneira?

Ela não ousou olhar ao redor, sorrindo para ele em vez disso.

– Bem, lembre-se de que sou uma das filhas solteiras e desejáveis do rei do açúcar. O único motivo pelo qual estão me olhando é porque querem que eu me case com os filhos deles.

Christopher ousou falar em voz baixa diretamente no ouvido dela.

– Alguma vez já parou para pensar que é porque você é a mulher mais bela do salão?

O elogio a banhou como um raio de sol em um dia nublado, mas o que a fez sorrir foi inclinar a cabeça para trás por um momento e olhar para cima.

No andar superior da casa, de camisola e espiando todos os dançarinos espalhados pelo salão e pelo saguão de entrada, estava Marisol, olhando diretamente para ela.

Esmeralda levantou a mão do braço de Christopher e lhe deu um rápido aceno, ao qual Marisol, debruçada sobre o balaústre, reagiu agitando seus dedinhos e sorrindo de um jeito travesso. Ela havia saído do quarto de fininho muito tempo depois da hora de dormir, e sem que sua babá soubesse. É claro que Esmeralda não a repreenderia. Se ela quisesse assistir à dança, que assim fosse.

– Você algum dia os deixaria? – perguntou Christopher, ao acompanhar o olhar dela. – De Cuba a Londres o caminho é longo, afinal.

Ela voltou a atenção para ele e o encarou.

– Sim, Christopher, eu deixaria.

Eu o seguiria ao redor do planeta se você pedisse.

A música terminou, e eles pararam de dançar por um momento, quando, para a sua consternação, outro rapaz aguardava para tirá-la para dançar. Christopher, sempre cavalheiresco, se pôs de lado.

Tudo o que Esmeralda queria era poder dizer rispidamente para seu novo parceiro de dança que ele fosse encontrar outra pessoa com quem valsar, mas é claro que ela nunca seria tão rude. Mesmo quando ele pisou no pé dela, ela manteve o sorriso estampado no rosto e se deixou conduzir. Quando a música acabou, ela pediu licença antes que alguém aparecesse, e se dirigiu à porta, precisando desesperadamente de uma lufada de ar fresco. Mas isso não aconteceu. A mão de alguém segurou seu braço, e ela se virou e encontrou o pai parado ali, com um largo sorriso no rosto.

– Você dançaria com seu *papá*?

– É claro!

Ela olhou para a porta morrendo de vontade de sair dali, mas rapidamente voltou sua atenção para o pai.

– Você estava indo a algum lugar?

Esmeralda tomou seu braço, e eles voltaram para a pista de dança.

– Eu ia apenas tomar um pouco de ar fresco. Dancei muito e estava me sentindo um pouco tonta, só isso.

Esmeralda sempre gostara de dançar com seu *papá*. Sua mãe fora uma dançarina graciosa, animada, que sempre insistira para que seu marido a acompanhasse. Mas naquela noite Esmeralda estava nervosa, se perguntando se de alguma forma o pai reparara no jeito como ela olhava para Christopher ou se sentira que havia algo entre eles.

– Eu gostaria de agradecer por ser uma anfitriã tão agradável para o Sr. Dutton – disse ele, sorrindo para ela. – Você teve que lidar com muitas coisas recentemente: organizou esta festa, viajou comigo para Londres. Sua mãe estaria muito orgulhosa.

– Obrigada. Mas não tem sido nenhum grande fardo. Gosto de me manter ocupada.

Ele se aproximou um pouco mais.

– Esmeralda, olhe ao seu redor. Esta é a festa de 15 anos mais espetacular da história, você realmente se superou. Tudo o que você faz reflete positivamente na reputação de nossa família, e sempre me deixa muito orgulhoso.

Ela engoliu em seco, esperando que o pai não notasse suas mãos úmidas ou o suor se formando em sua testa.

– É um prazer, *papá* – disse ela, forçando um sorriso.

– Você está bem, Esmeralda? Está um pouco corada.

– Estou apenas agitada com a noite e todas essas danças – falou ela rapidamente. – Era por isso que estava saindo para tomar um pouco de ar.

Seu pai assentiu, e eles não conversaram mais até que a música terminasse. Mas, para o alívio dela, um conhecido acenou e seu pai lhe deu um beijo na bochecha, despedindo-se dela antes que a música seguinte começasse. Esmeralda manteve a cabeça baixa ao se apressar na direção da porta, precisando respirar mais do que nunca e torcendo para que ninguém a parasse no meio do caminho. Ela segurou seu vestido para que este não se arrastasse pelo chão, e atravessou correndo a porta aberta, inspirando profundamente como se o ar lhe faltasse.

– Esmeralda?

Ela se virou e viu Alejandro parado atrás dela na varanda, com uma expressão que ela não foi capaz de decifrar. Mas ela o viu olhar de relance e seguiu seu movimento. Encontrou Christopher parado perto da piscina, sozinho, longe da multidão. A estrutura era magnífica, a água fluindo pela cascata e produzindo um constante borrifar. Porém, não foi a água que atraiu sua atenção.

– Guarde isso – disse Alejandro, pressionando alguma coisa na palma da mão dela.

Esmeralda abriu a mão, desviando o olhar de Christopher, e se viu na posse de uma chave.

– Para que serve?

– É a chave da casa de praia da minha família em Santa María – revelou ele. – Não tem ninguém lá, não vamos lá há semanas, e hoje à noite ela é sua. Meu motorista estará esperando por você e ficará à sua disposição esta noite. Posso lhe assegurar de sua absoluta discrição.

Esmeralda o fitou, piscando, sem ter certeza do que ele estava tentando dizer.

– Por que eu...

Suas palavras se esvaneceram à medida que ela voltou a seguir o olhar de Alejandro. Ele olhava para Christopher. E então ela se deu conta do presente que o primo lhe dera.

– Pegue a chave – insistiu ele, fechando delicadamente a palma da mão dela e se aproximando para dar um beijo em sua bochecha. – Assim, se você quiser ficar sozinha com ele, poderá.

– Por quê? – murmurou ela. – Por que você faria isso por mim?

– Porque eu conheço você a minha vida toda, e sei que nunca olhou para alguém do jeito que olha para este seu inglês.

Esmeralda ficou ali parada, atordoada com o que ele estava fazendo por ela. Observou Alejandro se afastar e desaparecer na multidão. Esmeralda apertou a chave em sua mão, as bordas afiadas de metal afundando em sua pele, depois a deslizou para dentro do bolso – estava agradecida, afinal, pelo fato de seu vestido ter um.

– Es, o que você está fazendo aqui fora? Estive procurando você por toda parte!

O rosto de María estava corado e seus olhos brilhavam quando ela a pegou pelo braço e se aproximou.

– Venha ver com quem estive dançando, ele é tão lindo!

Sua irmã continuou falando, mas Esmeralda não ouviu uma única palavra. Sua cabeça martelava, e ela ficou pensando no peso da chave em seu bolso, no significado do presente que Alejandro lhe dera. Apesar de seus pensamentos, ela seguiu a irmã de forma obediente, assentindo e sorrindo como se prestasse toda a atenção do mundo. Ao mesmo tempo, procurava desesperadamente por Christopher, que parecia ter desaparecido na multidão quando ela desviou o olhar.

Esmeralda apenas esperava que ele ficasse tão entusiasmado quanto ela.

* * *

– Aí está você.

A voz grave e calorosa de Christopher a invadiu quando ela estava parada na porta com uma taça de champanhe. As borbulhas estouravam em sua garganta, mas ela precisou de uma taça para reunir a coragem necessária, embora até aquele momento a bebida estivesse apenas revirando em seu estômago toda vez que ela pensava na chave em seu bolso. Era quase como se, a cada passo, Esmeralda não conseguisse evitar sentir um enorme peso.

– Está gostando da festa? – perguntou ela, dirigindo-se a ele com recato.

Ela não queria lhe dar muita atenção, principalmente porque muitos olhares poderiam estar voltados para eles, mas, ainda assim, ousou sorrir por um breve instante.

– Estou adorando. A anfitriã fez um trabalho extraordinário.

Esmeralda virou seu corpo para fitá-lo, achando impossível manter distância quando tudo o que queria era estar perto dele. Christopher estava impecável de terno, mas, diferentemente de quando o vira em Londres, não usava gravata. Ela percebeu que gostava desse detalhe, embora admitisse que teria gostado dele não importava qual roupa escolhesse.

– Chris...

– Esmer...

Ambos riram, e ele gesticulou para que ela concluísse primeiro.

– Alejandro me deu uma chave – contou Esmeralda num tom de voz que mais pareceu um sussurro. – Para nós dois. Para a casa de praia dele.

Christopher pareceu empalidecer enquanto ele a fitava.

– Você quer dizer, para nós...

Ela sorriu de um jeito inocente, como se estivessem conversando amenidades.

– Sim. Para usarmos esta noite, se quisermos. Para ficarmos a sós.

– E onde fica a casa de praia? – perguntou ele, pigarreando.

– Santa María. De carro, fica a meia hora daqui. O motorista dele está à nossa disposição.

Um garçom passou servindo champanhe em uma bandeja de prata e Christopher pegou uma taça, esvaziando a metade enquanto ela observava. Ele precisou apenas de um instante para se recompor. Seus olhos procuraram os dela como se ele estivesse tentando se certificar de que Esmeralda dissera aquilo que ele pensou ter escutado.

– É isso que você quer? – indagou ele. – Ir juntos para essa casa?

Esmeralda assentiu, respirando pesadamente enquanto buscava o olhar dele. Ela queria aquilo mais do que tudo, mesmo estando apavorada.

– Sim – disse ela com coragem. – É o que eu quero.

Nunca quis nada com tanto ardor em toda a minha vida.

Christopher se aproximou dela – perto demais para que fosse apropriado –, mas ela notou que não quis se afastar dele.

– Então precisaremos partir quando ninguém perceber – disse ele. – Dentro de algumas horas, quando todos já tiverem bebido demais para notar nossa ausência.

Ela assentiu.

– Não tenho mais nenhuma obrigação – disse ela. – Todos vão pensar que me retirei para o meu quarto. Direi para minhas irmãs que estou com dor de cabeça.

Esmeralda então deu um passo para trás, para manter uma distância apropriada, e pigarreou.

– Eu o vejo depois. Vou passar por você e tocar no seu braço quando for a hora de partir. Espere quinze minutos antes de se juntar a mim.

– Obrigado por esta conversa, Srta. Diaz – disse Christopher numa voz mais alta. – Talvez possamos dançar novamente antes do fim da festa?

– Talvez – respondeu ela, com a voz igualmente alta, caso alguém estivesse tentando escutar a conversa deles.

Ela sorriu com doçura antes de girar o corpo, a taça de champanhe ainda em sua mão. Esmeralda conteve seu entusiasmo para não sair pulando pelo salão. Tudo o que queria era ficar a sós com Christopher, e, com exceção daquela tarde na Harrods e de sua única noite juntos, quando caminharam pelo Malecón, ela mal tivera uma chance. *Até esta noite.* E tudo isso graças a Alejandro.

Ela olhou para cima e viu que Marisol ainda estava observando a multidão espalhada pelo andar inferior da casa. Esmeralda ergueu a saia do vestido e subiu as escadas depressa, determinada a pôr a irmã mais nova na cama. Caso contrário, mais tarde Marisol a veria escapar e poderia acabar revelando aquele segredo para *papá*.

A última coisa de que precisava era que seus planos fracassassem por causa de uma criança que ainda não tinha nem 4 anos de idade.

20

Um leve calafrio percorria as costas de Esmeralda à medida que eles se aproximavam da casa de praia de Alejandro, em Santa María. Ela conhecia o lugar intimamente, porque já estivera lá muitas vezes, com ambas as famílias. Mas chegar na plena escuridão da noite, com a sua mão aconchegada na de Christopher enquanto os dois permaneciam sentados no banco traseiro do carro, era algo muito diferente. O plano deles havia funcionado perfeitamente: ela fora a primeira a sair de fininho da casa, tocando o braço de Christopher com a pontinha dos dedos ao passar em silêncio por ele, sentindo ondas de ansiedade pelo corpo. A espera no carro até que ele se juntasse a ela foi insuportável. Chegara a se perguntar se ele não apareceria, mas, bem na hora, ele surgiu na rua, os olhos em alerta, e se juntou a ela no banco traseiro.

Apesar da escuridão, ela conseguia visualizar o caminho em seus pensamentos: a colina de Santa María Loma a uma longa distância, as palmeiras balançando suavemente ao sopro da brisa e o pasto que se estendia atrás da areia. Este lugar era um de seus preferidos para visitar, e agora ocuparia um espaço ainda mais especial em seu coração.

– Estamos quase chegando – sussurrou ela, aconchegando-se ainda mais ao corpo dele.

Esmeralda sentiu um certo frio na barriga. O que estava fazendo ultrapassava o limite do aceitável, mas, mesmo pensando nisso, não hesitou em seu propósito.

Os dedos de Christopher pressionaram os dela por um momento. O carro começou a desacelerar, e Esmeralda se perguntou se ele estaria tão nervoso quanto ela.

– Devo pedir ao motorista que nos espere? – sussurrou Christopher. – Você precisa estar de volta antes do raiar do dia.

Ela assentiu aninhada a ele, seus corpos abraçados. Não queria pensar no nascer do sol, pois seria a hora de dizer adeus. Queria absorver cada momento com ele em vez de se afligir com o impossível. Mas Alejandro havia deixado claro que o carro e o motorista estariam à disposição deles durante a noite.

O carro finalmente parou, e ela escutou Christopher falar com o motorista, depois ele abriu a porta e se voltou para ela. Esmeralda segurou a mão dele ao sair do carro e seus olhos foram se adaptando à escuridão enquanto ela conduzia Christopher até a porta da frente. O silêncio reinava na propriedade, que era isolada das outras casas de praia. A mão dela tremia enquanto vasculhava o bolso, tentando encontrar a chave.

Christopher pareceu ter sentido o nervosismo dela e pegou a chave, posicionando-a na fechadura e abrindo a porta. Ele esperou que ela entrasse na casa antes de fechar a porta atrás deles. Os saltos dos sapatos dela produziam um som oco sobre o chão azulejado, e sua barriga se revirava com cada vez mais força conforme os minutos se passavam. Mas quando a mão de Christopher tomou a dela outra vez, ela voltou a respirar normalmente, e eles andaram em silêncio pela casa, o toque dele tranquilizando-a.

– É uma casa bonita – disse Christopher ao avançarem na direção das portas, que se abriam para a praia. – Gostaria que tivéssemos passado o fim de semana inteiro aqui.

Ela suspirou.

– Eu também teria adorado.

Esmeralda teria feito qualquer coisa para passar mais do que alguns momentos roubados com ele – que luxo seria um fim de semana inteiro...

– Imagine nós dois vivendo em um lugar como esse. – Christopher estava maravilhado. – Crianças correndo de um quarto para outro, acordar com a vista do oceano. – Ele se voltou para ela. – Seria mágico, não acha?

Esmeralda se viu imersa naquela fantasia, imaginando a vida deles juntos, imaginando como seria se ele pudesse, de alguma maneira, transferir seus negócios e sua vida para Havana. Mas ela sabia que os sonhos costumavam ser perigosos, que seria doloroso acreditar que um dia aquilo aconteceria e que acabaria se frustrando mais cedo ou mais tarde.

– Vamos encontrar alguma coisa para beber? – perguntou ele.

Esmeralda sorriu, forçando-se a permanecer no presente, e não imersa em pensamentos.

– Sim, e eu sei exatamente onde podemos encontrar champanhe.

Ela acendeu uma luz e desapareceu, indo até a cozinha. Encontrou não apenas uma, mas várias garrafas de Dom Perignon. Esmeralda pegou uma e ficou procurando à sua volta até que encontrou duas taças, e levou tudo para Christopher. Ele havia aberto as portas e estava parado no terraço, do lado de fora da casa. Ela arrumou tudo sobre uma mesa que ficava perto dali, parando de vez em quando para escutar o reconfortante vaivém das ondas do mar. Ele estava certo: aquele lugar era mágico, e não apenas porque estavam ali juntos.

– Você não mentiu quando disse que Cuba era um paraíso – comentou Christopher, virando-se para ela. – Acho que eu não teria conseguido imaginar toda essa beleza.

Sua voz estava embargada e seus olhos buscaram o rosto dela, e de repente Esmeralda se perguntou se ainda estavam falando de Cuba ou se as palavras dele se referiam a ela.

Ele não estava enganado: Cuba era um paraíso. Mas de alguma forma ela não se sentiria em um paraíso depois que ele tivesse voltado para Londres, deixando-a para trás. O lugar mais pareceria uma prisão, na qual ela seria o pássaro na gaiola dourada. Mas, antes que ela pudesse dizer alguma coisa, Christopher deu as costas para o mar e já estava abrindo o champanhe. Ele serviu uma taça para cada um. Naquele momento, a luz da lua e do interior da casa iluminavam apenas o suficiente para que conseguissem enxergar.

– Ao nosso encontro – disse ele, encostando a taça de leve na dela. – Esta noite acabou se tornando muito especial.

– Ao meu primo Alejandro – respondeu ela com um risinho nervoso, antes de dar um gole na bebida. – Ele sempre foi meu primo favorito, agora consegui entender por quê.

– É possível que ele seja a pessoa de que mais gosto no mundo também – disse Christopher com as sobrancelhas arqueadas. – Além de você, é claro.

O rosto de Esmeralda enrubesceu e ela deu outro gole no champanhe. *Não é hora de timidez. Preciso ser audaciosa.* Christopher era um cavalheiro, e ela sabia que ele não a pressionaria a fazer nada que não quisesse. Era por isso que ela precisava deixar muito claras as suas intenções.

Esmeralda deu um grande gole no champanhe para acalmar seu nervosismo, deixou a taça na mesa e se aproximou. Suas mãos estavam tremendo, mas ela segurou o paletó dele com os dedos, agarrando a lapela enquanto inclinava a cabeça para trás, fitando os olhos dele antes de olhar na direção da boca. Christopher não precisou de mais nenhum estímulo agora que ela tomara a iniciativa. Seus lábios imediatamente encontraram os dela, e a beijaram tão carinhosamente que ela não pôde evitar suspirar. Esmeralda se afastou apenas para pegar a taça da mão dele e colocá-la ao lado da dela. As bebidas foram esquecidas quando ela se voltou de novo para ele e tirou seu paletó, fazendo-o deslizar pelos ombros. Agora que ele estava apenas de camisa, ela podia explorar os braços e as costas dele.

Naquele momento era Christopher quem a beijava, passando os braços ao redor da cintura dela, as mãos descendo por seu corpo como ele nunca ousara fazer. Ela sabia que devia interrompê-lo, que a forma como ele a tocava ultrapassava o limite do aceitável, mas desejava aquilo tanto quanto ele. Queria uma noite nos braços dele para lembrar quando ele tivesse partido. Esmeralda não sabia quanto tempo levaria até que pudesse vê-lo novamente.

Christopher a aninhou em seus braços, sem afastar sua boca da dela, e lhe dava beijos insistentes enquanto começava a avançar pela casa.

– Onde ficam os quartos? – perguntou ele com a voz embargada.

– Lá em cima.

Esmeralda pressionou a lateral da cabeça no peito de Christopher enquanto ele a carregava e ouvia o ritmo irregular da respiração dele. Em poucos instantes ele abriu uma porta com o ombro, e em seguida a deitou delicadamente sobre a cama. Ele ficou parado, o corpo sobre o dela, olhando para baixo como se tentasse decidir o que fazer. Esmeralda tirou os sapatos e os lançou pelo quarto, erguendo-se um pouco e olhando para a silhueta de Christopher.

– Venha aqui – murmurou.

Ele hesitou, como se questionasse a decisão de ter ido até aquela casa.

A preocupação começou a dar um nó no peito dela, mas então ele também tirou os sapatos e, com todo o cuidado, deitou-se sobre o corpo de Esmeralda, os braços envolvendo a cabeça dela.

– Esmeralda – sussurrou –, minha bela, encantadora, Esmeralda.

Ela levantou uma das mãos e tocou delicadamente a bochecha dele, sentindo a pele macia com a ponta dos dedos. Ela queria guardar cada pedacinho dele na memória – o cheiro, o toque, o sabor do homem que ela amava.

– Um dia você será minha esposa, Esmeralda. Nossa história está apenas começando, este é o início de nossa vida juntos. Não vou aceitar um "não" de seu pai, mas teremos que ser pacientes. – Ele fez uma pausa e afagou carinhosamente o rosto e depois o cabelo dela. – Eu prometo que nós nos casaremos. Assim que os documentos do acordo estiverem assinados, quando eu retornar a Londres, pedirei a permissão dele.

Ela sorriu olhando para ele, surpresa ao sentir as lágrimas à medida que as palavras dele a invadiam. Não tinha nenhum motivo para não acreditar nele, *queria* acreditar nele, mas, por outro lado, não queria ficar falando e sussurrando promessas. Não naquele momento.

– Me beije – pediu ela em resposta.

– Você tem certeza de que quer fazer isso? – murmurou ele. – Posso levá-la para casa, não precisamos...

Esmeralda o tocou, envolvendo a nuca de Christopher e atraindo a boca dele para a dela. Ela não conseguia articular as palavras, mas sabia o que queria, e não iria para casa de jeito nenhum, não naquele momento, quando o tinha todo para si.

Ela amava Christopher com todo o seu coração, e em toda a sua vida nunca desejara tanto alguma coisa.

* * *

Ainda era noite quando Esmeralda se levantou. Ela afastou os lençóis e olhou para Christopher. A respiração dele logo mostrou que ele ainda dormia, e ela se debruçou sobre seu corpo para lhe dar um beijinho nos lábios, não querendo perturbar seu sono. Ela também não suportaria ter que se despedir. Haviam acabado de compartilhar uma noite de paixão, e era assim que ela gostaria de se lembrar dele. Ela pediria ao motorista que voltasse para buscá-lo, mas preferia que viajassem separados.

Esmeralda ficou de pé em silêncio e recolheu suas roupas. A luz do luar infiltrava-se pelas cortinas abertas, por isso não estava completamente escuro quando ela deslizou o vestido pelo corpo. Pegou seus sapatos e os pendurou nos dedos enquanto atravessava o quarto e o corredor na ponta dos pés. Desceu silenciosamente as escadas e saiu da casa pela porta principal, fechando-a atrás de si sem fazer barulho. Permaneceu ali por um momento, recuperando o fôlego, lutando contra seus pensamentos de voltar correndo para a cama e para os braços dele. No entanto, sabia que teria que ser forte e resistir a esse desejo. Se fossem flagrados, não haveria futuro possível para eles, de modo que ela precisaria chegar em casa antes que sua ausência fosse notada.

Conforme Christopher havia solicitado, o motorista de Alejandro esperara por eles a noite toda. Quando ela se aproximou do carro, viu que ele estava encostado no volante, adormecido. Ela deu uma leve batidinha na janela antes de abrir a porta e se sentar no banco traseiro, espremendo-se em um canto com a intenção de estabelecer o menor contato possível com o homem.

– Desculpe, eu...

– Não há por que se desculpar – disse ela, e suas bochechas coraram quando ele a olhou pelo retrovisor.

O que ela havia acabado de fazer era óbvio, e partir sem Christopher era embaraçoso, principalmente porque ela estava acostumada a sair de casa acompanhada. No mínimo, seria ele quem daria as instruções e afastaria quaisquer perguntas que surgissem, e ela poderia se aconchegar em silêncio ao lado dele, sem ligar para o que haviam feito.

– Por favor, me leve de volta ao lugar onde me pegou mais cedo.

– Não vamos esperar pelo cavalheiro?

Ela ergueu a cabeça e olhou pela janela.

– Não, não vamos. Você deverá voltar para apanhá-lo depois que me deixar em casa.

Lágrimas brotaram em seus olhos e umedeceram seus cílios quando ela imaginou Christopher deitado na cama depois de tê-lo deixado ali, o corpo aquecido pelo cochilo, os lençóis amarrotados, seu perfume na pele dele.

Ela também o imaginou acordando e procurando por ela, perguntando-se aonde teria ido. Apesar das promessas que ele fizera, ela sabia que nada seria fácil quando chegasse a hora de pedir a mão dela em casamento. Seu *papá* queria as filhas perto dele, com maridos escolhidos por ele, de famílias às quais gostaria de se aliar. Mesmo para um empresário de Londres altamente bem-sucedido, não seria nada fácil obter o consentimento de seu pai, por mais que ela quisesse pensar o contrário.

Christopher voltaria para Londres antes do final daquele dia, o que significava que aquele momento podia muito bem ter sido o último que ela teria passado com ele, a não ser pela despedida final, quando todos se alinhariam para dizer adeus antes da partida. Esmeralda seria obrigada a ficar ao lado das irmãs, a lhe dar um aperto de mãos formal, como se essas mesmas mãos não tivessem explorado cada parte de seu corpo, como se, para ela, Christopher não passasse de um parceiro comercial. Ela teria que lhe dizer novamente que havia sido um prazer conhecê-lo, enquanto seu pai a observava. Teria que parecer o mais recatada possível sob o olhar vigilante dele, pois sempre seria aquela a dar o exemplo para suas irmãs.

Esmeralda deixou que as lágrimas rolassem, sem contê-las, reclinando-se no banco e desejando poder encolher seu corpo em posição fetal. Finalmente a praia deu lugar à cidade, e sua casa estava a apenas alguns minutos de distância. Ela continuou a olhar pela janela, e naquele momento o sol estava prestes a raiar. Ela desejou que o caminho de volta fosse mais longo para que tivesse mais uns minutos para se recompor, mas, ao mesmo tempo, queria correr até seu quarto e se esconder sob as cobertas enquanto pudesse.

Quando o carro parou, ela sussurrou um agradecimento para o motorista e saiu sem esperar que ele abrisse a porta para ela. Correu descalça pelo concreto até o portãozinho na lateral da casa, os sapatos ainda pendurados nas pontas de seus dedos, entrou silenciosamente e foi na ponta dos pés até seu quarto.

Esmeralda ainda conseguia sentir o perfume de Christopher em sua pele, o roçar de seu corpo contra o dela, o jeito como ele a havia tomado tão carinhosamente em seus braços. Ela se jogou na cama, ainda vestida, soluçando no travesseiro, agarrando-o enquanto chorava. Esmeralda desejava que as coisas pudessem ser diferentes, que eles não estivessem fadados a viver separados.

Apenas uma tola entregaria seu corpo a um homem antes do casamento. Ela aprendera essas palavras quando era jovem, e sempre as relembrava às irmãs. Contudo, por mais que fosse bem esperta, fora exatamente o que acabara de fazer.

21

HAVANA, CUBA, DIAS ATUAIS

Claudia ficou parada do lado de fora da casa de Mateo e respirou fundo, então levantou a mão e bateu à porta. Carlos a levara de carro até lá, e erguera as sobrancelhas quando ela lhe contara aonde precisava ir. Embora antes estivesse entusiasmada, naquele momento estava uma pilha de nervos. *Afinal, o que estou fazendo aqui?* Ela não tinha nenhuma experiência com romances de verão, mas estava bastante certa de que não envolviam conhecer a família do outro.

Apesar disso, bateu os nós dos dedos na porta. Era uma casa diferente da de Rosa, se parecendo muito menos com as casas dos livros do Dr. Seuss e mais com o que ela imaginou ser uma habitação normal em Havana, afastada das áreas turísticas. Era uma casa de adobe com acabamento de argamassa, pintada num branco bastante sem graça, mas as flores de cores vívidas plantadas nos vasos dos caixilhos das janelas a faziam se sobressair. Parecia ser um lar feliz, o tipo de casa diante da qual você abriria um sorriso apenas ao passar por ela todos os dias.

A porta se abriu.

– ¡*Hola!*

– *Hola.*

Claudia riu. Ela havia esperado que Mateo abrisse a porta, mas, em vez disso, acabou se deparando com uma versão miúda dele. O menininho sorriu para ela e agarrou sua mão. Ela mal teve tempo de fechar a porta atrás de si antes que ele a puxasse pelo corredor em direção à cozinha. Era muito pequena, mas ela nunca sentira um aroma como aquele, nem mesmo no food truck. Levou apenas alguns instantes para que um dos cozinheiros desviasse a atenção das panelas e olhasse para ela.

– Claudia! – Mateo foi o primeiro a vê-la, parando para limpar as mãos, tirar o avental e se aproximar dela. – Estou tão feliz por você ter vindo.

Ele a cumprimentou com um beijo na bochecha e afagou o cabelo do menino, que continuava parado ao lado dela. Ela olhou de um para outro, sem ter certeza se estava encarando o filho dele, sem saber se ele guardara um segredo tão importante ou...

– Este é o meu sobrinho José – apresentou ele. – Ele estava ansioso para te conhecer.

– *Hola*, José – cumprimentou ela, afeiçoando-se imediatamente ao menininho e suspirando aliviada.

Era impossível não sorrir de volta, e quando ela tornou a olhar para Mateo, percebeu que o garoto tinha o mesmo sorriso do tio. Porém não teve tempo de dizer isso para Mateo, pois em questão de segundos duas mulheres juntaram-se a eles. Uma obviamente era a mãe – seus olhos eram quase iguais aos de Mateo, na cor escura do cacau e muito calorosos, assim como seu abraço.

– Claudia, é tão bom conhecer você – disse ela num inglês com forte sotaque. – A garota que voltou a colocar o sorriso no rosto do meu Mateo.

Claudia corou quando a abraçou de volta. *Eu o fiz voltar a sorrir?* Tinha quase certeza de que na noite em que o conhecera ele estava com um largo sorriso no rosto, ou seja, isso não tinha nada a ver com ela.

– Não estou tão certa de que o sorriso dele tem a ver comigo – respondeu ela. – Mas obrigada por me receber em sua casa.

Ela ofereceu à mãe de Mateo os chocolates que havia comprado no caminho e uma garrafa de rum. Levara tempo decidindo o que deveria levar, e Rosa lhe dissera que uma bebida alcoólica e chocolates sempre eram uma boa escolha.

– Obrigada. Mas você não precisava ter se preocupado.

José logo viu os chocolates, e ela sorriu para ele, esperando que lhe permitissem comê-los depois da refeição.

– Eu sou Ana – disse a outra mulher. – A irmã de Mateo.

Ela também avançou e deu um beijo na bochecha de Claudia, embora seu abraço não tivesse sido tão caloroso quanto o da mãe. Talvez porque ela não tivesse tanta certeza assim se deveriam recebê-la em sua casa.

– É um grande prazer conhecê-la, Ana.

– Venha, sente-se aqui – disse Mateo, tomando sua mão e lhe dando um beijo rápido na bochecha, antes de levá-la para uma mesa no quintal.

Era parecido com o de Rosa, mas o deles tinha uma pérgola com uma videira crescendo. Claudia podia imaginar como ela ficaria maravilhosa com luzes decorativas penduradas. No centro da mesa havia uma vela simples em um pote de vidro, e ela se perguntou se ficaria ali horas o suficiente para vê-la acesa, quando a luz do dia começasse a desvanecer.

– Vocês almoçam em família todo domingo? – perguntou ela.

Mateo se sentou ao lado dela, arrastando a cadeira um pouco para trás para que o sobrinho pudesse subir no seu colo. Ela imaginou que José tivesse uns 4 ou 5 anos e, quando Mateo dobrou as perninhas dele para cima, notou que claramente era muito apegado ao tio.

– Desde que eu tinha o tamanho deste aqui – respondeu ele. – Todos adoramos cozinhar e comer, então não é uma tarefa tediosa para nenhum de nós.

– E quem costuma cozinhar mais? Você deve ficar muito cansado de ver comida depois de todas aquelas horas cozinhando para os outros…

– *Mamá* cozinha aos domingos – disse ele. – É ela quem nos reúne, e eu não poderia recusar a comida dela mesmo que quisesse.

– Então talvez você tivesse razão quando me contou que na sua família as mulheres é que têm o verdadeiro talento.

– Minha mãe gerencia um pequeno restaurante caseiro aqui em casa, nas noites de sexta-feira e sábado – explicou Mateo ao se reclinar, alongando o braço sobre a cadeira ao lado dele. – Pode acreditar quando digo que a mulher sabe cozinhar.

Claudia riu.

– Não duvido disso.

Eles ficaram sentados por um momento e ela olhou ao redor, pensando em como tinha sorte em poder viver uma experiência tão autêntica durante sua estadia em Havana. Tudo havia sido incrível, mas Claudia tinha o sentimento de que a comida que provaria naquela noite seria a melhor da sua vida.

– O marido da sua irmã não está aqui? – perguntou ela, pois de repente se lembrou de que não havia conhecido o pai do menino.

Mateo pigarreou.

– José, vai perguntar para a *abuela* se ela está precisando de ajuda.

– Ela não precisa! – exclamou ele.

– Mas que tal perguntar? – insistiu Mateo com brandura. – Faça isso por mim.

Ela sorriu para José quando ele saiu relutante do quintal. Claudia se perguntou por que Mateo não quisera falar na frente dele, pois podia sentir que ele tinha algo a dizer.

– Ana não é minha irmã de sangue – disse ele. – Ela é minha cunhada.

– Ah – murmurou ela. – Sinto muito, eu...

– Eu a considero uma irmã de verdade, ela faz parte desta família tanto quanto eu – explicou Mateo. – E José é meu filho tanto quanto era filho do meu irmão. Eu faria qualquer coisa por ele.

– "Era"?

Mateo se ajeitou na cadeira e ficou mexendo na borda do jogo americano.

– Meu irmão foi assassinado por um motorista embriagado – disse ele. – O último ano foi duro.

Os olhos de Claudia se encheram de lágrimas e sua pele se arrepiou ao se aproximar dele.

– Sinto muito, Mateo. Gostaria de ter sabido disso antes.

Ele pressionou os dedos dela em resposta.

– Eu gostei que você não soubesse. Às vezes é mais fácil falar com um estranho do que com alguém que conhece a minha dor. Eu pude ser o antigo Mateo com você.

– Foi por isso que você entendeu como me senti ao ter perdido minha amiga.

– *Sí.* Perdi meu irmão e logo depois meu pai morreu. Os médicos disseram que foi o coração, e minha mãe acha que o dele se partiu depois da perda do filho. A vida ficou muito dura sem seu caçula, ele simplesmente não conseguiu seguir em frente.

– Ele também trabalhava no food truck? – perguntou ela.

– Nós três trabalhávamos. Costumávamos nos revezar em turnos, mas sempre nos certificávamos de que houvesse dois a cada turno. – Seus olhos brilharam com a lembrança. – Fazíamos música, conversávamos e ríamos. Foi o melhor dos tempos.

Não era de surpreender que ele tivesse gostado da companhia dela. O silêncio que restou no food truck quando Mateo perdeu dois membros da família devia ter sido ensurdecedor.

– Ana trabalha comigo sempre que pode, e às vezes minha mãe também, mas na semana passada ambas estavam doentes e achei melhor que descansassem. Mas eu tenho sorte. Meus fregueses são animados e cheios de vida, eles me fazem sorrir a cada dia, e isso impede que meus pensamentos fiquem muito... como se diz? Sombrios...

– Eu entendo – disse ela. – É um dos motivos pelos quais fiquei preocupada em deixar meu trabalho. Eu sabia que teria tempo demais para ficar sozinha com meus pensamentos, sem ninguém para me distrair.

Ela se perguntou, com certo egoísmo, se teria conhecido Mateo daquela maneira caso sua cunhada ou sua mãe estivessem ao seu lado naquela noite. Talvez o destino também tivesse desempenhado um papel nessa história.

Como se numa deixa, a família dele apareceu no quintal e os ânimos mudaram com a chegada da comida. Mateo começou a se levantar, mas sua mãe pôs a mão em seu ombro, dizendo algo que Claudia poderia traduzir como "fique quieto aí". Ele delicadamente tocou a mão da mãe, olhando para ela. O momento foi lindo, e Claudia esperou que, se algum dia tivesse um filho, ele olhasse para ela e a tratasse do mesmo jeito que Mateo havia olhado e tratado sua mãe. Foi especial.

Ele capturou seu olhar quando a mãe se afastou, e Claudia teve a sensação esmagadora de que estar ali era uma tremenda sorte.

– O almoço está servido – anunciou a mãe dele ao retornar.

Ela colocou um enorme prato de cerâmica no centro da mesa e tomou seu lugar.

– Parece incrível – disse Claudia.

E não era exagero: era um banquete em um único prato.

– Esta é a famosa *paella* cubana da *mamá*. Ela adora frutos do mar, então esta é especial, repleta de peixes e mariscos da região. Você vai adorar.

– Por favor, não me diga que ela comprou frutos do mar porque eu vinha almoçar aqui? Eu não queria incomodar.

Ele deu de ombros.

– Ela não comprou, mas eu, sim.

Claudia o repreenderia por ter gastado dinheiro com ela, quando tudo o que lhe importava era estar com ele e com sua família. Mas sua atenção logo foi desviada.

Ela observou quando todos se deram as mãos, então fez o mesmo, tomando a de Mateo de um lado e a de Ana do outro. Foi Ana quem rezou por eles, a cabeça levemente abaixada e os olhos fechados.

– *Gracias, Señor, por estos alimentos y bendice las manos que los prepararon.*

– Obrigada, Senhor, por esta comida, e abençoe as mãos que a prepararam – sussurrou Mateo, inclinando-se na direção dela para traduzir.

– Amém – terminou Ana.

– Amém – disseram todos em uníssono.

Ficaram sentados em silêncio por um momento, olhando uns para os outros antes de soltarem as mãos. Claudia instintivamente soube que eles se lembravam em silêncio dos que não estavam ali presentes. Sua família não era religiosa, mas participar da oração com eles e ver a comida na frente dela, sabendo agora quanto era difícil para muitas famílias cubanas apenas ter a comida na mesa, a fez prezar ainda mais o fato de participar da tradição deles. Havia também muito amor ao redor da mesa, um sentimento silencioso, tranquilo, que a enterneceu apenas por fazer parte dele.

– Claudia, Mateo contou que você veio para Cuba em busca de respostas – comentou a mãe dele. – Você está tentando encontrar sua família?

Ela assentiu enquanto Mateo a servia, colocando arroz e frutos do mar no seu prato.

– Exatamente, embora eu tenha perdido as esperanças de descobrir alguma coisa. Até agora não dei muita sorte.

– Mas já? – perguntou Ana. – Você precisa seguir com suas buscas, se foi para isso que veio até aqui, não acha?

– Mateo tem sido muito gentil me mostrando a região, mas, para falar a verdade, não sei mais onde procurar. – Claudia não acrescentou que Mateo havia sido uma distração, e talvez por isso ela não fizera buscas tão amplamente quanto deveria. – Acho que foi um pouco ambicioso da minha parte acreditar que poderia chegar aqui e sair descobrindo tudo. De toda forma, tem sido uma viagem incrível, então estou muito agradecida.

– Sua avó deixou essas pistas que você tem? – perguntou Ana. – Mateo nos contou um pouco sobre sua jornada.

– Na verdade, foi a mãe biológica dela que deixou as pistas. Minha avó morreu antes mesmo que elas tivessem sido descobertas – explicou ela. – E foi assim que acabei vindo para cá, tentando descobrir qual poderia ser a relação dela com Cuba, se é que existe alguma.

Em seguida, todos começaram a comer, e ela observou o jeito como José saboreava seu prato com vontade, comendo muito mais do que ela normalmente via as crianças comerem. Claudia tentou não soltar um gemido de prazer ao provar a *paella*, sorrindo para Mateo quando ele capturou seu olhar mais uma vez. Não importava quantos dias ou semanas se passassem, sempre sentiria aquele frio na barriga cada vez que ele olhava para ela.

Foi apenas porque a mãe de Mateo começou a falar que ela desviou o olhar dele.

– Claudia, se não me engano, você está tentando descobrir mais sobre Esmeralda Diaz, certo? Você acha mesmo que a conexão pode ser ela?

Claudia engoliu a comida e apoiou o garfo no prato, pegando o guardanapo e limpando os cantos da boca.

– Sim, acho que essa pode ser a conexão. Achei que talvez o mistério que a envolve pudesse ter algo a ver com minha avó, mas talvez eu esteja apenas me deixando levar pela imaginação.

– A empregada de Esmeralda ainda está viva, se você quiser conhecê-la – disse a mãe dele. – Ela tem 92 anos e seus momentos de lucidez variam, mas se há alguém que conhece a verdade sobre o que aconteceu tantos anos atrás, essa pessoa é ela.

O coração de Claudia acelerou.

– A senhora conseguiria providenciar isso para mim? Será que eu poderia mesmo encontrá-la?

– Você não ouviu quando eu disse como estou grata pelo sorriso no rosto do meu filho?

Claudia olhou de relance para Mateo e o viu balançar a cabeça para a mãe, o que apenas a fez sorrir ainda mais. José começou a dar risadinhas, evidentemente sentindo o embaraço do tio.

– Até quando fica em Cuba?

– Só por mais dois dias.

As palavras mal saíram de sua boca quando Claudia as pronunciou. *Dois dias.* Ela olhou para Mateo, e então seus olhos percorreram a mesa inteira antes de pousarem nele mais uma vez. *Como poderei voltar para Londres em dois dias sabendo que nunca mais o verei?* Não fazia muito tempo desde que ela havia decidido deixar os homens de lado para se concentrar em si mesma. *Eu só não podia imaginar que me apaixonaria por alguém em um lugar tão improvável.*

– Bem, então é melhor fazermos a visita amanhã. Não posso prometer que ela lhe dará as respostas de que você precisa, mas talvez finalmente esteja na hora de o segredo da família Diaz ser revelado. Tem sido um mistério por muito tempo.

– Obrigada, isso realmente significa muito para mim.

– Família é a coisa mais importante no mundo para nós, Claudia – disse a mãe de Mateo com os olhos marejados. – Se eu puder levá-la para conhecer alguém que pode ajudá-la a compreender melhor sua própria família e suas origens, então é claro que farei tudo o que estiver ao meu alcance. É importante compreender o passado, sentir a conexão com aqueles que aqui estiveram antes de nós.

A mão de Mateo encontrou a de Claudia sob a mesa – ele acariciou seus dedos e os deixou descansar sobre o joelho dela. Se havia alguma coisa que ela aprendera sobre Cuba, ou sobre os *cubanos*, era que nada parecia ser mais importante para eles do que a família e a comida. Sem falar em quanto todos pareciam ser generosos.

Vó, é uma coincidência que essas eram as duas coisas mais importantes na sua vida também?

Ela sentia muitas saudades da avó desde que ela se fora, mas naquele momento, sentada ao lado de Mateo e sua família, sentiu uma dor ainda mais profunda. Uma tristeza ao pensar que havia tantas coisas sobre o passado de sua avó que ela mesma não conhecera, e que Claudia poderia ter feito esta jornada com ela, se as pistas tivessem sido descobertas alguns anos mais cedo.

Mas se tivesse sido assim, talvez nunca tivesse conhecido Mateo ou visto Havana com seus próprios olhos.

Naquela época, seu compromisso era com o trabalho, então era muito provável que ela tivesse recusado, mesmo que isso significasse a viagem de sua vida com a avó. Quando ela saiu do emprego e mudou seu estilo de vida, sua avó já havia morrido.

– Vou sentir sua falta quando você partir – sussurrou Mateo, seus dedos aquecendo os dela. – Isso parece estranho, já que só te conheço há poucos dias?

Ela sorriu para ele, ainda que seu coração estivesse triste com o pensamento da despedida. Por algum motivo, não era nem um pouco estranho, pois era exatamente o que ela estava sentindo. Como eles apenas se conheciam havia alguns dias?

– Vou sentir saudades também.

José deu um pulo e declarou que estava na hora do chocolate, e todos riram observando o menino correr de volta para a cozinha. A família passara por tantas perdas, Mateo passara por tantas perdas, e, no entanto, eles ainda eram capazes de encontrar alegria no entusiasmo de uma criança ou num almoço demorado.

Na verdade, estar em Havana mostrara que a decisão de mudar sua vida fora a correta, e que viver com mais simplicidade era o melhor para ela. Só não havia imaginado que poderia fazer isso em algum outro lugar que não fosse Londres.

– Claudia, a última notícia que tive da família Diaz foi que eles estavam vivendo na Flórida – disse Ana, interrompendo seus pensamentos. – Não sei se é uma informação útil. Uma amiga leu alguma coisa sobre eles em um jornal que um turista abandonou. Ela estava arrumando o quarto dele e deu uma olhada na página que estava aberta.

– Essa informação é incrivelmente útil, obrigada – disse ela, surpresa por Ana de repente ter demonstrado interesse ou pelo fato de ela ter falado depois de ter se mantido tão quieta durante o almoço. – O artigo comentava alguma coisa sobre eles? Sobre o que andam fazendo, talvez?

– Apenas que uma das irmãs ainda estava viva, a mais nova, eu acho, e alguns dos netos estavam dirigindo a companhia.

– A companhia? – perguntou Claudia. – A companhia de *açúcar*?

Ela presumira que o império do açúcar havia colapsado quando a família partiu de Havana.

Ana deu de ombros, e quando Claudia olhou de relance para Mateo, ele balançou a cabeça, querendo dizer que não sabia nada a respeito dessa companhia. Ela não havia pensado que a empresa ainda pudesse estar ativa, porque, quando procurou por ela no Google e tentou descobrir mais sobre Julio Diaz, todas as informações se referiam aos seus anos de prosperidade em Cuba. Será que eles mudaram o nome da companhia? Ela sabia que ele tinha contratos comerciais em Londres e Nova York – afinal, Julio era o maior fornecedor mundial de açúcar naquela época, então fazia sentido que tivesse se mudado para os Estados Unidos e recomeçado os negócios por lá. Ou será que ele simplesmente fechou um dos braços da empresa e seguiu em frente?

A mãe de Mateo pegou a mão dela sobre a mesa e lhe deu um tapinha.

– Deixe comigo, vou tentar descobrir se algum morador manteve contato com a família. É improvável, mas posso perguntar no meu grupo da igreja. Talvez alguém saiba mais sobre o atual paradeiro dos descendentes da família.

Claudia sorriu em agradecimento. José reapareceu bem na hora, já devorando o chocolate, denunciado pelas manchas marrons ao redor da boca e nas bochechas.

– José! – repreendeu sua mãe.

Mas ele passou correndo por ela e se dirigiu ao tio, que alegremente o colocou outra vez em seu colo, sem repreendê-lo. Ficou claro que o pequeno sabia bem para onde devia correr quando estivesse em apuros, pois Mateo apenas deu de ombros e estendeu a mão, pedindo chocolate, o que José lhe deu de bom grado.

– Quer chocolate? – perguntou José a Claudia com um sorriso travesso.

Ela sorriu de volta.

– Como eu poderia resistir?

* * *

No dia seguinte, Claudia voltou à lan house. Além do food truck de Mateo, esse havia sido o lugar que ela mais frequentara durante sua estadia em Havana. Mas desta vez ela não acessou seus e-mails logo de cara. Em vez disso, entrou no site da British Airways, amaldiçoando o tempo que levou para o site abrir. Seus dedos ficaram apoiados impacientes no mouse enquanto aguardava, e suas pernas se tensionaram quando ela finalmente clicou para verificar se poderia mudar o voo. Ela mal conseguira dormir na noite anterior, sua barriga doendo de tão cheia que estava com a enorme quantidade de *paella* que havia comido, sem falar nas bananas fritas que experimentaram depois. Sua mente começara a repassar tudo aquilo que ela já havia descoberto, todas as peças do quebra-cabeças que era o passado de sua avó.

Claudia viajara a Cuba para descobrir o legado de sua avó, mas, no decorrer do caminho, seu coração fora conquistado por Mateo, e ela começou a ter a sensação de que estava vivendo uma jornada de autoconhecimento. Isto também havia influenciado a decisão de prolongar sua estadia por alguns dias.

Ela se surpreendera com seus sentimentos em relação a ele, pois nunca fora arrebatada por um romance, mas decidiu acolher a forma como se sentia. Além disso, se a mãe de Mateo a ajudasse, que diferença faria ficar alguns dias a mais? Seria rude não permanecer para ver o que a mulher descobriria, sem mencionar o fato de que Claudia se encontraria naquele dia com a antiga criada dos Diaz. Se a senhora não estivesse muito lúcida, elas talvez tivessem que visitá-la outra hora. Com seu voo agendado dentro de menos de 48 horas, ela não dispunha de muito tempo, a não ser que alterasse a passagem.

Os voos apareceram na tela, e ela viu que havia um no fim daquela semana. Olhou os preços e os horários. Poderia ficar por mais uma semana, talvez até o fim de semana seguinte. Isso lhe daria mais cinco dias em Cuba.

Antes que começasse a duvidar de suas escolhas, como acontecera quando comprou as passagens, Claudia confirmou a alteração da data e informou os dados do cartão de crédito para pagar a taxa devida, então se reclinou na cadeira com um suspiro de alívio. Seus tremores desapareceram assim que tomou a decisão.

Em seguida, fez o login para acessar seus e-mails e passou os olhos por eles, sorrindo ao ver que havia uma mensagem nova de Charlotte, assim como uma de seu pai. Mas primeiro clicou na mensagem que chegara um dia antes e ela não vira, pela qual a corretora havia entrado em contato. Aparentemente, alguém já estava interessado no apartamento e queria saber se Claudia consideraria vendê-lo antes mesmo de ser anunciado. Ela se apressou a responder que sim, entusiasmada ao saber que alguém gostara dele tão depressa. Claudia então foi ler a mensagem de Charlotte:

Não posso acreditar que você mencionou um homem e não me deu detalhes! Por favor, me diga que arrumou um jeito de fazer seu celular funcionar? Estou louca para falar com você! Sei que prometemos uma à outra que viveríamos o momento, e estou muito contente por você estar fazendo isso, mas estar grávida de seis meses é muito chato, então preciso viver indiretamente através de você. Tudo o que consigo aproveitar neste momento é a privada do banheiro, porque, por alguma razão, minha querida bebê não recebeu o aviso de que só deveria deixar a mamãe enjoada nos primeiros meses de gravidez. Acho que ficarei indisposta até o final derradeiro. Ah, antes que eu me esqueça: gostaríamos que você fosse a madrinha, para que possa mimar nossa pequena e ser a pessoa mais especial do mundo para ela. Por favor, diga que sim! Agora vá e beije aquele príncipe de novo, está bem? E não se esqueça de nenhum detalhe picante, quero saber de tudo. Cada. Mínimo. Detalhe.

Claudia riu em voz alta, achando impossível não imaginar a amiga com um barrigão, sentindo-se terrivelmente indisposta, mas ao mesmo tempo desesperada para saber detalhes sobre o seu romance de férias. Ela lhe enviou uma breve resposta e desculpou-se pela falta de notícias, reiterando que Mateo era mesmo gostoso como ela deixara transparecer e prometendo compartilhar tudo com ela assim que estivesse de volta. Em seguida, leu a mensagem do seu pai:

Olá, querida, como vai? Descobri algo por aqui, por meio de um colega meu, muito mais velho, que foi uma espécie de mentor no início da minha carreira. Ele de fato conheceu esse Christopher Dutton, você acredita? Só que ele se relacionava mais com o velho Dutton, o fundador da empresa. O mais interessante é que ele disse se lembrar com clareza de que, em seu escritório em Londres, Christopher negociou com um barão do açúcar cubano o maior acordo comercial de açúcar já feito naquela época. Aparentemente, Christopher teria sido nomeado para dirigir a empresa logo depois disso, e teria ficado nessa posição por um curto período. Alguma coisa aconteceu naquele ano que o levou a pedir demissão como diretor. Não sei muito mais do que isso, só sei que aquele cartão de visita deve ter alguma conexão com a família Diaz, e meu instinto me diz que isso está relacionado com aquele acordo comercial do açúcar, feito tantos anos antes. Não sei como tudo isso se conecta com sua avó e já queimei meus neurônios tentando montar o quebra-cabeça, mas estou certo de que essa é a ligação entre o cartão de visita e o brasão.

Espero que você esteja passando dias maravilhosos por aí e tenha encontrado tempo para relaxar.

A gente se vê em breve.

Um beijo,
Papai

Claudia ficou ponderando sobre essa mensagem, e seus olhos repassavam as palavras enquanto refletia sobre o que o pai havia contado. Aquilo tinha um significado. Justo quando ela tinha começado a desanimar, aquilo decididamente representava alguma coisa.

A depender do que a criada lhe contasse e do que a mãe de Mateo descobrisse sobre o paradeiro da família Diaz na Flórida, ela talvez tivesse a chance de solucionar o mistério, no fim das contas.

Antes de se desconectar, digitou rapidamente uma resposta. Contou ao pai que havia prolongado a viagem e agradeceu pelo trabalho de detetive que ele fizera. Claudia sorriu para si mesma quando saiu do café e voltou a se banhar do sol cubano, perguntando-se como poderia voltar a viver sob o nublado céu londrino.

22

HAVANA, CUBA, INÍCIO DE 1951

Esmeralda ficou curvada no canto do quarto, e o rosto do pai estava tão vermelho que parecia que ia explodir. Nunca em toda a sua vida ela sentira medo dele, nunca colocara a mão na frente do rosto, apavorada com a ideia de que ele pudesse bater nela ou mesmo elevar a voz.

Mas naquele dia ela estava aterrorizada.

– É isso que ganho por ter coberto você de afeto? Por ter deixado você me acompanhar em Londres? Por atender a todos os seus caprichos? – gritou ele. – É assim que você trata seu *papá*?

– *Papá*, me desculpe – sussurrou ela em meio às lágrimas. – Me desculpe, eu não...

– Fique quieta!

Ele segurava as cartas, as preciosas e lindas cartas de Christopher, e as amassava, enrugando as folhas de papel enquanto as socava com as mãos em punho. Ela queria dar um pulo e tomá-las dele, implorar para que não fizesse isso, mas ela sabia que não venceria aquela batalha. Esmeralda podia ver a criada perambulando no corredor, apoiada contra a parede e espiando o interior do aposento. A última carta de Christopher devia ter sido interceptada, alguém descobrira seu segredo e o revelara ao pai, mas de uma coisa ela tinha certeza: não havia sido aquela mulher curvada.

Ela sabia disso com absoluta convicção, porque Sofia parecia estar visivelmente aflita, assim como Esmeralda. Ela confiaria sua própria vida a Sofia, e, mesmo então, ainda faria isso. Mas alguém na casa a havia traído, o que levara seu pai a revirar seu quarto de ponta-cabeça e encontrar as cartas que ela escondera com tanto cuidado.

– Achei que eu tinha criado você para viver de forma honrada, para mostrar respeito a sua família o tempo todo. – Ele balançou a cabeça. – Para não desrespeitar seu pai. E veja o que você me fez! À nossa família!

Diante da maneira como ele falava, com palavras repletas de desgosto e desapontamento, ela ficou de joelhos.

– *Papá*, o que posso fazer? – implorou ela. – Por favor, me diga o que devo fazer para provar que lamento tudo o que aconteceu. Minha intenção nunca foi desrespeitá-lo, sinto muito. Eu nunca quis que isso acontecesse.

Ela mantinha a cabeça baixa e tremia enquanto olhava para o chão, tentando lhe mostrar lealdade e submissão.

– Se sua mãe estivesse viva, isso nunca teria acontecido – disse ele, agora com a voz fria e não mais inflamada pela emoção. Ele se afastou quando ela se aproximou para tocá-lo. – Era para você já estar casada. Eu nunca devia ter me deixado levar pelo meu próprio desejo de mantê-la próxima a mim. O erro é tanto meu quanto seu, mas você pagará o preço. Não vou repetir esse erro em relação às minhas outras filhas. – Ele balançou a cabeça. – Vocês sempre foram meu ponto fraco, todas vocês, mas isso vai mudar.

– *Papá*, não é culpa sua – sussurrou ela, levantando-se e correndo na direção dele. Ele começou a se afastar, e ela segurou as mãos dele. Ele não se mexeu, mas Esmeralda se encheu de esperança quando envolveu os dedos ao redor das mãos do pai. – Nunca desrespeitei o senhor, sempre fiz o que pude para honrá-lo e à nossa família, *papá*. Mas com certeza o senhor é capaz de entender que não escolhemos por quem nos apaixonamos. Nunca quis que isso acontecesse! Por favor!

O tapa a fez cambalear de tão completamente inesperado. Seu pai sempre fora muito gentil com as filhas, e nem por um momento ela temeu que ele pudesse bater nela ou nas irmãs. Nunca, embora ele fosse capaz de tal violência.

Esmeralda protegeu seu rosto com a mão quando ele olhou furiosamente para ela, magoada tanto pela alteração súbita de sua natureza usual quanto pela dor em si. O que havia acontecido com seu adorável *papá*?

Ela realmente tinha culpa por tanta raiva, pelo modo como ele havia batido nela?

– Você vai se casar assim que eu conseguir encontrar um marido apropriado, e Gisele, logo em seguida – disse ele. – É melhor esquecer todo esse amor, pois nunca mais verá esse homem. Você me fez de bobo, Esmeralda, e ninguém faz Julio Diaz de bobo! Sua sorte é que ninguém fora desta casa sabe da vergonha que você causou a si mesma.

– *Papá*, por favor! – implorou ela. – Por favor, não faça isso! Eu o amo! Ele vai pedir minha mão em casamento!

– Basta! – rugiu ele. – Mais do que qualquer outra pessoa nesta casa, *você* devia entender a importância de uma aliança matrimonial. Você se casará com um rapaz cubano de boa família, e não quero ouvir mais nenhuma palavra sobre isso.

– Mas, *papá*, Christopher quer se casar comigo, como o senhor não consegue entender isso? Não pode me obrigar a casar com outra pessoa, não pode e não vou me casar! Meu coração pertence a Christopher.

– Sofia! – vociferou ele, ignorando Esmeralda e empurrando-a de forma brusca quando ela tentou agarrá-lo.

Sua criada veio apressada, com a cabeça baixa. Esmeralda pôde ver que a pobre empregada estava trêmula, tão aterrorizada quanto ela. Ambas sabiam que ele não deixaria que a filha, sangue do seu sangue, ficasse no olho da rua, mas não hesitaria em fazer isso com uma empregada, caso se sentisse traído.

– Minha filha não deverá sair deste quarto – ordenou ele, girando bruscamente em seus calcanhares antes de parar à porta. – E é melhor você aprender a quem deve lealdade nesta casa ou terá que procurar outro emprego e sem referências. Fui claro?

– Sim, senhor – sussurrou Sofia.

– *Papá*! – gritou Esmeralda quando o pai começou a se afastar, erguendo a voz numa altura que nunca vocalizara em sua vida tranquila e respeitável.

Mas ele não se deteve, as botas pisando com força no chão de madeira ao se afastar da filha que certa vez fora sua favorita, seu motivo de orgulho e alegria. A filha que, como ele sempre dissera, significava tudo na vida para ele e o fazia se lembrar de sua mulher, a quem ele ainda carregava com tanto afeto no coração.

– *Papá*, por favor!

– Sinto muito, Es – disse Sofia com os olhos cheios de lágrimas, segurando a chave da porta. – Não quero fazer isso, eu...

– Shhh, não precisa dizer nada. – Esmeralda correu na direção dela e a envolveu num abraço, umedecendo com suas lágrimas o ombro de sua querida empregada. – Eu nunca devia ter metido você nisso. Sou eu quem sente muito, não é culpa sua. – Ela fez uma pausa e continuou a segurá-la nos braços, enquanto a criada reclinava o corpo. – Faça o que ele mandar, não quero ser responsável por fazê-la perder este emprego.

– Foi Margo – sussurrou Sofia no ouvido dela, referindo-se à velha mulher que administrava a casa havia mais de duas décadas. – Ela viu a carta de Londres endereçada a mim, a pegou e a levou ao seu pai antes que eu pudesse fazer alguma coisa, arrastando-me com ela. Eles me questionaram e eu não pude mentir, pois preciso do dinheiro para ajudar a minha família. Sinto muito por traí-la, Srta. Esmeralda, tentei chegar aqui antes dele, mas ele foi muito rápido.

É claro que havia sido Margo. A velha mulher trabalhava na casa desde que o pai de Esmeralda era menino, e ele havia permitido que ela a administrasse quando sua mulher morreu. Se ao menos ela tivesse sido um pouco mais cuidadosa, se ao menos tivesse dito a Christopher que não escrevesse mais, se ao menos ele tivesse conversado com seu pai antes de partir, talvez, naquele momento, as coisas pudessem ter sido diferentes. Seu único arrependimento era ter arrastado Sofia para aquele arranjo – sua própria criada arriscara o próprio sustento para protegê-la, e ela nunca teria se perdoado se o pai a tivesse demitido.

– Você não me traiu, Sofia – disse ela, segurando-a ainda mais firme. – Além das minhas irmãs, você é a única pessoa em quem confio, e nada mudou. Nunca me esquecerei de sua lealdade.

– Sinto muito, Srta. Esmeralda.

Quando Sofia finalmente a soltou, ambas fitaram uma à outra por um longo momento, até que a criada se afastou com os olhos marejados e fechou a porta suavemente. Quando ouviu a chave girar na fechadura e se viu sozinha no quarto, Esmeralda desabou no chão, o vestido ao redor do corpo como uma nuvem de seda, chorando como nunca tinha chorado na vida.

Foi quando ela viu o cartão de visita no chão. Devia ter caído de dentro de uma das cartas.

Engatinhou pelo chão, alcançando-o e fitando o nome, depois o enfiou no vestido. Seu pai poderia mantê-la trancada como um pássaro numa gaiola dourada e queimar todas as cartas de Christopher, mas ela nunca o deixaria encontrar aquilo.

Nunca.

23

Havana, Cuba, dias atuais

— A família dela ficou feliz com a nossa visita, mas disse que, caso ela comece a ficar indisposta ou confusa, precisaremos parar de fazer perguntas – disse a mãe de Mateo, entrelaçando o braço no de Claudia enquanto passavam pela recepção, seguindo uma enfermeira. – Ela tem dias bons e ruins, e não devemos incomodá-la se este for um dos dias ruins.

Claudia assentiu, cada vez mais agitada à medida que se aproximavam do quarto. A enfermeira bateu à porta e, enquanto aguardavam, ela não pôde deixar de notar a tinta descascando e o carpete puído do antigo prédio. Mas sua atenção se desviou assim que entraram no quarto e viram a mulher idosa de cabelos brancos, sentada próxima à janela, com uma manta branca ao redor dos ombros.

– Sofia, aqui estão duas pessoas que vieram te ver – disse a enfermeira, dirigindo-se a ela e afagando seu braço. – Velhas amigas suas, acho.

A idosa se virou e as encarou com olhos turvos. Claudia se perguntou se ela conseguia enxergá-las, mas dentro de poucos segundos seu bracinho frágil se ergueu e ela apontou para as cadeiras, indicando-lhes que se sentassem.

– Amigas, você disse? – Sua voz saiu trêmula e falha, como se tivesse perdido havia muito tempo o costume de usá-la. – Eu já as vi? Vocês são amigas da minha filha?

– Sou Beatriz – disse a mãe de Mateo. – Conheço sua filha, na verdade a conheço muito bem, mas acredito que a senhora conheceu meus pais.

Meu pai trabalhou como chef na casa dos Diaz muitos, muitos anos atrás, quando a senhora ainda estava lá.

– Diego? – perguntou a velha mulher, seu rosto se acendendo à menção do nome dele. – Você é a menina do Diego?

Beatriz assentiu.

– *Sí*, Sofia. Sou a menina do Diego. Infelizmente, ele morreu há alguns anos, mas tenho lembranças maravilhosas de todos os anos que passamos juntos.

A fisionomia da velha mulher desmoronou, a boca se franziu. A enfermeira então se despediu depois de ter esperado na soleira da porta e pediu que a chamassem caso precisassem dela. Claudia se sentou na beirada da cama e observou enquanto Beatriz se sentava na cadeira mais próxima a Sofia.

– Diego – repetiu a velha mulher, com uma entonação distante na voz. – Nunca passávamos pela cozinha sem que nossas barrigas roncassem. Ele era o melhor cozinheiro da cidade, e sempre guardava o melhor para nós. Em muitas casas, a criadagem comia refeições separadas, mas não na casa dos Diaz. Comíamos o mesmo que a família comia, não importava o que fosse.

– Ele era um cozinheiro muito bom – concordou Beatriz. – E meu filho é quase tão bom quanto ele. Ele tem o food truck mais popular de Havana. Tenho muito, muito orgulho dele.

Elas ficaram caladas por um momento, até que Sofia levantou a mão e acenou para Claudia.

– Quem é essa garota? É sua filha?

Beatriz sorriu.

– Esta é Claudia. Ela é uma amiga do meu filho e quis visitar a senhora hoje. Na verdade, ela veio de Londres para conhecer Cuba.

– Londres? – A velha mulher pareceu confusa. – Eu conheço você? – Ela se inclinou para a frente como se para dar uma espiada em Claudia. – Você não me parece familiar.

Claudia aproveitou a oportunidade, sorrindo enquanto falava, na esperança de que a velha mulher fosse um pouco mais calorosa com ela.

– Eu vim para entender melhor a família Diaz. Beatriz foi muito gentil se oferecendo para me trazer aqui, para que eu pudesse conversar com a senhora. Ela me contou que a senhora foi a criada da filha mais velha, Esmeralda.

Claudia sabia que havia prendido a respiração para aguardar a resposta, mas não pôde evitar. Em vez de responder, os olhos da mulher se encheram de lágrimas e ela apertou as mãos contra o peito, balançando a cabeça, como se Claudia tivesse trazido à tona uma memória perturbadora.

– Sofia? – chamou Beatriz. – Por favor, podemos parar se a senhora estiver aborrecida. Me desculpe, não deveríamos...

Foi bem no momento em que Beatriz olhou para Claudia, com os olhos arregalados, que Sofia se pôs a falar, praticamente sussurrando.

– As cartas. Se ao menos eu tivesse escondido todas elas, se eu tivesse tido mais cuidado e verificado a correspondência antes dos outros todo dia – disse ela e começou a chorar baixinho. – Se ele não as tivesse encontrado, nada disso teria acontecido.

– Que cartas? – perguntou Claudia, levantando-se da cama e agachando no chão perto de Sofia. Ela tomou a mão da idosa e a segurou, notando quanto a pele era fina como papel e como estava fria apesar do calor que fazia no quarto. – O que ele encontrou? De que cartas a senhora está falando?

Sofia balançou a cabeça e se recostou na cadeira como se estivesse com medo, parecendo mais uma jovem assustada do que uma velha senhora.

– A Srta. Esmeralda nunca devia ter me perdoado. Ele nunca devia ter encontrado as cartas. Eu tinha que ter sido mais cuidadosa.

Claudia olhou de relance para Beatriz, que parecia tão intrigada quanto ela. Será que a velha mulher estava em um momento de lucidez ou apenas imaginava coisas? E de que cartas ela poderia estar falando?

– Acho que deveríamos ir embora e deixar Sofia descansar – disse Beatriz.

Ela começou a se levantar, mas Claudia não partiria sem ao menos tentar descobrir mais coisas. Será que realmente precisavam ir embora? Afinal, ela havia percorrido um longo caminho, e se pudesse obter apenas mais uma nova pista para ajudá-la...

Sofia de repente apertou a mão de Claudia com força, os olhos leitosos fixos nela. Pela aparência daqueles olhos, Claudia achou que ela poderia ser cega ou quase cega. Porém, naquele momento, ela parecia fitá-la diretamente, como se sua visão fosse clara feito água.

– Você sabe onde está a Srta. Esmeralda? Poderia lhe dizer que sinto muito? Diga que eu nunca deveria ter trancado aquela porta. Por favor, pergunte se ela vai me perdoar.

Claudia apertou sua mão na dela, e as lágrimas começaram a rolar lentamente pela face encovada de Sofia.

– Não sei onde Esmeralda está – disse Claudia com suavidade. – É por isso que vim até aqui, pois achei que talvez a senhora soubesse o que aconteceu com ela. Estou tentando descobrir por que a família dela nunca a procurou, para saber se algo mais sinistro poderia ter acontecido. A senhora sabe o que aconteceu no dia em que ela desapareceu?

Sofia olhou pela janela. Naquele momento ela relaxou os dedos e acabou soltando a mão de Claudia, como se estivesse perdida em pensamentos.

– Acho que devemos ir embora, provavelmente já basta por hoje – disse Beatriz, antes de baixar a voz. – Não acho que ela saiba de alguma coisa e, pelo que sabemos, Esmeralda pode ter morrido e sua família ter encoberto o caso. Talvez ela esteja transtornada por causa disso.

Claudia não poderia ter ficado mais surpresa.

– Você acha que eles encobriram a morte de Esmeralda? – Ela engoliu em seco. – Acha que pode ter ocorrido um *assassinato*?

– Eles certamente tinham dinheiro o bastante para encobrir algo dessa natureza – sussurrou Beatriz. – Por anos houve rumores a esse respeito.

Perguntando-se por que ninguém lhe dissera nada sobre os rumores antes, Claudia chegou a abrir a boca para falar, mas Sofia foi mais rápida.

– A Srta. Esmeralda não morreu, ninguém a matou – retrucou Sofia, balançando-se para a frente e para trás na cadeira e começando a rir. – A família de Esmeralda sabia onde ela estava o tempo todo, mas nos pagaram para que não contássemos a ninguém. Sabíamos manter a boca fechada, do contrário, estaríamos no olho da rua e o Sr. Diaz garantiria que não fôssemos contratadas novamente.

– Então a senhora sabe o que aconteceu com ela? – perguntou Claudia, mal conseguindo respirar enquanto fitava a velha mulher. – Sabe o que aconteceu na noite do desaparecimento?

– Esmeralda estava com Christopher – explicou Sofia. – Quando o pai encontrou as cartas, ela teve que fugir. Ele não poderia mantê-la trancada para sempre, as pessoas estavam começando a fazer perguntas.

– Christopher? – repetiu Claudia, rapidamente pegando sua bolsa e tirando de dentro dela o cartão de visita que vinha carregando desde que recebera a caixinha. Ela o observou e em seguida ergueu o olhar, a mão tremendo ao segurá-lo. – Christopher Dutton, de Londres?

O sorriso de Sofia se transformou em lágrimas. Ela afundou novamente na cadeira e manteve o olhar fixo na janela, alheia ao mundo ao seu redor.

– Diga à Srta. Esmeralda que eu sinto muito – disse ela, antes de começar a repetir isso sem parar. – Diga à Srta. Esmeralda que foi tudo culpa minha. Diga à Srta. Esmeralda que eu nunca devia ter trancado a porta.

Quando Beatriz quis ir embora daquela vez, Claudia se levantou e foi de boa vontade, mas não sem antes pegar a manta que havia escorregado da cadeira e colocá-la cuidadosamente ao redor dos ombros de Sofia. A velha mulher parecia um frágil passarinho indefeso, e Claudia já não sabia dizer se ela estava presente ou alheia ao mundo. De toda forma, no fim das contas, conseguiu sair dali com novas informações, e a isso seria eternamente grata.

– Você acha que ela é apenas uma velha senhora confusa? – perguntou Beatriz.

Elas acenaram para a enfermeira e lhe pediram que fosse ver Sofia, depois atravessaram o saguão e se dirigiram ao estacionamento.

Claudia estendeu o cartão de visita que ainda estava segurando, deixando que Beatriz o visse.

– Esta é a única outra pista que me deram, então acredito que ela esteja contando a verdade – disse ela. – Nunca soubemos qual era a conexão entre o brasão da família Diaz e o cartão de visita, mas e se Sofia estiver certa e Esmeralda estava com esse Christopher? – Ela fitou o cartão. – Tem que ter sido este homem, não é? Quer dizer, tudo finalmente parece fazer sentido agora.

– Sei que o que ela disse ali foi meio confuso, mas eu concordo, é muita coincidência ela ter mencionado um homem chamado Christopher. Acho que você está certa.

O coração de Claudia disparou.

– Se esta for a conexão, então é possível que eu tenha percorrido todo esse caminho até Cuba quando, na verdade, o que eu buscava estava em Londres? Talvez eu devesse ter concentrado todas as minhas energias nesse Christopher Dutton.

Mas seu pai estava fazendo exatamente isso e, até aquele momento, havia descoberto pouca coisa de útil. Além disso, Christopher estava morto e não deixara herdeiros. Será que agora que sabia dessa conexão sua busca a levaria de volta a Londres?

– Você acha que existe alguma chance de Esmeralda estar viva e em Londres? – perguntou Claudia.

Beatriz balançou a cabeça.

– Acho que alguém teria sabido dela, se estivesse. Mas talvez você tenha razão quando diz que todas as suas pistas estão te levando de volta a Londres.

Elas chegaram ao lugar onde o carro estava estacionado, e os olhos de Claudia encontraram os de Beatriz por cima do teto.

– Obrigada por ter me trazido aqui hoje – disse ela. – Eu estava começando a achar de verdade que nunca descobriria nada de útil, e quanto mais penso nisso, mais quero descobrir a verdade, pelo bem da minha avó. Esta é de longe a melhor pista que já tive, por isso, muito obrigada.

Beatriz sorriu calorosamente quando entraram no carro e, com um toque ainda mais caloroso, pressionou alguma coisa na palma da mão de Claudia.

– O que é isso? – perguntou ela.

– Lembra que eu lhe disse que perguntaria por aí se alguém sabia do paradeiro da família Diaz na Flórida, depois que Ana os mencionou naquela noite?

Claudia sentiu seus olhos se arregalarem enquanto assentia.

– Isso talvez possa te ajudar. É o endereço de Marisol Diaz.

Seus dedos se fecharam sobre o pedaço de papel.

– *Marisol*? Você encontrou a irmã caçula?

Beatriz guardara essa informação o dia todo, e só agora lhe contara?

Beatriz ligou a ignição.

– *Sí*, Claudia. Eu quis aguardar até depois do encontro, mas eu não estava esperando muita coisa da nossa querida e velha Sofia. Parece mesmo que a sua jornada está apenas começando.

Claudia se reclinou no assento e olhou para o pedaço de papel, repassando o nome e o endereço em sua cabeça e esperando poder encontrar um meio de demonstrar à mãe de Mateo quanto estava agradecida. Mas Flórida *e* Londres? Ela estava surpresa por ter duas pistas que apontavam em direções completamente opostas, e para dois países completamente diferentes.

– Claudia – chamou Beatriz de súbito, como se pudesse ler a mente dela.

Claudia notou que ela mantinha as duas mãos ao volante e os olhos atentos à estrada, e que não olhou de relance nenhuma vez enquanto falava.

– Você me promete que não vai partir o coração do meu filho? Sei que não pode ficar aqui para sempre, que precisa partir em breve, mas ele já acumulou sofrimentos para uma vida inteira. Não vou suportar vê-lo machucado mais uma vez.

Claudia olhou pela janela, mordendo seu lábio enquanto fitava a paisagem.

– Eu prometo – murmurou.

O que Claudia não disse foi que estava correndo um risco muito maior do que ele de acabar com o coração partido.

Haviam se conhecido apenas alguns dias antes, mas não seria nada fácil dizer adeus ao primeiro homem que a fizera se sentir viva de verdade.

– Na verdade, eu prolonguei minha estadia por mais cinco dias, fico até domingo – confessou ela. – Vou contar para Mateo esta noite.

O que Claudia gostaria de contar para a mulher sentada ao seu lado era que ela queria passar o maior tempo possível com o filho dela. Que um dos motivos pelos quais havia decidido ficar mais tempo era ele, que, mesmo estando desesperada para descobrir mais informações sobre a origem de sua avó, ela estava ainda mais interessada em se permitir passar horas e mais horas com Mateo.

– Que bom.

Beatriz dissera apenas isso, mas Claudia viu o jeito como os ombros dela relaxaram, como uma das mãos se soltou do volante e ficou apoiada sobre a perna, como se ela houvesse esperado muito tempo para falar aquilo.

Claudia encostou a testa no vidro frio da janela enquanto Havana passava num borrão. *Sentirei falta deste lugar*. Havia alguma coisa em Cuba que a cativara, e à medida que a data de sua partida se aproximava, ela queria apenas encontrar um motivo para retornar. E em breve.

– Claudia, você tem algum compromisso esta noite?

– Não, nenhum.

– Que tal se eu cozinhar meus *huevos habaneros* para você? – perguntou ela. – Mateo me contou que você está interessada na culinária cubana. Você gostaria de cozinhar comigo?

Ela riu. *Na verdade, estou mais interessada no seu filho, e ele é irresistível na cozinha.*

– Preciso confessar que sou uma péssima cozinheira, mas Mateo tem tido bastante paciência comigo. Não espere muito das minhas habilidades culinárias.

– Então vou te dar uma receita de presente, quando você deixar Havana – disse ela, e se pôs a tamborilar no volante quando uma música alegre tocou no rádio. – Assim você pode voltar para casa e preparar para a sua família um dos nossos pratos preferidos, e nunca vai se esquecer do tempo que passou aqui. O que acha?

Lágrimas inesperadas brotaram nos olhos de Claudia. Todos haviam sido muito bons para ela, principalmente Beatriz e Rosa. As duas mulheres mais velhas foram tão generosas ao lhe ceder seu tempo e seus recursos limitados.

– Eu adoraria. Muito obrigada.

Beatriz tirou uma das mãos do volante para afagar a de Claudia.

– Meu Mateo, ele sorri diante de qualquer um, mas seus olhos, bem, *eles* não sorriem para todos.

Claudia a ficou observando, o coração disparado.

– Mas com você? – Beatriz soltou uma risadinha. – Os olhos dele sorriem toda vez que você aparece. Isso faz bem a ele. – Ela afagou sua mão novamente. – E faz bem à sua *mamá*, também, vê-lo dessa maneira. Saber que ele ainda é capaz de sentir essa felicidade.

– Sua família – começou Claudia, tentando disfarçar o nó na garganta –, vocês passaram por tantas coisas, por tantas *perdas*, mas ainda parecem saber manter o coração aberto.

Beatriz ficou em silêncio por um longo momento antes de finalmente falar:

– Meus filhos eram melhores amigos. Assim que o irmão de Mateo nasceu, ele o amou com todo o coração e assumiu para si a grande responsabilidade de cuidar dele. Quando crianças, eram inseparáveis, e continuaram sendo os melhores amigos um do outro mesmo adultos. A relação deles era algo que eu nunca vira. Fariam qualquer coisa um pelo outro.

Claudia não soube o que dizer, então permaneceu calada.

– Quando brigavam, eles chegavam a se atracar e ficavam rolando pela minha casa com seus temperamentos fortes, mesmo quando já eram crescidos. Mas dentro de algumas horas já estavam sentados no quintal para tomar cerveja. Nada era capaz de separá-los. – Beatriz suspirou. – Meu marido e eu costumávamos rezar para que nada jamais os afastasse, pois a relação deles era muito especial.

– Mateo deve ter sofrido muito com a morte do irmão – disse Claudia.

– Ele sofreu, mas nunca deixou transparecer. De um dia para outro, ele se tornou o pai do pequeno José, e tudo o que tem feito desde então tem sido pelo menino. Ele realmente o ama, tanto quanto o irmão amava, o que pelo menos significa que José vai crescer com um segundo pai tão bom quanto o primeiro.

Claudia assentiu e voltou a olhar pela janela. Ela estaria mentindo para si mesma se não admitisse ter uma fantasia em que Mateo iria atrás dela e moraria em Londres ou talvez viajasse com ela. Mas isso significaria deixar a família dele, e ela sabia que ele nunca faria isso, nem ela iria querer que ele o fizesse. O lugar dele era ali, assim como o dela era em Londres.

Claudia mordeu o lábio e tentou não pensar em sua partida. Tinha uma bela noite pela frente e uma receita para aprender – não havia tempo para ficar pensando no que não poderia acontecer.

24

—————

— Ouvi dizer que você não vai partir amanhã, no fim das contas.

A voz de Mateo a surpreendeu. Parada na cozinha da mãe dele enquanto lavava os pratos, *ela* havia esperado surpreender a *ele*, mas se tinha conseguido, ele não demonstrou. Os braços dele a envolveram pelas costas, e os lábios tocaram o pescoço dela, o que fez Claudia quase deixar cair o prato ensaboado que estava segurando.

– Você está certo, não vou partir – disse ela, reclinando-se um pouco na direção dele. – Parece que agora sou a rainha das alterações de voos.

– Quanto tempo a mais?

– Quase uma semana – disse ela. – Mas na verdade vou viajar para Miami, não para Londres.

Ele se afastou, e ela o observou ir até o fogão, destampar uma panela e, com uma colher, pegar um bocado da comida.

– Está com fome? – perguntou ela, voltando a lavar a louça.

– Sim. Sou péssimo para me lembrar de guardar um pouco para mim, mas felizmente alguém sempre faz isso.

– Sua mãe me ensinou a cozinhar – contou Claudia. – Quer provar o que fizemos?

– Você preparou isso com a minha mãe?

Ele estava segurando a colher com uma expressão cômica.

– Não fique tão surpreso!

– Bem, ela não compartilha a receita dela com absolutamente ninguém.

Além disso, nunca permite que fiquem na cozinha com ela. – Mateo voltou a se aproximar de Claudia, com um sorriso no rosto que a fez rir. – Você deve ser muito especial.

– É mesmo?

Ele a envolveu com o braço e se aproximou dela.

– É mesmo – sussurrou ele ao beijá-la.

Claudia suspirou e se reclinou em seus braços, pegando o pano de prato para secar suas mãos antes de passá-las pelo peito dele.

– Quero te mostrar direito o meu país antes de você partir – disse ele, de repente parecendo mais sério, até mesmo determinado, enquanto encarava Claudia. – Você viajaria comigo por alguns dias?

– E o que vai fazer com o food truck?

Ele deu de ombros.

– Deixe que eu me preocupo com o food truck.

– Então, sim. Não há nada que eu queira mais do que passar alguns dias viajando com você.

Mateo sorriu e a soltou, pegando uma tigela e se servindo com o que restara na panela. Depois recuou, observando-a enquanto comia. Ela voltou a se ocupar com a louça, agora já mais confortável com o olhar dele sobre ela do que estivera alguns dias antes.

– Para onde vamos? – perguntou ela.

– Primeiro vou andar com você por toda a Havana Velha, para que você veja cada detalhe e prove as melhores comidas. Depois faremos uma viagem de carro – explicou ele. – Quero que você veja a verdadeira beleza de Cuba, o Parque Nacional de Vinãles, talvez até mesmo Cayo Jutías. Você sabe mergulhar?

– Sei nadar – respondeu ela, esperançosa.

Ele lhe lançou uma piscadela que fez seu coração disparar.

– Você vai se apaixonar por Cuba, Claudia.

Ela sorriu para ele. *Acho que eu já me apaixonei por Cuba.*

– Se der tempo, talvez possamos até mesmo ir para Cayo Largo – continuou ele. – Faz muito tempo desde a última vez em que estive lá. Uma vez mergulhei com meu irmão. É um lugar que não se compara com nenhum outro que você já viu na vida.

– Tem certeza de que quer voltar lá? Quer dizer…

– Está na hora de construir novas memórias – disse ele. – Me dê um dia para organizar tudo.

Claudia dobrou o pano de prato que estava segurando.

– Vou avisar Rosa que estou indo embora.

Eles se encararam por um longo momento, até que Claudia baixou o olhar.

– Você gostaria de ficar aqui? – perguntou ele, o timbre de sua voz mais baixo do que o normal, os olhos ainda fixos nos dela quando ela os ergueu.

– Na casa da sua mãe? – Ela balançou a cabeça, aproximando-se dele e ficando na ponta dos pés para lhe dar um beijo na bochecha – Não. Esta noite vou voltar para o meu quarto, mas te vejo amanhã, tudo bem?

– Amanhã – respondeu ele, com as mãos na cintura dela enquanto roubava um beijo de seus lábios. – E sua *paella* até que estava boa.

Claudia jogou sua cabeça para trás e riu. Aquele era um elogio meio fraco, mas ela o aceitou mesmo assim.

* * *

– Vou sentir sua falta, Rosa – disse Claudia no dia seguinte, quando chegou a hora de partir.

Mateo havia organizado a viagem em tempo recorde e, embora tivesse cozinhado o dia todo, quis partir no meio da tarde. Ana assumiria o food truck naquela noite, e depois ficaria fechado por três dias, enquanto Mateo tirava férias com ela. A rapidez com que tudo aconteceu foi quase surreal.

– Venha aqui, minha bela menina – chamou Rosa, abrindo os braços e a envolvendo num abraço. – Vamos sentir falta de você também.

– Agradeço por sua adorável hospitalidade. Foi maravilhoso ficar aqui com vocês.

– Não se esqueça de escrever e me contar tudo o que descobrir sobre sua avó – pediu Rosa. – Você envolveu todos nós com suas pistas, seria bom saber como a história termina.

– Farei isso, prometo.

Claudia se virou e viu Carlos parado ali, vestido em seu uniforme padrão – calça e camisa brancas –, e sorriu assim que pôs os olhos nele.

– Aqui está ele – disse ela. – Que sorte eu tive de cruzar com você no dia em que cheguei.

Carlos tirou o chapéu e lhe deu um abraço caloroso.

– Aproveite suas viagens, Claudia.

– Obrigada.

Ela deu um passo para trás e abriu um enorme sorriso para Rosa e Carlos, desejando ter tido mais tempo com eles. Claudia deixara no quarto uma generosa gorjeta para Rosa, esperando que a senhora a encontrasse depois que tivesse partido. Não queria gerar nenhum embaraço por parte de Rosa, mas ainda desejava ter feito mais pela avó de Carlos.

Claudia ouviu um ronco de motor atrás dela e soube instintivamente que era Mateo. Quando se virou e o viu, sentiu um frio na barriga.

– *Adiós*, Claudia! – bradaram Rosa e Carlos.

Ela caminhou até o carro e Mateo saltou, colocando uma das mãos na cintura dela e inclinando a cabeça para lhe dar um beijo rápido. Depois ele guardou a bagagem dela no banco de trás.

Claudia entrou no carro, eufórica com o que estava por vir, e Mateo pegou a mão dela.

– Pronta? – perguntou.

Ela riu.

– Como nunca estive.

* * *

No início daquela noite, depois de explorar Havana Velha e de comer muita pizza e sorvete, eles pegaram um voo rápido até Cayo Largo – o último lugar da lista de Mateo, quando ele lançou a ideia de viajarem juntos. Eles chegaram um pouco antes do anoitecer, e ela se apaixonou imediatamente pelo lugar, embora mal pudesse esperar para explorá-lo pela manhã, quando o sol tivesse nascido. Férias na praia eram exatamente o que ela precisava, e, no momento em que seus pés tocaram a areia, ela soube que estava no lugar certo.

Depois de fazer o check-in no hotel à beira-mar que Mateo havia reservado, eles deixaram suas malas no quarto, tiraram seus sapatos e foram caminhando diretamente para a praia. Havia algo especial em sentir a areia sob os pés e escutar o marulhar das ondas – isso a fez se lembrar da primeira vez que andou pelo calçadão do Malecón.

Mateo pegou a mão dela, e eles começaram a caminhar devagar, sem pressa de chegar a qualquer lugar.

– Quando o dia raiar, você vai ficar embasbacada.

– Posso imaginar.

Ela respirou fundo e a brisa marítima invadiu seu nariz.

– O azul da água é o mais intenso e límpido que já se viu, e a vida marinha é incrível.

– Ah, é mesmo? E eu vou topar mergulhar, certo?

– Vai, sim – disse ele, soltando a mão de Claudia e deslizando o braço pela cintura dela, aproximando-a de seu corpo com um abraço. – Você vai ver o mais belo recife de coral, é maravilhoso. E talvez a gente dê sorte e veja golfinhos ou mesmo tartarugas-marinhas. Não vejo a hora de compartilhar tudo isso com você.

– Para ser muito sincera, há anos que não nado, mas tenho certeza de que é como andar de bicicleta, certo?

Mateo apenas riu e murmurou alguma coisa que ela não conseguiu entender, pois os lábios dele estavam encostados no cabelo dela enquanto ele a trazia ainda mais para perto de si.

– Da última vez que vim aqui, era a época mais mágica do ano. Centenas de tartarugas-marinhas vieram até a costa para pôr seus ovos nesta bela areia branca. Foi incrível.

Os dedos dela espalmaram ao redor dos quadris dele quando ela se aproximou ainda mais.

– Foi quando você veio aqui com seu irmão?

Eles pararam de andar, e ela ficou observando o perfil de Mateo à luz da lua enquanto ele olhava na direção do mar.

– Foi – respondeu ele finalmente. – Foi nossa última viagem juntos. Antes de José nascer, aproveitávamos cada chance que tínhamos para mergulhar juntos, mas aquela vez foi a primeira oportunidade que tivemos de nos divertirmos apenas os dois, depois de algum tempo.

Ela lhe deu um momento a sós com seus pensamentos e foi se sentar na areia. Mateo acabou se acomodando ao lado dela.

– Eu sinto uma falta danada dele – disse ele, dobrando as pernas enquanto ela se aninhava perto dele, na mesma posição. – Às vezes fico à espera de que ele entre pela porta ou, quando estou cozinhando no food truck, fico esperando ele gritar ou aumentar o volume da música e cantar.

– Não fica mais fácil com o tempo – disse ela. – Todos dizem que o tempo cura tudo, mas acho isso uma besteira.

Ele entrelaçou seus dedos nos dela, ainda mirando o escuro oceano.

– Uma vez nos sentamos aqui sob o sol, depois de termos mergulhado por horas e explorado o recife. Conversamos sobre o que faríamos se pudéssemos sonhar.

– E com o que sonhavam? – perguntou Claudia.

– Anos atrás, trabalhávamos como chefs em hotéis e decidimos ter o food truck. – Ele riu. – Bem, a verdade é que eu o abri sozinho, depois Ana finalmente concordou que meu irmão deveria se juntar a mim. Mas eu já o havia batizado, *Food Truck do Mateo*, então nunca o mudamos. Depois meu pai se juntou a nós.

Ela podia imaginá-lo lado a lado com seu irmão enquanto trabalhavam.

– Mas tínhamos uma ideia maluca de fazer um negócio baseado nos nossos molhos. Havíamos lido sobre estrangeiros que pagavam para receber entregas de refeições, só que isso não funcionaria aqui. Mas e quanto aos nossos molhos? – Ele balançou a cabeça. – É uma loucura, eu sei. Sempre podemos sonhar, não é?

– Não acho que seja loucura. Algumas das melhores ideias surgem de grandes sonhos como esse.

Mateo se voltou para ela.

– Foi há muito tempo e, de toda forma, agora apenas eu estou aqui.

Claudia queria fazer outras perguntas, mas parecia que Mateo já não estava mais interessado no passado. Ele tocou a bochecha dela, envolvendo-a com sua mão, e beijou delicadamente seus lábios. E enquanto ela lentamente se deitava na areia macia embaixo deles, ela se esqueceu de todas as perguntas que queria fazer e se perdeu nos beijos dele.

* * *

No dia seguinte, eles se levantaram cedo e tomaram um café da manhã com frutas e bolinhos, depois foram para a praia. Mateo não havia exagerado ao prometer que a areia branca e o oceano azul seriam algo que ela nunca teria visto na vida – a praia era tão bonita que a deixou sem ar.

– Veja – disse Mateo.

Os dois pararam, e os dedos do pé de Claudia afundaram na areia macia enquanto olhavam para o mar.

Ela protegeu os olhos do sol e seguiu o olhar dele. Um grupo de golfinhos passou nadando, saltando na água. Ela mal pôde acreditar no que estava vendo.

– Você não mentiu quando disse que eu amaria este lugar.

– Vamos apenas torcer para não encontrarmos um crocodilo.

– Durante o mergulho? – perguntou ela com um gemido.

Ele riu.

– Me disseram que não há casos de turistas que já tenham sido devorados, então você não deve correr esse risco.

Claudia paralisou, aterrorizada, e Mateo lançou uma piscadela e começou a rir.

Ela teria dado um tapinha nele por provocá-la daquela maneira, mas ele saiu correndo na direção do mar, largando a toalha e a chave do hotel enquanto corria. Claudia ficou olhando, tentando se concentrar nos golfinhos e não pensar em nada no oceano que pudesse comê-la.

Mas, assim que entrou no mar, que tinha a temperatura mais morna que já sentira, ela esqueceu completamente o assunto dos crocodilos.

– A sensação é tão boa, não é?

Mateo nadava atrás dela enquanto ela boiava, encarando o céu azul e sem nuvens. Ela desejou poder guardar numa garrafa as sensações que estava experimentando em Cuba, e levá-la para casa para se valer dela todas as vezes que precisasse de ânimo ou simplesmente como lembranças. Mas quando Mateo tocou seus ombros e ficou parado na frente dela, protegendo seus olhos do sol, a água batendo na altura da cintura, ela desejou poder colocá-lo na garrafa também.

– Esquecemos de pegar as máscaras e os snorkels – disse ele. – Volto já.

Claudia o observou partir e ficou admirando seus ombros largos e sua pele dourada enquanto ele corria de volta até a praia, na direção da pequena tenda que alugava os snorkels. Dentro de alguns minutos ele estava de volta e a ajudou a fixar a máscara no rosto e a ajeitar o respiradouro. Aquilo exigia um pouco de prática, mas depois de um tempo, sua boca se encheu de ar em vez de água.

Mateo segurou a mão dela, e eles nadaram lado a lado. Claudia tentava aprender o jeito certo de respirar, sem se dar conta de como estavam distantes. Ela apenas admirava o coral perfeito e a colorida vida marinha. Eles não ergueram suas cabeças pelo que pareceu ter sido horas, e quando finalmente o fizeram, ela não pôde acreditar quão longe estavam da praia. Haviam nadado um bocado.

– Acho que está na hora de tomarmos umas margaritas e comermos alguma coisa gostosa – disse Mateo.

Ela se aproximou dele, patinhando enquanto olhava ao redor, e enlaçou o pescoço de Mateo.

– Eu estava pensando numa *siesta*, mas margaritas decididamente parecem uma boa ideia.

– *Siesta*? – repetiu ele, sua expressão cômica com a máscara na testa, que se elevou com o movimento das sobrancelhas.

Ela lhe deu um tapinha, sabendo exatamente o que se passava na cabeça dele.

– Eu acho que precisávamos *descansar* depois de nadar por tanto tempo.

– Precisamos mesmo descansar – concordou ele, espirrando água nela e deixando seus cílios cheios de gotas d'água.

Ela piscou quando ele começou a se afastar nadando de costas, fazendo uma espécie de movimento preguiçoso que mal era capaz de impulsioná-lo.

– Porque hoje à noite vamos comer muito, beber muito e dançar na escuridão da praia – acrescentou Mateo.

Ela gostou do que ouviu. Claudia puxou a máscara para baixo e colocou seu snorkel na boca, juntando-se a Mateo e depois voltando para admirar o recife. Explorar o mar havia sido algo que ela jamais cogitara fazer quando comprou sua passagem para Cuba. Ela queria apenas conseguir juntar as pistas e descobrir seu significado.

As pistas podem esperar alguns dias. A vovó aprovaria de coração aberto o fato de eu estar usando este tempo para curtir os pontos turísticos da ilha. Se estivesse viva, sua avó teria gostado de ouvir cada detalhe de suas viagens, e com certeza teria gostado de saber sobre Mateo. Ela sempre se deleitara com as histórias de Claudia, como se ela mesma as estivesse vivendo através da neta. Curiosamente, ela fora a única da família que não bajulara o antigo noivo de Claudia. Talvez a avó soubera desde sempre que Max não era o homem certo para ela.

– Como você está se sentindo em relação àquela *siesta*? – perguntou Mateo quando ambos levantaram a cabeça.

O nível da água agora estava baixo o suficiente para que pudessem caminhar pela areia. Ela retirou sua máscara e o snorkel, e os entregou a ele com um grande sorriso.

– Vamos ver quem chega ao quarto mais rápido?

Mateo correu pela água na frente dela, agarrou as duas toalhas e passou a correr de costas, ficando apenas um pouco à frente dela, de modo que ela não pudesse pegá-las de suas mãos.

– Não posso voltar para o nosso quarto toda molhada! – gritou Claudia.

– *Cariño*, estamos em Cuba – disse ele, abrindo bem os braços. – Ninguém liga para isso!

Ela riu e começou a andar, o cabelo molhado descendo pelas costas, as gotinhas d'água escorrendo sobre a pele, enquanto Claudia sorria olhando para o sol. Mateo tinha razão: por que alguém ligaria de ela estar molhada?

Com uma súbita explosão de energia, ela passou correndo por ele, agarrando sua toalha e rindo. Cuba fazia bem à alma, ou, pelo menos, havia feito bem para a alma de Claudia.

* * *

Finalmente havia chegado a hora de deixar Havana. Depois de todos aqueles dias, de todas as horas que ela passou desejando que seu tempo se arrastasse o mais devagar possível, era hora de partir. E não havia nada que ela pudesse fazer para adiar o inevitável. Eles haviam relaxado nas praias de imaculadas areias brancas, nadado em oceanos azuis-turquesa e explorado um exuberante parque nacional tropical. Seus últimos quatro dias juntos foram repletos de aventura e lazer, e Claudia fez tudo o que pôde para não pensar no fim, mas agora ele estava ali.

– Parece tolo dizer que vou sentir saudades – disse Mateo.

Claudia já não escondia seus sentimentos por Mateo havia muito tempo. Se aquela era a última vez que o beijaria, então não perderia a chance, mesmo que estivessem em um aeroporto, cercados por uma multidão agitada.

– Também vou sentir saudades – sussurrou ela, envolvendo o pescoço dele com os braços e aproximando o rosto para lhe dar um beijo.

Ele imediatamente envolveu a cintura dela e a aproximou do seu corpo. Deram um beijo que teria sido mais apropriado em particular, mas Claudia já não estava ligando para isso.

Quando finalmente se afastou, ele balançou a cabeça.

– Minha *hermosa chica* – disse ele, curvando-se e dando um último beijo demorado. – Minha bela garota.

– Acho que isso é a nossa despedida – murmurou ela.

As lágrimas começaram a deslizar por seus cílios e a molhar suas bochechas.

Mateo estava sorrindo, mas seus olhos também estavam marejados quando ele cuidadosamente enxugou as bochechas dela com os nós dos dedos.

– Não chore, Claudia. Tivemos a enorme sorte de nossos caminhos terem se cruzado, mesmo que por pouco tempo.

Ela assentiu, dando um passo atrás e segurando firme a passagem e o passaporte em uma das mãos. Claudia tinha que ir embora logo, antes que mudasse de ideia.

– Adeus, Mateo – disse ela, engolindo em seco e começando a se virar.

– Eu vou te ver de novo! – gritou ele atrás dela.

E enquanto ela se dirigia ao portão de embarque, ao avião que a levaria à Flórida e, com sorte, à revelação definitiva do mistério sobre a adoção de sua avó, Claudia esperou que Mateo estivesse certo, pois não conseguia suportar a ideia de que nunca mais o veria. Esse único pensamento já era o suficiente para partir seu coração.

25

HAVANA, CUBA, 1951

Todos os dias, na hora da visita de Marisol, alguma coisa se animava dentro de Esmeralda. Ela estava aprisionada desde que o pai descobrira sua traição. Meses haviam se passado e ela ainda era mantida em seu quarto a maior parte do tempo, confinada a seus aposentos. Ela até que tinha a sorte de contar com uma antessala e um banheiro, mas se sentia como um pássaro engaiolado e estava começando a enlouquecer. Sua criada tinha permissão de cuidar dela quando fosse solicitada e levava comida para Esmeralda no decorrer do dia. Mas, na maior parte das vezes, entrava no quarto de cabeça baixa, olhando para o chão, deixava a bandeja e então se apressava em sair.

Como já era esperado, ela escutou a batida suave à porta e soube se tratar de Sofia, que vinha trazendo Marisol. Esmeralda prendia a respiração até o momento em que a porta se abria e sua irmãzinha entrava correndo, de braços bem abertos, e se jogava nas pernas dela.

– Olá, minha querida – disse ela, abaixando-se para abraçá-la. – É tão bom ver você.

Marisol deu uma risadinha e pressionou sua mão sobre a barriga de Esmeralda.

– O bebê está chutando? – perguntou ela.

Esmeralda sorriu para ela antes de olhar de relance para Sofia. Sua criada era a única outra pessoa que conhecia seu segredo. O que aconteceria se seu pai soubesse que havia um bebê a caminho? Não queria pensar nessa possibilidade, imaginando que seria posta no olho da rua. Ela esperava que a situação não chegasse a esse ponto, mas sabia que, em algum momento, precisaria contar para ele, pois a gravidez ficaria visível e seria um choque ainda maior para todos.

A menos, é claro, que ela já tivesse partido antes de isso acontecer.

– Alguma notícia do meu primo? – perguntou ela em voz baixa, depois que Marisol a largara e começara a subir na cama. – De Alejandro?

Sofia fechou a porta suavemente e se voltou depressa para Esmeralda.

– Sim, ele enviou isto aqui.

Sua criada enfiou as mãos nos bolsos do avental e lhe entregou uma folha de papel dobrada num quadrado. Ela sabia do perigo em que a estava metendo depois do desastre da última carta, mas não tinha ninguém mais a quem pudesse pedir ajuda. Suas irmãs teriam feito qualquer coisa por ela, mas, no momento em que descobrissem seu segredo, seria quase impossível para elas o manterem longe dos ouvidos de *papá*. Se ele pensasse que eram cúmplices em seus planos, dificultaria a vida delas também, e ela não queria ser responsável por isso.

Esmeralda olhou para baixo, para o bilhete em sua mão, e rapidamente o desdobrou, suspirando de alívio quando leu o que ele havia escrito. Ele viria. Alejandro não era o seu primo favorito à toa.

– Ele virá? – perguntou Sofia.

– Ele virá – respondeu ela, dando um abraço rápido na criada enquanto Marisol continuava entretida. – Como poderei lhe agradecer algum dia por tudo o que tem feito por mim?

Sofia a abraçou mais forte.

– Nunca vou me perdoar por não tê-la protegido. Não precisa me agradecer.

– O que aconteceu com as cartas foi culpa minha, não sua – insistiu Esmeralda. – Não tem por que você se sentir culpada.

– Eu deveria ter cuidado da senhorita. É o meu trabalho.

Com lágrimas nos olhos, sua criada começou a se afastar.

– Voltarei dentro de uma hora para pegar a Srta. Marisol.

– Obrigada – respondeu ela. – Ah, e Sofia? Poderia ver se minhas irmãs podem me visitar amanhã de manhã? Farei 20 anos e gostaria muito de ver as duas.

Sofia assentiu.

– É claro.

– Amanhã é o seu aniversário? – perguntou Marisol atrás dela, sentada na cama grande como uma princesa. – Vai ter bolo?

Esmeralda riu, juntando-se a ela e envolvendo a irmãzinha num abraço.

– Sim, meu amor, tenho certeza de que, se você pedir para María e Gisele, elas providenciarão o bolo.

– Posso tocar no bebê outra vez?

Esmeralda se deitou sobre os travesseiros. Marisol primeiro colocou a mão na barriga da irmã, depois o ouvido, rindo quando disse que conseguia ouvir o bebê roncando, o que certamente tinha sido o estômago de Esmeralda desejando um lanchinho.

Ela observou Marisol, imaginando como seria a vida sem a irmãzinha, se perguntando se ela realmente poderia se afastar de tudo, de sua família. Eles sempre foram a coisa mais importante no mundo, mas se seu pai viesse a exilá-la por sua gravidez, então que escolha teria?

– *Papá* disse que você vai se casar logo – revelou Marisol de repente, pulando da cama para o chão e agarrando a mão de Esmeralda. – Será que eu posso usar um vestido bem bonito?

Esmeralda ficou paralisada.

– Quando *papá* lhe disse isso?

Marisol saiu pulando pelo quarto até chegar do outro lado, onde Esmeralda mantinha alguns brinquedos e lápis de cor para ela.

– Hoje, no café da manhã – respondeu ela por sobre o ombro. – Disse que já está tudo organizado, e que você se casará no fim do mês.

Esmeralda olhou para a barriga, passando a mão sobre ela enquanto tentava se acalmar e respirar. Não queria que sua irmã soubesse que alguma coisa estava errada.

– E *papá* disse com quem vou me casar? – perguntou Esmeralda. – Ele está organizando tudo como uma surpresa para mim, assim como você guardou segredo sobre o meu bebê, para que também seja uma surpresa especial.

Marisol balançou a cabeça, segurando duas bonecas e passando uma delas para Esmeralda. Ela a pegou, forçando um sorriso, seus pensamentos a mil. O tempo estava acabando. Ela precisava partir de Cuba, e precisava partir já.

26

Esmeralda se sentou no banco da janela em seu quarto, o corpo meio virado contra a porta. Ela usava um xale bordado ao redor dos ombros, levemente drapejado sobre o tronco, para esconder a barriga caso seu pai entrasse no quarto – o que era uma possibilidade remota. Ela duvidava que isso pudesse acontecer, mas queria ser cautelosa. Sua criada subira correndo alguns momentos antes para dizer que o primo dela, Alejandro, havia chegado. Poucos minutos depois, ela ouviu certa agitação do lado de fora da porta. Ela esperou e escutou a chave girar na fechadura, mas não foi Alejandro quem entrou.

Foram Gisele e María.

Ela se pôs de pé num pulo, esquecendo-se do xale ao correr na direção delas. Suas irmãs costumavam se sentar do outro lado da porta para conversar com ela através das paredes. Mas ver as duas ali na sua frente era tudo o que ela queria.

– É tão bom ver vocês! – exclamou quando a porta se fechou atrás delas.

Claramente fora Sofia quem as deixara entrar, afinal, era uma das únicas pessoas da casa que tinham a chave. Mais tarde, Esmeralda com certeza agradeceria a ela por isso.

Gisele havia lançado os braços ao redor da irmã e chorou ao abraçá-la, mas María se manteve mais afastada.

– Esmeralda, você está…

Gisele se afastou, secando os olhos antes que eles se arregalassem de surpresa. Ela entrara no quarto numa pressa tão desenfreada que não reparara de imediato.

– Grávida – sussurrou Esmeralda, finalmente pronunciando a palavra em voz alta. – Estou grávida.

María a envolveu em seus braços, segurando-a enquanto Esmeralda segurava as lágrimas. Todos aqueles meses tentando não implicar as irmãs, e agora elas finalmente sabiam. Ela não tinha ideia de como a pequena Marisol conseguira manter o segredo.

– O que vai fazer? – perguntou María, levando-a de volta para o banco da janela para que pudessem se sentar juntas. – Quando vai falar para *papá*? Eu estava relutante em lhe contar, mas ele disse que encontrou um marido para você. Avisou que você vai se casar em breve.

Esmeralda engoliu em seco.

– Vou embora de Havana – revelou ela, vendo o horror no rosto de cada uma das irmãs. – Não vejo outra possibilidade para mim.

– É por isso que Alejandro está aqui? – perguntou Gisele. – Você vai pedir a ajuda dele, não vai?

Ela assentiu, cruzando as mãos sobre o colo.

– Vou.

María deixou escapar um suspiro profundo.

– Graças a ele, conseguimos nos esgueirar até aqui – disse ela. – *Papá* o convidou para tomar um drinque e sabíamos que ele não perceberia nada.

– Eu quase esqueci – disse Gisele, tirando alguma coisa do bolso. – Feliz aniversário, irmã querida.

– Ah, sim, Esmeralda! Feliz aniversário!

As duas irmãs a abraçaram mais demoradamente do que de costume, perguntando-se quantos abraços ainda compartilhariam.

– Obrigada – disse Esmeralda, abrindo o presente e vendo que era uma caixinha dos seus chocolates favoritos. – Mal posso esperar para comê-los. Este bebê está sempre faminto!

As irmãs riram com ela, ambas tocando sua barriga e sorrindo. Esmeralda sabia que estavam felizes por ela, mas ali também havia preocupação – como poderia não haver? Não era como se ela fosse casada e todas pudessem comemorar a iminente chegada do bebê.

– Christopher mandou notícias? – perguntou ela. – Souberam de alguma coisa?

Gisele balançou a cabeça, mas foi María quem falou:

– O acordo ainda está avançando, isso foi tudo o que consegui descobrir, mas as coisas têm sido diferentes desde que... – Sua voz foi sumindo.

– Desde que fui trancada aqui? – indagou ela.

María assentiu.

– *Papá* está mudado, já não é o mesmo.

– Disse que você partiu o coração dele – contou Gisele, que recebeu um olhar afiado de María.

Esmeralda pegou as mãos delas e sorriu.

– É melhor irem embora, não quero nenhuma de vocês se metendo em apuros por minha causa.

As duas a abraçaram novamente e todas ficaram de pé, mas Esmeralda continuou segurando as mãos das irmãs.

– Queria pedir apenas uma coisa – comentou ela. – Se Alejandro concordar em ajudar.

Suas irmãs ficaram paradas, esperando, os olhos fixos nela.

– Preciso que peguem uma chave e abram a minha porta para que eu possa sair – disse ela em voz baixa. – Eu não pediria isso se não fosse absolutamente necessário, se houvesse outro jeito...

– Podemos fazer isso por você – concordou María. – Quando formos avisadas, faremos isso. É claro que sim.

– Nunca mais a veremos outra vez, não é? – perguntou Gisele, e lágrimas rolaram pelas suas faces.

Esmeralda beijou a bochecha molhada da irmã e apertou a mão dela.

– É claro que verão! Não fale assim. Um dia estarei de volta para visitar todas vocês, com Christopher e nossa criança. *Papá* não terá outra escolha a não ser me perdoar, você sabe disso, não é?

Porém, quando suas irmãs saíram e a porta se fechou atrás delas, o medo começou a anuviar seus pensamentos. Porque, por mais que quisesse acreditar que o pai a perdoaria, ela não estava tão convencida.

Apaixonar-se por Christopher era uma coisa, mas carregar seu bebê e fugir para Londres? Ela engoliu em seco e olhou pela janela, reposicionando-se enquanto esperava sua visita.

O que estava fazendo era imperdoável. Esmeralda sabia em seu coração que nunca mais voltaria para aquele lugar.

* * *

Quando finalmente bateram à porta, Esmeralda tinha a cabeça recostada no vidro e observava Marisol chapinhar água na piscina lá embaixo. Ela se lembrara dos longos e quentes dias de verão que passara nadando e pegando sol com suas irmãs e amigas. Desejava poder ter apenas um momento para mergulhar seus pés na água. Esta seria uma das muitas coisas de que sentiria falta depois que partisse.

Uma parte dela começou a se perguntar quanto sua vida de fato seria infeliz se ela se casasse com um homem escolhido pelo pai, se não seria melhor permanecer perto de sua família, mas então sentiu o bebê se mexer na barriga. Independentemente de seus pensamentos, ela não tinha alternativas. Seu bebê nasceria no mês seguinte ou por volta disso, o que significava que ela não tinha outra opção.

– Esmeralda?

Seu nome foi pronunciado de repente, e ela virou a cabeça e viu Alejandro parado na porta aberta.

– Entre – disse ela. – Por favor.

– Devo fechar a porta?

Ela assentiu e ele obedeceu, depois atravessou o quarto e se posicionou diante dela.

– Obrigada por ter vindo.

– Quando a minha prima preferida diz que precisa de mim, como eu poderia negar? – Ele riu. – Agora me diga, por onde andou? Senti sua falta. Seu pai disse que você vai se casar, é isso mesmo?

Esmeralda pigarreou e se levantou, deixando o xale de seda deslizar lentamente até o chão, seu vestido apertado ao redor da cintura por causa de sua barriga arredondada.

Alejandro não deixou escapar nem uma palavra, mas seus olhos se arregalaram quando ele viu a cintura dela.

– Estou grávida.

– Percebi. – Ele franziu a testa. – É por isso que está trancada no quarto?

Ela balançou a cabeça.

– *Papá* não sabe nada sobre a gravidez, mas ele descobriu o que houve entre mim e Christopher.

– Seu inglês? – Alejandro suspirou. – Eu sinto muito, Es. Todas aquelas vezes que fizemos piadas sobre não se casar, sobre amar nossas vidas e não querer que nossos pais interferissem em nosso futuro...

Os dois permaneceram em silêncio, mas Alejandro abriu seus braços e ela foi direto para eles, deixando-se ser abraçada enquanto chorava tudo que guardara dentro dela por tanto tempo. A camisa dele estava molhada quando ela enfim se afastou, dando um passo atrás e olhando-o nos olhos.

– Cometi um erro, Ale. Pus tudo a perder.

Ele a conduziu de volta ao banco da janela e se sentou ao seu lado, tomando a mão dela na sua.

– O que você precisa que eu faça?

Esmeralda olhou para as mãos deles, envolvidas uma na outra. Alejandro não havia sido apenas o seu divertido parceiro de dança nas festas. Tinham crescido juntos – ambos eram os primogênitos de suas respectivas famílias –, e Alejandro a apoiou depois da morte da mãe dela, quando Esmeralda precisou assumir o papel da matriarca da família. Ela sempre pôde contar com ele, e naquele momento, além de suas irmãs, ele era a única pessoa no mundo que sabia sobre Christopher e a gravidez dela.

– Preciso ir para Londres – disse ela.

Ele deixou escapar um assobio.

– Londres? Não seria mais fácil se eu encontrasse Christopher e o fizesse vir para cá?

Ela balançou a cabeça e tocou a barriga.

– Não tenho tempo para isso. Christopher prometeu que pediria minha mão, e eu não tenho motivos para pensar que ele não tentou, mas *papá* está arranjando um casamento para mim. Preciso partir, antes que seja tarde demais.

– Quando? – perguntou ele. – Em quanto tempo preciso organizar isso?

– Esta semana – disse ela, ocultando o temor que sentia subir à garganta. – Preciso partir esta semana.

– Você sabe que seu pai nunca me perdoará se descobrir que estou envolvido nisso – disse ele. – Eu perderia meu emprego, minha família ficaria furiosa comigo...

– Eu não lhe pediria isso se houvesse outro jeito.

Alejandro assentiu.

– Eu sempre disse que faria qualquer coisa por você, Es, e é sério. Se eu tiver que arriscar meu pescoço, que assim seja.

– Obrigada – sussurrou ela enquanto apertava a mão dele. – Você é a única pessoa em quem confio para pedir uma coisa dessas.

– Suas irmãs sabem? Elas poderiam ajudar de alguma forma?

– Elas vão destrancar a porta para mim. Só posso partir à noite ou nas primeiras horas da manhã, quando todos estiverem dormindo.

– Então vou informá-las assim que o seu voo tiver sido providenciado.

Alejandro se levantou para ir embora, e ela se ergueu também.

– Sinto muito, Es. Você merecia algo melhor do que isso.

Ela deu de ombros, mas, em seu coração, sabia que as palavras dele eram verdadeiras. Esmeralda merecia mais do que ser banida e ficar presa em seu próprio quarto, mais do que ser evitada pelo seu pai simplesmente por ter se apaixonado. Mas a vida não era justa, e ela aprendera isso do jeito mais difícil, quando sua mãe morrera.

– Eu a verei em breve, prometo – disse ele, e se dirigiu à porta.

E enquanto permanecia de pé ali, no meio do quarto, observando o primo partir, ela esperava poder confiar nele. Pois, se não pudesse, sabe-se lá o que aconteceria a ela e ao bebê.

* * *

Haviam se passado quatro dias desde a visita de Alejandro, e a cada noite Esmeralda ficava mais ansiosa. Mas quando seu jantar foi trazido naquela noite, sua irmã Gisele apareceu acompanhando a criada. Era domingo, o dia da folga semanal de Sofia, e ela soube que alguma coisa estava acontecendo quando viu Gisele levar a bandeja e passar os olhos pelo prato coberto antes de encontrar os de Esmeralda.

Assim que se foram e que a chave girou na fechadura, Esmeralda pôs a bandeja na mesa de cabeceira e ergueu a tampa. Seus olhos se apressaram a buscar aquilo que Gisele podia ter escondido. Não havia nada óbvio à primeira vista, e depois de levantar o prato, ela ficou pasma pensando no que poderia estar ali. Até que pegou o guardanapo, o desdobrou, e um pedaço de papel voou até cair no chão. Era tão pequeno que poderia facilmente ter passado despercebido, se ela não estivesse buscando alguma coisa ali. E nele, escrita com a caligrafia da sua irmã, estava a notícia pela qual havia esperado:

Você vai partir às quatro horas da manhã.

Ela deixou escapar um suspiro e largou a comida de lado, começando a andar pelo quarto de um lado para outro, apertando o pedacinho de papel na palma da mão. Naquela noite ela deixaria para trás tudo o que conhecia, sem saber quando voltaria.

Lágrimas irromperam de seus olhos, mas ela manteve o maxilar firme e se recusou a chorar. Em vez disso, sentou-se à escrivaninha e pegou uma folha de papel. Alcançou sua caneta-tinteiro e, com as costas eretas, escreveu as palavras "Querido *papá*" no topo da página, até que de repente sua mão travou.

O que ela escreveria? Acaso lhe devia alguma explicação, depois da maneira como ele a tratara? Como poderia colocar seus sentimentos no papel, quando o que sentia em relação a ele havia mudado tão drasticamente desde que o pai a trancara no quarto como uma prisioneira?

Durante os primeiros dias e as primeiras semanas, ela esperara que ele aparecesse a qualquer momento e destrancasse a porta, implorando desculpas pela maneira como a tratara. Mas, ao ver que ele não faria isso, seu amor pelo homem que em outros tempos significara tudo para ela se transformou em uma raiva profunda, e ela se perguntava se um dia chegaria a esquecê-la.

Esmeralda lamentou a perda do homem que ele um dia havia sido, do pai com quem ela crescera, mas, em seu coração, já não nutria nenhum sentimento de ternura por ele.

Ela amassou a carta e a jogou no lixo, voltando sua atenção para o bilhete de Gisele. Rapidamente colocou o minúsculo papel na boca e se forçou a engoli-lo. Sabia que era necessário que seu pai nunca descobrisse que as irmãs a haviam ajudado, e não queria deixar uma única pista que pudesse comprovar essa ajuda.

Esmeralda pôs-se de pé, decidida a comer o máximo que conseguisse do jantar, pois não sabia em quanto tempo ela comeria novamente. Também não queria que a criada contasse ao seu pai que ela mal tocara na comida. Não faria nada que pudesse levantar a menor suspeita. Depois disso, foi até o guarda-roupa e desceu duas malas pequenas para guardar seus pertences, que ela esconderia sob a cama até mais tarde.

Ela encarou a fileira de vestidos, as belas peças que havia usado ao longo dos anos. Sua vida fora repleta de opulência e felicidade até então, mas aquela vida acabara. O que ela tinha que fazer era colocar nas malas as roupas de que precisaria para enfrentar os dias a seguir, e, mais importante, aquelas em que ela ainda coubesse, até que Christopher a levasse para comprar o que fosse necessário em Londres.

Esmeralda continuou a mexer em suas roupas para selecionar itens diferentes, como sapatos, cosméticos e artigos de toalete, verificando se as malas já não estavam pesadas demais, pois precisaria carregá-las por conta própria. Então ela planejou o que vestiria naquela noite, quando Alejandro fosse buscá-la, sem ousar mudar de roupa naquele momento. Uma criada ainda iria fazer a inspeção no quarto antes da hora de dormir, e ela teria que ficar embrulhada sob as cobertas com a roupa que costumava usar à noite, de modo a garantir que tudo aparentasse estar como de costume. Quando a casa estivesse em silêncio, quando todos estivessem dormindo, só então ela se prepararia para partir. Depois esperaria até as primeiras horas do dia, torcendo para que tudo ocorresse conforme o planejado.

* * *

Aquelas foram as horas mais longas da vida de Esmeralda, até que ela por fim escutou um barulho na escuridão. A chave foi girada lenta e cuidadosamente, quase sem fazer ruído, mas ela não se mexeu até ver quem era. *María.*

Sua irmã estava de camisola, e os longos cabelos caíam sobre os ombros, iluminados pelo luar que atravessava a janela do corredor. Esmeralda sentiu um nó de emoção na garganta ao olhar para ela. María entrou em silêncio, sem fechar a porta atrás de si, e elas se abraçaram rapidamente.

Esmeralda segurava sua irmã com força, inalando o cheiro do seu xampu, sentindo os braços ao redor dela, querendo guardá-la na memória antes de partir.

– Está na hora – sussurrou María, ainda envolvendo a irmã num abraço. – Alejandro está estacionado no fim da rua, ele disse que se encontrará com você no instante em que a vir passar pelo portão.

Esmeralda suspirou.

– Vou sentir tanto a sua falta, María.

– Também vou sentir sua falta, Es. A vida nunca mais será a mesma sem você.

Naquele momento ela não pôde conter as lágrimas, apesar de quanto fora impassível antes, privando-se de toda a emoção.

– Por favor, diga a Marisol que eu a amo, que ela é minha menininha linda. Ame-a por mim, em minha ausência, María. Faça com que ela se sinta a criança mais maravilhosa do mundo, seja a mãe de que ela precisa.

– Farei isso, você sabe que farei.

Esmeralda se afastou da irmã com relutância, sabendo que quanto mais esperassem, maior seria o risco de serem flagradas. Ela pegou uma das malas e María carregou a outra, e assim saíram do quarto na ponta dos pés. Na porta, Esmeralda olhou para trás uma vez, para seu opulento quarto de infância, gravando-o na memória. Depois, se apressou atrás de sua irmã, atravessou lentamente o corredor e desceu as escadas.

Cada rangido na casa fazia seu corpo estremecer à medida que avançavam. A cada momento ela esperava que uma luz se acendesse ou que o estrondo de um brado raivoso de seu pai ecoasse pelo corredor, mas a casa permaneceu em silêncio enquanto passavam pela cozinha. Até que um vulto saiu das sombras ao lado da porta.

– Gisele! – exclamou ela, arfando quando se deu conta de que era sua irmã.

– Eu não poderia deixar você partir sem me despedir.

Ela apoiou as malas no chão e rapidamente abraçou a irmã, as lágrimas molhando o cabelo dela enquanto a abraçava uma última vez.

– Eu te amo, Es – sussurrou Gisele.

– Eu também te amo – disse Esmeralda em meio às lágrimas.

Afastou-se de Gisele para olhar para as duas irmãs, segurando as mãos delas por um longo instante, antes de finalmente as soltar.

Estava na hora de ir.

Enchendo-se de coragem, ela pegou suas malas, uma em cada mão, e apesar de suas lágrimas, da dor quase insuportável por ter que deixar suas irmãs, Esmeralda passou pela porta sem olhar para trás. Avançou depressa pelo jardim e se dirigiu ao portão lateral, encolhendo-se ao fazer isso, pois esperava que ele não rangesse. Felizmente, o ar da noite permaneceu em silêncio, e ela o fechou atrás de si e olhou rua abaixo, avistando um carro. Esmeralda acelerou o passo. E então Alejandro saiu de trás de uma árvore de repente, lhe dando um susto, e correu a curta distância que os separava.

Eles não se falaram quando ele pegou as malas dela e foram rapidamente até o carro, colocando-as no banco de trás enquanto ela se sentava no do passageiro.

Quando ele ligou o motor e se virou para ela, seus olhos buscando os dela.

– Tem certeza de que é isso que quer fazer?

Esmeralda manteve sua cabeça erguida, sem ousar considerar a ideia de ficar – afinal, como poderia?

– Tenho certeza.

– Então vou levá-la ao aeroporto – disse ele, avançando com o carro. – Estou com a sua passagem para Londres, mas o voo só sairá às nove horas da manhã, o que significa que você terá que rezar para que seu pai não vá procurá-la antes disso. Se ele for, não poderei fazer nada.

Ela engoliu em seco e o nervosismo percorria todo o seu corpo.

– Meu café da manhã normalmente é levado ao meu quarto às oito e meia – disse ela, ouvindo o tremor em sua voz. – Eu vou ficar bem.

– Então só podemos esperar que o seu voo saia antes que alguém dê pela sua falta. – Alejandro olhou para ela, e Esmeralda pôde ver o medo nos olhos dele. – Quando seu pai descobrir o que você fez, se ele descobrir o que *eu* fiz...

Eles se sentaram em silêncio por um momento, até que Esmeralda finalmente falou:

– Obrigada, Alejandro. Você tem sido um amigo de verdade para mim. Além das minhas irmãs, confio em você mais do que em qualquer outra pessoa neste mundo.

Ele grunhiu.

– Você é a única pessoa por quem eu arriscaria meu pescoço, Es. Espero que saiba disso.

Ela assentiu.

– Eu sei. Você entrará no aeroporto comigo?

Alejandro tirou uma das mãos do volante e a estendeu na direção dela, colocando sua palma sobre as costas da mão dela.

– Vou me certificar de que tudo corra bem quando chegarmos, caso façam perguntas sobre você estar viajando desacompanhada, mas terei que deixá-la esperando sozinha pelo voo. Não posso arriscar ser visto lá.

– Eu entendo.

– Até lá, vamos estacionar o carro e ficar sentados, esperando até que o dia clareie e o aeroporto esteja aberto.

Esmeralda encarou a escuridão pela janela do carro. Em poucas horas, ela estaria em um voo para Londres. Já podia imaginar a sensação física dos braços de Christopher a envolvendo, sua expressão ao se dar conta de que ela estava esperando um bebê, de que eles finalmente poderiam se casar. Que poderiam ficar juntos sem precisar esconder seu amor.

Isto é, desde que papá não descubra o que fiz e tenha uma explosão de raiva no aeroporto, antes que meu avião esteja no céu.

27

FLÓRIDA, DIAS ATUAIS

Claudia bateu à porta, tão nervosa que seu estômago não parava de se revirar. Ela olhou de relance pela centésima vez para o papel na sua mão, conferindo se o endereço estava certo. Perguntou-se por que havia decidido que seria uma boa ideia simplesmente aparecer na soleira da porta de uma pessoa sem antes ter tentado entrar em contato. Ela estava em solo americano havia apenas duas horas, tendo passado pela alfândega, alugado um carro e indicado no GPS o endereço que Beatriz lhe dera.

Antes que pudesse recuar, a porta se abriu e uma bela mulher de cabelos pretos retintos piscou ao vê-la. Ela se assemelhava muito às bonitas mulheres cubanas que Claudia vira em Havana, mas vestia uma sofisticada blusa de caxemira de mangas curtas e jeans, o que a fazia se parecer mais com uma americana do que com uma cubana.

– Posso ajudá-la?

– Estou procurando Marisol Diaz – disse Claudia.

– Então você está procurando minha avó – respondeu a mulher, inclinando-se na direção da porta como se pudesse fechá-la a qualquer momento. – Infelizmente, ela não mora mais aqui.

– Ah – murmurou Claudia, tentando esconder sua decepção. – Haveria outro lugar onde eu pudesse encontrá-la? Fui informada de que este era seu endereço atual.

– Você não a conhece? – A mulher pareceu surpresa, e em seguida afastou-se ligeiramente da porta. – Quem lhe deu o endereço da minha avó?

Claudia guardou o celular na bolsa e pegou a imagem com o brasão da família Diaz que levava consigo desde que saíra de Londres. Queria mostrá-lo antes que a mulher fechasse a porta na cara dela.

– É difícil explicar por que estou aqui, mas meu nome é Claudia Mackenzie. Sou de Londres, mas vim de Havana para cá, e há alguns meses recebi este brasão como uma pista sobre o passado da minha avó. Ela foi adotada ao nascer, e essa é uma das únicas pistas que tenho.

A mulher a encarou como se ela fosse louca, cruzando os braços sobre o peito. Claudia esperara que ela pegasse o brasão, que continuava estendido na direção dela, mas ela mal olhou para o papel.

– Se você está aqui para reclamar alguma herança, então de bom grado vou te dar o número do advogado da nossa família. Se não, esta conversa termina por aqui.

A porta começou a se fechar, e Claudia rapidamente pôs seu pé para impedi-la.

– Por favor, se puder me conceder um momento do seu tempo, eu posso explicar – pediu Claudia. – Não quero nada da senhora, a não ser respostas. Eu só esperava conversar com a sua avó, pois talvez ela saiba como a *minha* própria avó está conectada à família dela ou talvez à irmã dela, Esmeralda. Era a irmã mais velha dela, não?

Naquele instante, não se ouviu o clique da porta se fechando – em vez disso, ela foi lentamente se reabrindo. Claudia aproveitou a oportunidade e falou rápido, enquanto ainda podia contar com aquela brecha e com a presença da mulher que a encarava.

– Fui para Havana buscando descobrir o passado da minha avó, que foi adotada quando bebê e nunca soube de sua relação com Cuba – explicou Claudia. – Tudo o que sei é que, de alguma forma, ela tem uma conexão com a sua família, e eu vim de longe para tentar descobrir que conexão é essa. Tudo o que quero é chegar a alguma conclusão sobre o passado dela, só isso.

Ela recebeu o silêncio da outra mulher como resposta.

– Quando eu estava em Havana, conheci um homem chamado Mateo, ele é um chef conhecido por lá, e a família dele me ajudou a obter informações sobre a sua – continuou Claudia. – Mateo me contou que o avô dele, Diego, era o cozinheiro da família Diaz, antes de deixarem Cuba, e a família dele ainda guarda memórias muito afetuosas da época em que trabalhavam na casa dos Diaz.

– Você conhece essa família pessoalmente? – perguntou ela.

– Conheço. Na verdade, eu estava comendo *paella* com eles no almoço de domingo, antes de partir de Havana. – Claudia sorriu. – Beatriz, a filha de Diego, foi quem encontrou seu endereço para mim. Por favor, me dê cinco minutos do seu tempo. É tudo o que peço.

A mulher pareceu hesitar. Porém, a porta se abriu vagarosamente, e ela acabou dando um passo atrás, acenando para que Claudia entrasse na casa.

– Acho que é melhor você entrar – disse ela. – Mas apenas por um momento, para que eu possa ouvi-la.

Claudia tirou os sapatos e pisou no assoalho de madeira de lei, seguindo a outra mulher cujo nome ela ainda não sabia. *Avancei mais um passo, vovó. Vou descobrir tudo, eu prometo.*

Fora uma longa jornada, mas ela teve o sentimento de que a verdade sobre o passado de sua avó estava finalmente próxima, e ela devia isso a Mateo e sua mãe.

* * *

A mulher parecia estar desconfortável enquanto caminhava até o deque diante do mar, mas fez um sinal para que ela se sentasse. Claudia colocou sua bolsa na mesa e se acomodou, buscando as palavras certas, embora as tivesse ensaiado o dia todo. De repente lhe deu um branco.

– Minha avó morreu há um ano. Seu nome era Catherine Black, e minha família nunca soube que ela era adotada – começou Claudia, esperando não estar falando muito rápido. – Recentemente, recebemos um e-mail curioso de um advogado, e ele me deu o brasão que eu lhe mostrei antes, junto com um endereço. Isso é tudo o que foi deixado pela mãe biológica da minha avó, e só descobrimos essa informação faz pouco tempo.

A mulher olhava fixamente para ela, mas se sentou na cadeira diante de Claudia.

– Posso ver o brasão de novo?

Claudia sorriu e enfiou a mão na bolsa, ansiosamente tirando de dentro dela a imagem do brasão e deslizando-a pela mesa.

– Quero que saiba que o único motivo para eu estar aqui é descobrir sobre o passado da minha avó – disse ela com delicadeza. – Acredito realmente que ela nunca soube que era adotada, mas sua mãe biológica deve ter deixado essas pistas por algum motivo, e quero descobrir a história por trás delas. Preciso saber o que aconteceu naquela época.

A mulher se remexeu na cadeira, mas assumiu uma postura mais relaxada, os ombros descontraídos e os lábios abrindo-se num sorriso. A sala parecia ter saído de uma dessas revistas de decoração, com sofás de assentos bem largos adornados com almofadas e obras de arte impressionantemente grandes cobrindo as paredes.

– Minha família tem a tendência de esperar o pior quando as pessoas aparecem procurando por nós – confessou a mulher. – O dinheiro realça o pior lado das pessoas, e normalmente há algum caso de vingança, daí minha relutância quando nos conhecemos mais cedo. Sinto muito se pareci rude.

– Eu entendo. Trabalhei com finanças por muitos anos e senti na pele o que o dinheiro pode fazer com as pessoas – disse Claudia. – Mas posso lhe assegurar de que não tenho interesse na fortuna da família Diaz. Meu único interesse é descobrir como minha avó se encaixa na árvore genealógica da sua família, se é que de fato faz parte dela, e então vou embora.

– Meu nome é Sara – apresentou-se ela, estendendo a mão.

Claudia suspirou aliviada. Ela teve a sensação de que talvez dispusesse de mais de cinco minutos para fazer suas perguntas, agora que Sara parecia estar mais relaxada em relação a ela.

– É um enorme prazer conhecê-la, Sara – respondeu ela enquanto trocavam um aperto de mãos. – Você não tem ideia do que significa para mim apenas poder te fazer algumas perguntas.

– Antes você mencionou Esmeralda – disse Sara. – Por que acha que a conexão seria diretamente com ela? Pelo que sei, nenhuma das minhas tias voltou a ter notícias de Esmeralda depois que ela desapareceu. Por muitos anos a procuraram, mas foi como se ela tivesse sumido do mapa.

– Elas não mantiveram contato?

Claudia não conseguiu dissimular sua surpresa.

– Como eu disse, ela desapareceu sem deixar rastro, e embora tenham tentado muitas vezes entrar em contato com Christopher, também não tiveram notícias dele.

– Christopher? – perguntou ela, surpresa pelo nome ter vindo à tona tão rápido.

– O homem pelo qual Esmeralda estava apaixonada. Tudo o que sabiam era que ela partiu para ficar com ele, mas nunca mais souberam de nenhum dos dois.

Claudia se reclinou na cadeira, intrigada. Sara se levantou e disse que faria um café, o que lhe deu tempo para pensar. Se as outras irmãs Diaz sabiam sobre Christopher, mas não haviam mais ouvido falar de Esmeralda, ou Claudia estava errada quanto ao fato de a irmã mais velha ser a peça que faltava no quebra-cabeça ou ela estava no lugar errado.

Sara retornou com o café e Claudia o aceitou agradecida, despejando uma colherada de açúcar no líquido. Ela se acostumara com o café doce de Cuba – seria difícil perder esse hábito.

– Você se importaria de me contar o que sabe sobre sua avó e a família dela? Sobre como ela e as irmãs acabaram deixando Cuba? – perguntou Claudia. – Acho que estou tentando construir uma imagem para ver se minha avó poderia se encaixar em algum lugar.

O rosto de Sara demonstrou tristeza apenas por um momento, antes de seus olhos encontrarem os de Claudia.

– Meu bisavô, Julio, permaneceu no país por muito mais tempo do que vários outros, depois que o líder militar Batista fugiu de Cuba para a República Dominicana numa noite de Ano-Novo – contou ela. – As histórias que ouvi descrevem um homem que se recusou a desistir de Cuba. E que, por engano ou talvez por otimismo, acreditou que ainda haveria um lugar para ele sob o novo regime. Por um tempo, parece que Julio talvez tenha tido razão em pensar assim, pois, até sua partida, ele manteve a usina de açúcar e as propriedades.

– Eu achava que toda a classe alta de Cuba havia perdido suas propriedades quase imediatamente depois de Castro subir ao poder – comentou Claudia. – Por que o seu bisavô acreditou que com ele seria diferente?

Sara assentiu.

– Você tem razão, muitos deixaram a ilha bem antes, mas meu bisavô não era como os outros. Em certo ponto da história, Cuba produziu seis milhões de toneladas de açúcar, e ele era responsável pela produção de mais da metade disso. No entanto, mesmo naquela época, ele era abertamente antipático a Batista.

Sara fez uma pausa e tomou um gole do café, observando Claudia por sobre a xícara.

– A maioria das pessoas em seu círculo social mantiveram suas opiniões políticas para si ou, pelo menos, apenas sussurraram seus pensamentos a portas fechadas para um grupo seleto de pessoas. Mas não ele. Minha mãe sempre dizia que Julio era mais veemente do que o normal ao criticar a corrupção do governo cubano, apesar de ter se beneficiado dele de muitas maneiras. Em certo ponto, antes que se soubesse de verdade qual era a profundidade do viés comunista de Castro, Julio supostamente ajudou a financiar os rebeldes. Mas não acho que ele poderia ter imaginado o que um dia aconteceria ao país que tanto amava. Se tivesse, nunca os teria apoiado com seu dinheiro.

Dizer que Claudia estava surpresa era pouco. Tudo o que ela sempre ouvira falar sobre a elite de Cuba lhe mostrara que todos os seus representantes – e com certeza aqueles que fizeram fortuna com o açúcar – não manifestaram suas preocupações em relação a Batista, beneficiando-se tanto desse regime a ponto de nunca o criticarem abertamente. Ela também sabia que a maior parte dos ricos de Cuba fugiu da ilha levando joias escondidas na roupa íntima, durante ou logo depois da Revolução, partindo assim que puderam. Mas a história que estava ouvindo era muito diferente do que havia esperado. A família Diaz com certeza era de outra natureza, ou assim lhe pareceu.

– Ele era diferente de qualquer outro, pois nunca criticou Castro abertamente. De fato, ele era o oposto deles – disse ela com suavidade. – Seu amor por Cuba, pelo que construíra lá, era grande demais. Partiu seu coração saber que sua família não estava com ele, que ele havia perdido primeiro a mulher, depois a filha mais velha, e então as outras filhas, quando elas foram para a Flórida, embora tenham deixado a ilha com a sua bênção. Julio permaneceu em Cuba até o amargo fim, e eu imagino que seu coração estava em frangalhos quando ele perdeu o país e os negócios aos quais havia dedicado sua vida. Para um homem tão bem-sucedido e admirado, ele caiu em desgraça.

Claudia fechou os olhos por um momento, pensando na Cuba que conhecera, imaginando como o país teria sido naqueles anos de glamour e prosperidade, de diamantes e belos vestidos, champanhe e charutos. Cuba havia parado no tempo de muitas formas, praticamente como se o país estivesse esperando pela volta de todos aqueles que partiram, para que dessem vida à ilha mais uma vez... mas eles nunca retornaram.

– Então por que ele decidiu partir? O que aconteceu afinal?

Sara desviou o olhar, e o rumorejar do mar também atraiu a atenção de Claudia. Ela compreendia por que tantos cubanos haviam se estabelecido em Miami – a cidade era geograficamente próxima, e a praia ao menos imitava a ilha que fora seu lar. Era quase como se estivessem tentando avistar a distância o país que um dia amaram.

– O que aconteceu foi que Che Guevara lhe deu um ultimato – contou Sara. – Na noite em que Julio partiu, carregava apenas uma mala pequena, com duas mudas de roupa e uma fotografia de sua família. Os únicos objetos de valor que ele levou consigo foram os anéis de diamante de sua mulher, cuidadosamente costurados em seu paletó, e a aliança de casamento dela em seu dedo mindinho. É uma história que ouvi muitas vezes na minha vida, e sempre há algo na partida dele que me faz chorar.

– Ele deixou tudo para trás?

– Ele não teve escolha – disse Sara com a voz embargada, como se lhe doesse recontar a história que talvez lhe fora transmitida por sua mãe e suas tias no decorrer dos anos. – Sua casa era opulenta e repleta de obras de arte inestimáveis, mas o seu negócio era o que representava tudo para ele. Sem isso, era como se ele sentisse que já tinha perdido todo o resto. Que a obra de sua vida lhe fora roubada. – Ela suspirou. – No final, justo antes de Julio partir, foi proposto que ele poderia manter uma de suas casas se, em troca, trabalhasse para Cuba. Ou seja, se gerenciasse a produção de açúcar para abastecer toda a ilha e lançasse mão de seus anos de expertise para beneficiar o regime comunista. Se dissesse não, receberia uma bala na nuca. Assim, em questão de horas, ele desapareceu e nunca mais pôs os pés em sua amada terra natal. Ele nunca teria conseguido trabalhar para Castro ou Guevara.

Claudia se reclinou na cadeira, imaginando aquele orgulhoso homem cubano, internacionalmente renomado por conta de sua enorme fortuna, reduzido a alguém sem posses, carregando apenas uma única mala com seu nome e, no dedo, a aliança de sua esposa.

– Ele ficou sem nenhum centavo? – perguntou Claudia. – O que ele fez ao chegar aos Estados Unidos? Onde estavam as filhas dele naquele momento?

Sara se levantou, a mão hesitando em pegar o copo enquanto fitava a praia.

– Me diga uma coisa: você *sabia* sobre a fortuna dos Diaz antes de vir para a Flórida? Alguma coisa do que eu contei realmente te surpreendeu ou você pesquisou sobre o meu bisavô antes de chegar aqui?

Claudia esperou um momento, forçando-se a respirar com calma em vez de responder à pergunta de Sara de forma precipitada. Ela entendia a preocupação da outra mulher. Teria sentido o mesmo se alguém aparecesse de repente na casa de seus pais, em Surrey, alegando ser parente deles. Claudia ficou de pé e se aproximou de Sara, tocando o braço dela de um jeito afetuoso e firme. Seus olhares se cruzaram quando ela se virou.

– Sei apenas o que descobri em Cuba nas últimas duas semanas – respondeu Claudia, tranquilamente. – Estou apenas tentando honrar a memória da minha avó e solucionar o mistério sobre o passado dela, sobre o *meu* passado. Tudo o que quero é conhecer a história dela. Na verdade, me sinto na obrigação de descobrir o que ela mesma não pôde. Mas, respondendo à sua pergunta, eu não sabia de nada disso antes de ter ido para Havana.

Sara a encarou de maneira gentil, mas Claudia também sentiu um ar de hesitação.

– Me desculpe, eu só...

– Não tem por que se desculpar – interrompeu Claudia. – Eu entendo, de verdade.

Sara pareceu examiná-la.

– Aqui – disse Claudia, enfiando a mão na bolsa, tirando dela um cartão e rabiscando no verso o nome do hotel onde estava hospedada. – Você pode procurar meu nome no Google, descobrir sozinha mais informações a meu respeito. Então talvez possamos nos encontrar novamente, quando tiver certeza de que não sou uma oportunista pobretona.

Sara fez uma cara de tristeza.

– Eu não acho que você seja...

Claudia pressionou o cartão na palma da mão dela.

– O mundo está cheio de pessoas que mentem para conseguir as coisas. Me telefone quando estiver pronta para conversar. E se não estiver, eu vou entender. Tenho certeza de que um dia vou descobrir como minha avó se encaixa nesse quebra-cabeça, mas devo dizer que eu preferiria muito escutar a história de você. – Ela sorriu. – Eu adorei ouvir sobre seu bisavô, só que na verdade quero descobrir quem foi a mãe da minha avó. Quero saber como ela acabou indo parar na Inglaterra, tão longe do seu país de origem. Quero saber mais sobre o desaparecimento de Esmeralda, para entender se essa pode ser a conexão.

– Minha avó – disse Sara subitamente. – Ela teria adorado conhecer você. Se você estiver certa, se sua avó de fato tem relação com a nossa família...

Ela suspirou e Claudia sorriu.

– Eu adoraria também. – Ela pigarreou. – Durante todos esses anos, eu não fazia ideia de que minha família tinha uma conexão com algum outro país que não fosse a Inglaterra. Se ao menos eu tivesse descoberto as ramificações do passado da minha avó antes, se ao menos minha avó tivesse recebido a caixinha com as pistas, talvez as coisas tivessem sido diferentes. Talvez eu tivesse chegado aqui com ela, e sua avó teria aberto a porta para nós duas.

Sara assentiu, e Claudia se levantou e pegou sua bolsa, pendurando-a no ombro. Ela se aproximou, voltou a tocar o braço de Sara por um momento e a fitou com seriedade.

– Obrigada. Mesmo que você não queira me contar mais nada e que nossos caminhos nunca mais se cruzem, obrigada por ter me recebido em sua casa.

Ela se virou para partir, alcançando a porta no mesmo instante em que Sara gritou por ela:

– Claudia, espere! Minha avó ainda está viva, mas ela tem dias bons e outros ruins. Eu detesto sobrecarregá-la, pois sua memória vai e volta, então talvez possamos nos encontrar e almoçar juntas amanhã?

Claudia não pôde evitar o sorriso que iluminou seu rosto quando se virou.

– Eu adoraria. Obrigada.

Marisol Diaz! Ela realmente se encontraria com Marisol Diaz!

Ela saiu da casa e andou depressa até a vaga em que seu carro aluga-do estava estacionado, contendo sua agitação até que já estivesse de novo ao volante e Sara houvesse fechado a porta. Então se reclinou e fechou os olhos, sentindo-se aliviada.

Vou descobrir tudo sobre o seu passado, vovó. Prometo. Tudo estava enfim se encaixando.

28

―――――

LONDRES, 1951

E smeralda levava duas malinhas, uma em cada mão, abarrotadas com todos os objetos que fora capaz de carregar sozinha. Londres parecia girar ao redor dela. *Aqui estou.* A espera pelo seu voo no aeroporto a deixara uma pilha de nervos, temendo que o pai pudesse chegar a qualquer momento e forçá-la a voltar para casa. Ela se sentara e ficara batendo com os calcanhares no chão até a hora de embarcar. Chegara a olhar por sobre o ombro quando já estava no início da fila, mas felizmente ninguém fora atrás dela. De alguma forma, graças a Deus, ela havia escapado. Mas isso não teria sido possível sem Alejandro. Nada teria sido possível sem a ajuda dele.

Ela deixara tudo para trás – suas irmãs, sua casa, o país que amava. Mas teria feito tudo outra vez, se pudesse. Esmeralda apoiou uma das malas aos seus pés e passou a mão na barriga, consciente de ter tomado a única decisão possível. Então enfiou a mão no bolso para pegar o cartão de visita. Ela havia memorizado o endereço meses antes, mas quis conferi-lo mais uma vez para ter certeza. Depois de todo aquele tempo, mal podia esperar para vê-lo de novo, para que ele soubesse que ela estava grávida e para lhe contar que estava livre para se casar com ele, que largara tudo para trás e poderiam ficar juntos. Ela se apavorara com a ideia de lhe escrever uma carta, pois o pai poderia interceptá-la – ele se recusara a vê-la desde o dia em que a trancara no quarto –, o que significava que ela não tivera como contar a Christopher que ele seria pai. Que durante todos aqueles meses estivera carregando a criança em segredo, esperando e rezando para que houvesse alguma forma de encontrar o caminho até ele. Ela podia apenas imaginar quantas vezes Christopher devia ter tentado contatar o pai dela. Mas sabia que, quando seu pai tomava uma decisão, nada era capaz de fazê-lo mudar de ideia.

Esmeralda guardou o cartão no bolso, voltou a pegar as malas e ficou tentando descobrir aonde ir. Ela estava acostumada a ter o pai ou um acompanhante organizando tudo para ela, e ao ver o tráfego pesado e a quantidade de pessoas passando apressadas em seus afazeres cotidianos, ficou ainda mais confusa. Era desafiador estar sozinha numa cidade estranha, especialmente naquele estado vulnerável. Esmeralda se perguntou se ter feito o trajeto de trem do aeroporto à cidade realmente fora a melhor ideia. E se ela tivesse usado o pouco dinheiro de que dispunha e pegado um táxi que a tivesse levado direto ao escritório de Christopher?

Ela deu um passo adiante, sorrindo ao imaginar a expressão no rosto dele ao vê-la, imaginando o calor de seus braços ao redor do corpo dela, o toque de seus lábios nos dela, mas seu entusiasmo foi refreado pela dor intensa que se apoderou do seu corpo. Sua barriga de repente se contraiu, uma violenta onda de náusea se espalhou dentro dela, sua visão ficou turva e tudo começou a girar ao seu redor.

Esmeralda decidiu colocar suas malas no chão novamente, e fez uma careta quando uma dor aguda fez sua barriga se contrair outra vez. Ficou cambaleando, tentando se manter de pé. Ela estendeu a mão para apanhar o cartão, vasculhando com os dedos dentro do bolso, e o agarrou com força, sabendo que só precisava chegar até Christopher, só precisava encontrá-lo para que ele pudesse cuidar dela. Mas, antes que pudesse gritar um pedido de socorro ou dar um passo adiante, seu salto escorregou no chão.

A última coisa que ouviu, quando o solo pareceu se elevar e ir ao encontro dela, foi seu próprio grito.

– Christopher – chamou ela, choramingando, antes de tudo escurecer.

29

———

—Onde estou?

Esmeralda grunhiu, apoiando-se na cama e olhando ao redor. Ela não conseguia se lembrar de como havia chegado ali nem mesmo de onde estava.

Ela rapidamente passou as mãos sobre a barriga, aliviada quando sentiu que seu bebê ainda estava lá.

– Ela está aqui.

Esmeralda se ergueu mais um pouco e, ao observar a porta, escutou vozes no corredor. Ela estava em um hospital. Sua memória começava a voltar em fragmentos: alguém ajudando-a a se levantar do chão, o som de uma ambulância.

Estava prestes a colocar as pernas para fora da cama e pegar suas coisas, quando duas mulheres apareceram na soleira da porta. Uma delas vestia um uniforme branco de enfermeira e tinha a testa franzida. A outra, bem--vestida com uma saia e uma blusa, deu um sorriso que fez Esmeralda parar de se sentir completamente apavorada.

– Então esta é a jovem senhorita que está grávida – disse a mulher sorridente enquanto se aproximava dela. – Meu nome é Hope.

– Esmeralda – apresentou-se ela, apertando a mão de Hope.

A pele da mão dela era macia, tão reconfortante quanto o sorriso.

– Ela foi encontrada desmaiada na rua – explicou a enfermeira, pegando seu registro. – Mas aqui não temos espaço para gente desse tipo.

Esmeralda se enfureceu.

– "Gente desse tipo"? O que quer dizer com isso? – perguntou. – Isto não é um hospital?

Hope balançou a cabeça e foi se sentar ao lado dela na cama.

– Você tem marido? – perguntou ela suavemente. – Ou tem família aqui por perto?

– Eu, eu…

Ela olhou de soslaio para a enfermeira, mas decidiu não olhar outra vez, porque não gostou da expressão de julgamento no rosto dela nem da maneira como ela encarou a mão de Esmeralda, como se para evidenciar que não havia uma aliança ali.

– Eu acabei de chegar a Londres. Venho de Cuba – disse ela. – Meu nome é Esmeralda Diaz.

Nenhuma das mulheres na sala disse uma única palavra, e naquele momento ela caiu em si, dando-se conta de que seu nome já não significava nada. Em Havana, o sobrenome Diaz teria aberto qualquer porta, ele *significava* algo. Mas naquele lugar ela era apenas mais uma mulher solteira com um bebê a caminho – era por isso que o hospital não a queria ali. Ela devia ter pensado nisso antes da viagem e colocado um diamante em seu dedo anelar.

Esmeralda baixou a cabeça.

– Não, eu não tenho família aqui nem sou casada. Mas o meu Christopher quer se casar comigo, é por isso que vim para cá. Eu estava a caminho do…

– Ela é toda sua – disse a enfermeira abruptamente, fazendo uma anotação no seu registro e começando a se dirigir à porta. – Preciso que o quarto seja liberado, então não demore muito. Quero ela fora daqui antes do meio-dia.

Esmeralda mordeu o lábio para conter as lágrimas que ameaçavam rolar e voltou a colocar a mão sobre a barriga, numa tentativa de se reconfortar. Ela havia caído em desgraça de um jeito muito rápido e brusco.

– Se não sou bem-vinda aqui, então aonde devo ir? Terei este bebê na rua? – perguntou ela.

Christopher certamente saberia o que fazer e como lidar com esse tipo de enfermeira. Ele daria a ela e ao bebê os melhores cuidados possíveis, e não toleraria a forma como ela estava sendo tratada.

– Esmeralda, você tem para onde ir?

Ela deu um profundo e trêmulo suspiro.

– Posso ir ao escritório de Christopher, tenho o endereço de lá.

Hope a envolveu com o braço e ela se viu inclinando-se na direção da mulher, como teria feito com sua mãe muitos anos antes.

– Encontraremos o seu Christopher, mas você não está em condições de ficar perambulando por aí atrás dele – disse Hope. – Me parece que você vai ter este bebê antes do tempo, e isso significa que precisa de alguém que cuide de você.

Esmeralda ergueu o olhar para fitar os olhos mais gentis que já vira na vida.

– A senhora pode me ajudar?

– Sim, Esmeralda. De fato, posso, sim.

30

FLÓRIDA, DIAS ATUAIS

A mulher que caminhava na sua direção aparentava ter uma confiança tão altiva que Claudia pensou que devia estar acostumada a ser o centro das atenções. Parecia estar na faixa dos 80 anos. Seus cabelos brancos estavam penteados para trás com elegância, e seu rosto era emoldurado por enormes brincos de diamante, que lembraram a Claudia das histórias que Mateo lhe contara sobre a antiga geração de Cuba. Sara segurava o braço dela e cumprimentou Claudia com um sorriso.

– Muito obrigada por terem vindo – disse Claudia, levantando-se e afastando-se um pouco da mesa. – É muito importante para mim.

A mulher mais velha ficou parada, encarando Claudia por um longo momento, antes de assentir e se sentar em uma cadeira.

Claudia trocava olhares de relance com Sara, que fez um gesto para que ela se sentasse.

– Claudia, esta é a minha avó, Marisol – apresentou Sara. – *Abuela*, esta é Claudia.

– É um prazer enorme, Marisol – disse Claudia. – Obrigada por ter vindo. É uma honra poder conhecer uma das irmãs Diaz pessoalmente depois de ter ouvido falar tanto sobre vocês. Ao que parece, eram muito famosas por sua beleza.

A mulher permaneceu em silêncio, parecendo examinar Claudia intensamente. Depois pegou o cardápio e o ofereceu à sua neta, dando um tapinha nele.

– Eles têm champanhe? Estou com vontade de tomar uma taça.

Ela falava como alguém muito mais jovem, e Claudia adorou a maneira como Sara apenas afagou a mão da avó, sem sequer tentar dissuadi-la da ideia. No entanto, supôs que mulheres como Marisol Diaz não aceitassem tranquilamente que lhe negassem algo que desejavam – afinal, ela havia sido criada em uma das famílias mais ricas de Cuba.

– Vamos providenciar uma taça de champanhe, *abuela*, não se preocupe – concordou Sara, lançando uma piscadela conspiratória para Claudia do outro lado da mesa. – Podemos até te acompanhar.

– Onde está seu *abuelo*? – perguntou Marisol de repente. – Por que ele não veio almoçar? Está criando problemas de novo?

Sara pareceu não saber direito o que responder. Elas se entreolharam por um longo momento, e, pelo que Claudia pôde compreender, o avô dela já não era vivo.

– Ah, a culpa é toda minha por ele não estar aqui – disse Claudia rapidamente, tentando tranquilizar Marisol. – Espero que a senhora possa me perdoar, mas achei que poderíamos ter um almoço das garotas, apenas nós três. Eu não gostaria de entediar seu marido com todas as minhas perguntas.

Marisol pareceu ter ficado mais tranquila, mas continuou a olhar para a neta.

– Por que estamos almoçando com esta moça? Eu a conheço?

Sara sorriu, segurando a mão da avó.

– *Abuela*, esta é Claudia. Há uma chance de ela ser sua sobrinha-bisneta.

Claudia ergueu o olhar e viu como Sara assentia para ela, como se tentasse lhe dizer que ela estava certa. Essa mulher, *Marisol*, poderia ser sua tia-bisavó? Mas isso significaria que...

– Pensei muito em você depois que foi embora ontem, Claudia, e acredito que Esmeralda pode de fato ser sua bisavó – concluiu Sara. – Esta é a única explicação para as pistas que você tem.

Lágrimas brotaram nos olhos da mulher mais velha enquanto ela olhava para longe, como se estivesse vendo algo que as outras duas não eram capazes de enxergar.

– Esmeralda – sussurrou Marisol. – Ela nunca voltou para casa. Um dia ela estava no quarto e, no dia seguinte, havia desaparecido. Nunca mais vi minha irmã.

O garçom veio à mesa delas, e Sara felizmente pediu as bebidas. O coração de Claudia batia acelerado enquanto observava Marisol tocar distraidamente um dos grandes diamantes que pendiam de sua orelha. *Será que sou mesmo parente dessa mulher? Será que Esmeralda era mesmo minha bisavó?*

– O que aconteceu quando ela desapareceu? – perguntou Claudia. – A senhora sabe o que aconteceu com ela?

– Nossa Esmeralda estava apaixonada – disse Marisol. – Nosso pai a adorava, ela sempre fora a filha favorita, mas, depois que se foi, nunca mais pudemos mencionar o nome dela.

– Então ela foi embora por vontade própria? Para ficar com Christopher?

O garçom retornou com as bebidas, e Marisol ocupou-se com o champanhe, dando um gole e se reclinando na cadeira com um sorriso no rosto que iluminou todo o salão.

– Isso me faz lembrar os bons e velhos tempos – disse Marisol, antes de piscar para elas, parecendo confusa. – O que estamos celebrando? Alguém se casou?

– Estamos celebrando sua irmã, Esmeralda – retrucou Sara, erguendo sua taça e fazendo-a tilintar primeiro na de sua avó e depois na de Claudia. – A senhora gostaria de falar mais sobre ela? Talvez possa contar a Claudia o que levou Esmeralda a sair de casa? Aconteceu alguma coisa que a fez querer ir embora?

Claudia se viu prendendo a respiração enquanto esperava, querendo saber se Marisol realmente lhes revelaria alguma coisa. Achou que ela se esqueceria do que estavam falando e sairia pela tangente, mas, para sua surpresa, as memórias daquela velha senhora pareciam impecáveis.

– Esmeralda era como uma mãe para mim, mas, quando ficou trancada no quarto dela, eu só tinha permissão de vê-la uma vez por dia – contou Marisol. – Nosso pai disse que ela lhe desobedecera, e a porta ficava trancada pelo lado de fora. Ninguém tinha coragem de desafiá-lo, nem mesmo as minhas irmãs.

– A senhora se lembra de tudo isso? – perguntou Sara. – Que ela ficou presa no quarto, depois de todos esses anos?

– A criada costumava destrancar a porta à tarde, depois das minhas aulas, e eu entrava lá e ficava um pouco com Esmeralda. Ela me contava histórias e brincava de faz de conta comigo. Antes de eu sair, ela sempre me envolvia em seus braços e nos deitávamos na cama. Eu costumava pensar nela como minha mãe: era ela que cuidava de mim e me abraçava antes de eu dormir, toda noite. Mas, a partir do momento em que ficou trancafiada no quarto, não teve mais permissão para isso.

Claudia tinha muitas perguntas a fazer, mas não quis interromper Marisol agora que suas memórias fluíam tão livremente. Quando se parava para pensar em quantos anos se passaram desde que tudo aquilo acontecera, parecia incrível que ela fosse capaz de recontar essas cenas com tanta facilidade.

– Ela me pediu para guardar um segredo, e eu nunca o contei a ninguém, nem mesmo para minhas irmãs.

– Qual era o segredo dela? – indagou Claudia, sem conseguir se conter. – Marisol, qual foi o segredo que ela pediu para a senhora guardar?

Marisol deu mais um gole no champanhe.

– O bebê, é claro – respondeu ela, depois de uma longa pausa. – Eu não podia contar a ninguém sobre o bebê.

Claudia se inclinou para a frente.

– Ela estava *grávida*?

– Seu pai descobriu? – perguntou Sara, com suavidade. – Ele deve ter ficado louco quando soube que ela estava esperando um bebê.

– *Papá* não sabia – disse Marisol, balançando a cabeça. – *Papá* queria que ela se casasse com um garoto cubano de boa família, e o casamento já estava até arranjado, mas Esmeralda nunca levaria aquilo adiante. Ela queria ficar com Christopher. *Papá* não a viu mais desde o dia em que a trancafiou no quarto, mas, se ele tivesse descoberto, teria ficado bravo. Ela estaria em apuros.

– Christopher? – Claudia agarrou a bolsa e a vasculhou, pegando o cartão enquanto seu coração começava a disparar. – Marisol, é deste Christopher que você está falando? Christopher Dutton, desta companhia de comércio em Londres?

Marisol abriu um sorriso largo.

– Ah, sim, este é o Christopher dela. – A mulher riu. – Christopher Dutton. Quando ele esteve aqui, os dois ficaram o tempo todo se esgueirando pela casa. Eles achavam que ninguém os via, mas eu vi. Vi os dois se beijando. Eu a vi nos braços dele quando ambos achavam que estavam escondidos.

Claudia piscou para afastar suas lágrimas. Finalmente, depois de tanta especulação, achando que talvez estivesse louca em pensar que de alguma forma teria uma conexão com a família Diaz, ela estava sentada diante da própria Marisol Diaz. E a mulher não só lhe confirmava que Esmeralda estava grávida, mas também que Christopher Dutton era de fato o elo perdido. Que ela estava esperando um bebê desse Christopher.

– Você disse *aqui* – comentou Claudia, de repente se dando conta. – Christopher esteve em Havana? Na casa de vocês?

Marisol sorriu de um jeito que lembrou Claudia de uma criança travessa que guarda um segredo.

– Ele veio para ficar, mas *papá* só descobriu o romance depois que ele já havia partido. Depois que encontrou as cartas.

Uma parte da história estava começando a fazer sentido, e tudo aquilo encaixava bem com o que a criada lhe revelara em Cuba.

– Mas a senhora ainda não contou por que ela ficou trancada no quarto – disse Sara. – Isso não me parece algo que seu pai faria, a menos que estivesse furioso. Foi por causa das cartas?

– Ah, *papá* estava mesmo furioso. Ele descobriu que Esmeralda queria se casar com Christopher e não tiraria o olho dela até que estivesse amarrada a alguém que ele escolhesse. Ele disse que ela havia manchado a honra de toda a família – respondeu Marisol, pegando sua taça.

Claudia fez o mesmo, incapaz de tirar os olhos da mulher fascinante diante dela, que poderia ou não ser sua tia-bisavó. Ela sorriu consigo mesma ao inclinar o corpo para a frente outra vez, a fim de escutar Marisol.

– *Papá* mudou por causa de Esmeralda – continuou ela. – Ele costumava me deixar comer bolinhos no café da manhã, sentada sobre os joelhos dele, sem se importar com meus dedos grudentos do doce. Ele costumava gargalhar e sorrir, afagando minha cabeça e dizendo que um dia eu cresceria e seria exatamente como minha bela irmã Esmeralda. Todos sempre comentavam que eu era parecidíssima com ela, que eu tinha muita sorte, mas, depois que ela desapareceu, ninguém mais falou nela. Era como se Esmeralda nunca tivesse existido. Até mesmo a porta do quarto dela permaneceu trancada depois que ela se foi, e nunca mais foi aberta.

Claudia engoliu em seco.

– Você nem mesmo podia falar sobre ela em casa? Com suas irmãs?

Os olhos de Marisol se encheram de lágrimas.

– Em nossos quartos, costumávamos trancar a porta e cochichar sobre ela, nos perguntando onde estaria. Eu costumava engatinhar até o colo de Gisele e escutar a conversa das minhas irmãs, me perguntando onde ela estaria e quando voltaria para casa. Mas elas sempre me diziam que Esmeralda havia partido, que nunca mais ia voltar, e estavam certas. Esmeralda se foi e nunca mais regressou.

Todas ficaram em silêncio por um momento, deixando Marisol envolvida em suas memórias enquanto olhava para longe, como se estivesse revivendo aquele momento perdido no tempo, revendo a irmã que perdera tantos anos antes.

– Marisol, posso te perguntar como Esmeralda partiu? Seu pai soube para onde ela foi?

Marisol balançou a cabeça e pareceu encolher, como se as memórias fossem dolorosas demais.

– Nosso pai sabia que alguém a ajudara a escapar, depois disso ele nunca mais foi o mesmo. Quase não o víamos mais, ele passava o tempo todo na usina de açúcar. Quando María se casou, fui morar com ela. Gisele se casou logo em seguida. – Marisol riu. – Ele não cometeria o mesmo erro com elas e, de toda forma, não demorou muito até todos precisarmos deixar a ilha. Partimos com a bênção dele, mas nossa família nunca voltou a ser a mesma, nem quando ele veio para a Flórida.

– Quem a ajudou? – perguntou Sara, parecendo tão fascinada pela história quanto Claudia. – A senhora sabe como ela deixou Cuba?

Marisol apenas balançou a cabeça, olhando para as próprias mãos.

– Não sei. Eu era muito nova, e elas mantiveram tudo em segredo. Nem mesmo consegui me despedir.

– Sinto muito, Marisol – disse Claudia, fitando-a nos olhos e esperando que ela pudesse ver que seus sentimentos eram sinceros. – Sinto muito por ter perdido sua irmã. Deve ter sido muito difícil.

– Nós escrevemos para ela – contou Marisol, as mãos trêmulas ao voltar a pegar sua taça. – Minhas irmãs até deixavam que eu fizesse desenhos e escrevesse cartinhas, que juntavam com as delas. Uma das criadas as levava escondidas e as enviava para o escritório de Christopher.

– Foi assim que soube que ela estava viva? Porque ela escreveu de volta? Marisol suspirou.

– Nunca tivemos notícias dela. Esmeralda poderia muito bem ter desaparecido no ar...

Claudia engoliu em seco e olhou de relance para Sara, que pareceu ter ficado tão alarmada quanto ela.

– A senhora não acha que algo terrível aconteceu com ela, acha? Não acha que seu pai...

A pergunta pairou no ar por um bom tempo, e Claudia se deu conta de que instintivamente havia prendido a respiração.

– *Papá* nunca a perdoou, ele achava que ela o traíra, mas nunca a machucaria. Ele nunca bateu em nenhuma de nós, ele nos amava mais do que tudo, mesmo quando estava com raiva.

Claudia ainda tinha tantas perguntas, havia tantas coisas que queria saber, mas sentiu que já tinham exigido muito de Marisol. A menção ao pai fizera os olhos da velha senhora se encherem de lágrimas. A última coisa que queria era aborrecê-la.

– Vamos pedir o almoço? – perguntou Claudia, animada. – Acho que já está na hora, e talvez a senhora possa nos contar sobre seus últimos dias em Cuba. Eu adoraria saber mais sobre a sua infância e como foi ter crescido naquela bela casa em Havana.

A expressão no olhar de Marisol se suavizou e, depois de terem feito os pedidos, Claudia se reclinou na cadeira e ficou escutando as reminiscências dela sobre sua infância, sobre dias repletos de risos e raios de sol, festas e belos vestidos.

Por ter estado em Havana e conhecido pessoalmente toda aquela beleza, Claudia se viu transportada para outro tempo, que gostaria de ter podido testemunhar, ainda que fosse por um único dia. Mas, mesmo enquanto escutava, não conseguiu evitar pensar no que poderia ter acontecido com Esmeralda, e por que ela não mantivera contato com sua família. Pelo que parecia, as irmãs Diaz eram muito próximas, então algo devia ter dado muito errado para que tivessem perdido o contato umas com as outras.

Sem falar que seu pai afirmara por e-mail que Christopher Dutton morrera sem deixar herdeiros.

* * *

Claudia caminhou ao longo da praia com seus jeans arregaçados na altura dos tornozelos e os pés descalços. O dia havia sido incrível, mas agora que estava sozinha, não conseguia parar de pensar em tudo o que acontecera desde que partira de Londres. Enquanto mirava o mar e escutava o marulhar contínuo das ondas, desejou voltar a Havana. O que Claudia não daria para estar novamente com Mateo ou encontrá-lo em seu food truck e passearem juntos pelo Malecón uma última vez! Naquele momento, quase podia sentir no ar o aroma de seus pratos, e se imaginou parada ao lado dele enquanto Mateo lhe explicava sobre os ingredientes frescos que usava em suas receitas.

Ela voltou pelo mesmo trajeto que percorrera e, em alguns minutos, já estava no hotel, tirando a areia dos pés antes de calçar as sandálias e entrar no lobby. Quando já estava na metade do caminho, se dirigindo ao elevador, o concierge acenou na direção dela.

– Tenho um recado para a senhorita – avisou ele, e lhe entregou um bilhete.

Claudia agradeceu e o pegou, desdobrando o papel ao entrar no elevador. Era uma mensagem pedindo que ligasse para Sara, com um número anotado.

Esperou até que estivesse no quarto e telefonou, sorrindo ao escutar a voz dela. Podiam não ter começado com o pé direito, mas certamente haviam passado uma tarde muito agradável juntas.

– Oi, Sara, é a Claudia.

– Obrigada por ter me telefonado tão rápido. Eu só, bem, não consegui parar de pensar no que minha avó contou hoje.

– Foi muita coisa para uma tarde só.

– Eu simplesmente não consigo acreditar que, em todos esses anos, nada jamais foi dito. Quer dizer, quando eu era criança, me lembro de que às vezes falavam sobre o assunto em encontros familiares, sobre Esmeralda e quanto ainda sentiam a falta dela, mas eram apenas lembranças.

– Sara ficou calada por um momento. – Tenho uma sensação horrível de que algo muito ruim aconteceu com Esmeralda, mas suas irmãs imaginam que ela viveu uma vida maravilhosa e as abandonou. Para mim, tem algo de errado nisso.

– O que você acha que pode ter acontecido? – perguntou Claudia.

– Não sei, mas você consegue acreditar que uma mulher jovem, que adorava as irmãs, realmente desapareceu por decisão própria e nunca mais entrou em contato? Mesmo que estivesse desesperadamente apaixonada, por que ela não tentaria falar com as irmãs? Por que desapareceria dessa maneira?

Claudia segurou o telefone com mais firmeza enquanto olhava pela janela.

– Não, não acredito. Mas não sei onde mais poderíamos investigar para descobrir a verdade.

– Minha avó era muito nova naquela época, e é perfeitamente compreensível que ela não conheça todos os detalhes sobre a fuga de Esmeralda, mas deve haver um meio de descobrirmos, você não acha?

Claudia se sentou na cama, ainda olhando para o mar pela janela.

– Tentei descobrir mais informações sobre esse Christopher Dutton, mas… – Ela hesitou. – Sara, preciso lhe contar uma coisa, algo que omiti hoje no almoço.

O silêncio a recebeu do outro lado da linha.

– Acredito que Christopher não teve filhos – afirmou. – Ou pelo menos foi nisso que me levaram a acreditar.

Sara ficou em silêncio por um bom tempo.

– Você acha que Esmeralda nunca conseguiu encontrá-lo? – indagou, finalmente. – Que ela nem ao menos tenha fugido?

Claudia fechou os olhos, sem querer acreditar que algo terrível pudesse ter acontecido com ela.

– Se ela tivesse conseguido encontrá-lo, não acha que ele a teria recebido de braços abertos? E se ele não a queria, isso não teria sido um motivo a mais para que entrasse em contato com sua família? Para que voltasse para casa?

Sara suspirou novamente.

– É um mistério que eu nunca soube que existia, não dessa magnitude.

– Então somos duas.

– Por quanto tempo vai ficar aqui? – perguntou Sara.

– Alguns dias.

– Bem, me deixe visitar minhas tias. Farei perguntas e veremos o que consigo descobrir. Alguém deve saber de algo.

– Obrigada.

– Não, sou *eu* que agradeço. Se você não tivesse aparecido na soleira da minha porta, eu nunca teria descoberto nada disso. E quem sabe? Minha avó pode não estar aqui por muitos anos mais, então precisamos descobrir tudo o que pudermos agora, antes que o segredo se perca com o fim da geração dela.

Depois de se despedir, Claudia se deitou na cama, fitando o teto e tentando juntar as pistas que tinha. Mas de nada adiantou. Ela descobrira duas informações importantes naquele dia: Esmeralda estava grávida e sua intenção era viajar para Londres. Mas ainda soava um pouco forçado acreditar que a criança no ventre de Esmeralda fosse a avó de Claudia. Certo?

Ela olhou de relance para a caixinha de madeira que havia deixado na mesa de cabeceira. *Quem poderia imaginar que uma coisinha tão pequena viraria minha vida de cabeça para baixo?*

31

LONDRES, 1951

Esmeralda sentia o corpo em chamas e se contorcia à medida que uma dor que nunca sentira massacrava seu ventre. Ela gritava, e o som dos seus gritos parecia mais animalesco do que humano, diferente de qualquer outro que já havia produzido. Ela se agarrava freneticamente à cama, puxando os lençóis, enquanto sentia as contrações e rezava para que tudo estivesse bem. Porque aquilo não lhe parecia estar nada bem... Nada do que ela estava sentindo parecia certo.

É cedo demais. Isso não pode estar acontecendo. É cedo demais! Por que isso está acontecendo comigo?

Ela fechou os olhos com força quando algo gelado tocou sua testa, e em seguida ouviu as palavras tranquilizadoras de uma mulher que já significava tanto para ela quanto sua família um dia significara. Sem a ajuda dela, Esmeralda provavelmente teria sido jogada na sarjeta, sem ter com quem contar naquele período de necessidade. Sem Hope, ela teria sido despejada do hospital e não saberia aonde ir.

– Por favor, eu preciso de Christopher – sussurrou ela, gemendo enquanto as garras da dor voltavam a apertar suas entranhas. – *Christopher*! – gritou.

– Calma, calma, meu amor – disse Hope, passando o pano pelo seu rosto, antes de mergulhá-lo na tigela de água fria ao lado da cama, retorcê-lo fora d'água e recomeçar o processo. – Seu Christopher logo estará aqui, não se preocupe.

– Você o encontrou? – perguntou Esmeralda, arfando e segurando o pulso de Hope.

– Pedi que uma das garotas telefonasse novamente para ele – disse ela. – E outra pessoa foi enviada ao escritório para ver se consegue localizá-lo.

Esmeralda soltou o pulso dela e afundou na cama.

– Você ainda não o encontrou? – sussurrou ela. – Ele ainda nem sabe que estou aqui?

Hope continuou pressionando o pano contra a pele dela.

– Vamos encontrá-lo, não se preocupe. Sua tarefa agora é fazer com que este bebê nasça são e salvo, está ouvindo? Você só precisa se preocupar com isso.

Esmeralda fechou os olhos e gritou quando uma dor pareceu rasgar suas entranhas, tão forte que achou que a partiria ao meio. *Não consigo fazer isso. Não consigo fazer isso sem Christopher.*

– Gisele! – Ela soluçava, voltando a agarrar os lençóis. – María!

Eu preciso das minhas irmãs! Não consigo fazer isso sem elas, não sou capaz de passar por isso. Não sou.

– Shhh, meu amor – murmurou Hope. – Você é capaz de fazer isso. Vai ficar tudo bem.

Me desculpe, papá. *Me desculpe por tê-lo decepcionado. Sinto muito por ter feito isso com a nossa família.*

Ela mordeu o lábio enquanto as lágrimas rolavam por suas bochechas. A dor voltou a aumentar, a realidade do que Esmeralda fizera desabou sobre ela. Assim como a dor que sentia, suas memórias vinham como ondas, que a levavam de volta a Havana, à vida que ela tivera, à vida a que dera as costas como se não significasse nada para ela.

As memórias a levaram também ao encontro com Christopher, à maneira como os olhos dele dançaram com os dela, ao jeito como ele a fazia se sentir. A estar nos braços dele, a amá-lo de um jeito que nunca soube ser possível.

E ao bebê que se desenvolvia dentro dela, àquelas primeiras pulsações, à vida que haviam criado juntos.

Seus olhos se abriram e ela pigarreou. Como se pudesse adivinhar do que ela precisava, Hope pegou um copo d'água e lhe entregou. Sua garganta ainda incomodava como se fosse uma lixa, mas pelo menos agora ela conseguia engolir. Porém, quando olhou para Hope, preferiu não ter visto sua expressão, que lhe confirmou que alguma coisa estava errada. Alguma coisa estava muito errada.

– Preciso de papel – pediu ela com a voz rouca, como se não tivesse dormido na noite anterior. – E de uma caneta.

Hope assentiu.

– É claro. Tem alguma coisa que eu possa fazer por você? Eu poderia escrever para lhe ajudar?

– Apenas o papel e a caneta, por favor – murmurou Esmeralda entredentes, como se apenas com sua força de vontade conseguisse fazer cessar a dor que voltara a se propagar pelo seu corpo. – *Por favor*.

Hope saiu do lado dela, e Esmeralda imediatamente sentiu falta do pano frio. Ela reuniu toda a sua força, recusando-se a deixar que a dor a incapacitasse por completo, e observou Hope sair do quarto. Deviam ter se passado apenas alguns minutos desde que ela a deixara sozinha, mas pareciam se esticar. Ela voltou a agarrar os lençóis, sabendo o que precisaria fazer, sabendo que possuía a força para aguentar a dor. Ela entendeu o que estava acontecendo de verdade com o corpo dela, e que nada sairia como o planejado.

– Tem certeza de que não quer que eu faça isso por você? – perguntou Hope, quando voltou apressada para o quarto.

– Não. – Esmeralda se manteve firme. – Por favor, apenas… – Ela tentou não gritar quando a dor se intensificou, pior do que mais cedo, pior do que apenas alguns minutos antes. – Por favor, apenas me dê isso.

Hope fez o que ela pediu e lhe passou o papel e a caneta, assim como um livro para servir de base. Quando ela viu como Esmeralda lutava para fazer aquilo, Hope imediatamente colocou mais uma almofada para que ela pudesse apoiar as costas, e ficou parada ali, como se não quisesse que Esmeralda fizesse nada além de descansar.

Esmeralda segurou a caneta com dedos trêmulos, e tentou estabilizar a mão enquanto cuidadosamente esboçava a imagem que para sempre ficaria gravada em seus pensamentos. Ela começou com o contorno e, depois, inalando e exalando o ar com cuidado e fazendo uma pausa entre as contrações, desenhou o restante do brasão. Ele precisaria de cores que o realçassem, mas não havia tempo para isso. Mesmo em preto e branco e traços instáveis, quando ela olhou para o papel, viu que se tratava inequivocamente do brasão de sua família.

– Por favor. – Ela ofegou. – Se alguma coisa acontecer comigo, se eu não sobreviver, guarde isso para o meu bebê. Preciso que ela saiba a que família pertence, a quem pode recorrer. Eles não deixarão que ela seja uma órfã.

Hope assentiu e pegou o papel quando ela o entregou.

– Vou manter isso em segurança para o seu bebê, Esmeralda – prometeu ela. – Pode confiar que farei isso por você.

– Diga-lhe que meu *papá*, o *abuelo* dela, a acolherá. Diga-lhe que, mesmo que ele tenha ficado com raiva de mim, mesmo que eu tenha desgraçado a honra dele e a de nossa família, ele nunca dará as costas para seu próprio sangue. Ele nunca a rejeitará.

– Ela? – perguntou Hope numa voz suave. – Você acha que está dando à luz uma menininha?

Esmeralda conseguiu esboçar um sorriso – talvez seu primeiro desde que chegara a Londres.

– Na minha família sempre nascem meninas. Será uma menina.

Hope assentiu, mas, quando se virou para ir embora, Esmeralda a deteve, fechando os dedos ao redor do braço dela.

– Preciso que guarde mais uma coisa para ela – sussurrou, enquanto lágrimas se formavam em seus olhos.

De dentro de sua blusa, ela tirou o cartão de visita que havia segurado durante toda a viagem, e também quando Hope a encontrou no hospital. Ela o beijou, fechando os olhos por uma fração de segundo e desejando que as coisas pudessem ter sido diferentes, desejando que Christopher estivesse esperando por ela.

– Preciso que guarde isso junto com o brasão. Ela precisa saber quem é o pai dela, caso ele não...

A mão de Hope se fechou sobre a dela.

– Seu Christopher logo estará aqui.

– Mas e se ele não chegar... – sussurrou Esmeralda. – E se ele não chegar a tempo, se ele não...

Os olhos de Hope refletiam as lágrimas dos olhos de Esmeralda, enquanto ela apertava os dedos da jovem com força.

– Seu Christopher chegará a tempo – repetiu Hope, como se para convencer a si mesma e a Esmeralda. – Se não, você tem a minha palavra. Esses dois objetos serão guardados para a bebê. Pode confiar em mim, Esmeralda, vou lutar por você e pela bebê como se fossem sangue do meu sangue.

Esmeralda pressionou o cartão na palma da mão de Hope, muito agradecida por poder confiar naquela mulher ao seu lado. Afundou novamente na cama e sua pele de repente começou a ferver de tão quente. Sentia como se estivesse pegando fogo por dentro, e o suor brotava em sua testa enquanto ela se contorcia de dor. Mas naquela vez foi diferente, alguma coisa mudou. Foi quase como se ela estivesse fora do próprio corpo, como se começasse a flutuar para longe da agonia do trabalho de parto, da tortura que seu corpo suportava.

– Esmeralda? – A voz de Hope pareceu pairar ao redor dela. – Esmeralda! Aguente firme, não vou perder você.

Esmeralda piscou. Sua visão retornou quando, de soslaio, viu o papel esvoaçando e caindo no chão, o cartão caindo junto com ele. Hope voltou a fazer pressão na sua testa com o pano, e a água, que deveria estar fria, gotejava por suas têmporas e sobre as bochechas como se a queimasse.

– Esta é a jovem senhorita?

Ela ouviu uma voz, uma voz masculina, e sorriu, estendendo os braços, mantendo os olhos fechados.

– Christopher? É o meu Christopher?

Mas, ao pronunciar as palavras, parecia que sua boca não estava se mexendo direito, como se lentamente, pouco a pouco, ela estivesse adormecendo.

– Esmeralda, aguente firme e fique aqui comigo, está escutando? Fique aqui comigo! Você tem uma bebê para conhecer, sua filha está pronta para se encontrar com você!

A voz de Hope soou mais alta e ela virou a cabeça quando alguma coisa gelada foi pressionada sobre seu peito. Ela piscou novamente. Sua visão estava embaçada, e ela estreitou os olhos, tentando distinguir o vulto diante de si e se orientar pela voz de Hope.

– Christopher?

– Sou o Dr. Wilkins – apresentou-se ele. – Hope me chamou para que eu pudesse ajudá-la a dar à luz.

A dor que Esmeralda sentira antes voltou como uma vingança, e ela gritou quando o médico tirou o lençol que a cobria e colocou a mão sobre a barriga dela. Ela vestia uma camisola que, de tão úmida, se colava ao seu corpo, como se tivesse sido mergulhada na água, mas havia muito que Esmeralda perdera o recato. Ela precisava de ajuda para que a bebê nascesse, e precisava de ajuda imediatamente. Sabia que, de outra forma, não conseguiria dar à luz.

Ela ouviu o médico perguntar:

– Há quanto tempo ela está assim?

– Há muito tempo – respondeu Hope, pegando a mão dela e segurando com firmeza. – Ela desmaiou ontem, mas o hospital se recusou a interná-la, e desde então estou aqui com ela. Mas os sinais óbvios do trabalho de parto começaram só nas últimas horas.

Uma sensação quente entre suas pernas a levou a gritar, mas foi quando Hope ofegou que Esmeralda ficou mais surpresa.

– Não temos muito tempo – murmurou o médico. – Não há chance de salvar os dois.

Salvar nós dois? Ela quis pedir ao médico que salvasse a bebê, quis dizer que a criança era quem importava, mas se Christopher não aparecesse, quem cuidaria de sua filha? Quem a criaria?

– Ela está perdendo muito sangue – argumentou o médico.

Hope colocou toalhas embaixo dela e as pressionou entre as pernas.

– Eu estou sangrando? – perguntou Esmeralda com a voz áspera.

– Shh, meu amor, vai ficar tudo bem – sussurrou Hope. – Faremos todo o possível por você e pela bebê.

No entanto, as toalhas que ela retirou estavam manchadas com um vermelho-vivo. Esmeralda conseguiu vê-las ao olhar para baixo, mesmo através de seus olhos embaçados. Não sabia quase nada sobre bebês e partos, mas tinha certeza de que não era para ela estar banhada em tanto sangue. Se a situação estivesse dentro da normalidade, um médico e uma mulher que ajudava em partos não deviam estar tão chocados ao ver aquilo.

– Onde está ela?

Foi impossível não ouvir o berro vindo de algum lugar da casa. Ele trouxe Esmeralda imediatamente de volta ao presente, seu coração martelando ao som da voz dele. *Christopher?*

– Me digam onde ela está!

O berro foi seguido por um baque ensurdecedor, o que ela imaginou serem passos. E quando o médico fez uma pressão dolorosa sobre a barriga dela, quando ela ficou sem ar, Esmeralda o ouviu chamar seu nome.

Christopher. Era Christopher. Ele me encontrou.

– Esmeralda! – gritou ele, correndo para se pôr ao lado dela.

Ele passou por Hope, que tentou bloquear o caminho e lhe dizer que não podia permanecer no quarto.

– Christopher – sussurrou Esmeralda. – Christopher, é você?

Christopher segurou a mão dela com tanta força que ela soube que ele não a largaria por mais que Hope tentasse tirá-lo de lá. Naquele momento, seus lábios tocaram a testa dela, e ela fechou os olhos, aliviada por ele finalmente estar ao lado dela, por ela não precisar passar por aquilo sozinha.

– Vim assim que soube, minha corajosa e bela Esmeralda, eu...

A voz de Christopher foi sumindo, como se ele finalmente tivesse se dado conta da situação, como se finalmente tivesse entendido o que estava acontecendo e a situação em que Esmeralda se encontrava. Talvez ele tivesse visto o sangue ou os rostos exauridos das outras duas pessoas no quarto.

– Christopher, eu preciso...

Ela foi interrompida pelo médico:

– O senhor é o pai, certo?

– Sim, sou eu.

Ela ouviu a resposta de Christopher e voltou a fechar os olhos, conforme uma dor aguda como ela nunca sentira começava a crescer dentro dela.

– Esmeralda logo será minha esposa.

– Não há nenhuma chance de a mãe e a criança sobreviverem a este parto, ela está perdendo muito sangue, e temo...

– Precisamos levá-la para o Hospital St. Mary's – disse Christopher, com os braços ao redor de Esmeralda como se ele mesmo fosse levantá-la e carregá-la até lá. – Vou garantir que ela tenha o melhor tratamento possível, tudo o que Esmeralda precisar...

– Senhor, me desculpe, mas é muito tarde para isso – interrompeu o médico.

Esmeralda começou a chorar, as lágrimas escorrendo por suas bochechas enquanto sua visão voltava a ficar turva. Ele havia chegado tarde demais. Se ao menos ela tivesse encontrado Christopher no dia anterior, se ao menos ele tivesse chegado antes, se ao menos tivessem tido tempo para se casar primeiro.

– O senhor precisa decidir: a mãe ou a criança.

O silêncio reinou por um momento. Ela tentou gritar para que ele escolhesse a criança, mas as palavras pareceram ficar presas em sua garganta e sua pele começou a queimar, como se seu corpo inteiro estivesse em chamas.

– Esmeralda – decidiu Christopher rapidamente. – Eu escolho Esmeralda. O senhor deve fazer o que estiver ao seu alcance para salvar a mãe, ela é tudo o que importa.

– Não. – Esmeralda engasgou, e gesticulou sem conseguir alcançá-lo apesar da tentativa. – Não, Christopher, não, você não deve...

– Minha querida, por favor – sussurrou ele debruçado sobre ela, envolvendo-a com seus braços e encostando os lábios na mão dela. – Podemos ter outro bebê, mas eu não posso perdê-la. *Não vou* perdê-la, não agora que finalmente estamos juntos.

Naquele momento, no entanto, ela sabia que a decisão dele não importava, porque seu corpo começou a estremecer, como se estivesse tomando a decisão por todos eles. Ela inalou o perfume de Christopher, absorveu o toque das mãos dele na dela, tentando corajosamente erguer os braços para segurá-lo, embora soubesse que aquilo seria em vão.

Ela sentiu o momento em que seu corpo falhou, toda a sua energia arrastada por uma onda de dor que pareceu dilacerá-la, como se uma navalha em brasa a cortasse ao meio e a consumisse.

O médico começou a berrar. Ela ouviu sua voz aos brados e, ao mesmo tempo, o tom suave e tranquilizador da voz de Hope. As mãos de Christopher seguraram a cabeça dela, e isso foi tudo o que ela sentiu, tudo em que conseguiu pensar.

Alguém estava chorando, e a princípio Esmeralda não teve certeza se era ela ou Christopher. Mas, quando ele agarrou a mão dela e a pressionou em seus lábios, ela sentiu a umidade e soube que os soluços eram dele.

– Eu te amo, Esmeralda. – Ele chorava. – Sinto muito por ter falhado com você. Sinto demais.

Ela quis reconfortá-lo, dizer que ele poderia ser o primeiro a segurar a bebê, que tudo ficaria bem, mas sabia que isso era mentira. Nada nunca mais ficaria bem em relação ao que estava acontecendo com o corpo dela, e, de toda forma, ela não conseguia mais pronunciar uma única palavra.

Tudo pareceu ficar entorpecido quando o quarto se tornou um borrão, quando ela fechou os olhos, pois já não conseguia mantê-los abertos. Esmeralda ainda conseguia sentir o toque de Christopher e ouvir o choro de alguém, talvez o dela mesma, que recomeçara, e com um impulso de esperança ela se perguntou se seria o choro da filha.

– Ela está perdendo a consciência! – gritava o médico.

– Vamos, meu amor. Fique aqui pela sua bebê, ouviu?

Mas a palavras de Hope apenas flutuaram, como se nem mesmo tivessem sido ditas para Esmeralda. Um calor cresceu dentro dela ao mesmo tempo que tudo ao redor escureceu e começou a sumir. Vozes pareciam soar à distância. Foi como se ela já tivesse saído do quarto.

Eu te amo, minha filha. Minha linda e forte bebezinha.

Esmeralda apenas desejou ter sido forte o suficiente para ter sobrevivido por mais alguns minutos. Para ter segurado sua bebê nos braços e beijado Christopher uma última vez.

Mas ela não conseguiu lutar contra o desejo irresistível de dormir.

– Esmeralda, por favor! Esmeralda, volte para mim!

Era tarde demais. Mesmo tendo ouvido as palavras dele, que pareceram deslizar por ela, tentando desesperadamente mantê-la viva, ela se foi.

32

FLÓRIDA, DIAS ATUAIS

Quando Claudia recebeu outra ligação de Sara, na manhã anterior ao dia em que deixaria Miami, não esperava ser convidada para conhecer outros membros da família Diaz. Mas, quando entrou na sala de estar da casa de Sara, havia outras quatro mulheres ali, todas com o mesmo cabelo preto retinto e belos olhos castanhos. Pareceu-lhe que os genes dos Diaz eram mesmo fortes – podia até imaginar como Esmeralda, María, Gisele e Marisol haviam sido bonitas quando jovens.

– Olá – disse Claudia quando todas olharam para ela.

Ela estivera preocupada, achando que todas a receberiam com frieza, mas cada uma das mulheres se levantou e se apresentou, abraçando-a afetuosamente.

– Eu sou Sophie – disse uma das mulheres, antes de beijá-la na bochecha. – María era minha avó.

– Adele – disse outra, abraçando-a forte. – María também era minha avó.

Ela continuou a cumprimentá-las e conheceu também Saskia e Helene, que eram as netas de Gisele. Sara acenou para que ela se sentasse no sofá ao lado dela.

– Eu não estava esperando por isso! – exclamou ela, olhando ao redor com surpresa para as outras mulheres reunidas. – Não posso acreditar que todas vocês vieram.

– Vai fazer sentido quando você der uma olhada no que temos aqui

– comentou Sara. – Passamos muito tempo conversando nesses últimos dias e remexendo em velhas caixas com pertences de nossas avós. Acho que ficamos obcecadas em solucionar este mistério familiar de uma vez por todas.

– Sem falar que também conversamos com nossas mães – completou Adele. – Parece que elas sabiam mais do que nos contaram. Acho que passaram grande parte da infância sussurrando sobre o que poderia ter acontecido com a misteriosa tia Esmeralda, mas nunca conversaram de verdade sobre isso conosco.

Claudia olhou de volta para Sara.

– Descobriram mais alguma coisa sobre Esmeralda?

– Sim – disse Sara. – Veja só.

Ela observou quando Sara ergueu uma caixa de papelão retangular da mesinha de centro e abriu a tampa, tirando o que pareciam ser montes de cartas.

– Você lembra que Marisol nos contou outro dia que durante todos aqueles anos enviara desenhos e cartas para Esmeralda, quando era apenas uma menina? – perguntou Sara ao lhe passar algumas folhas de papel.

Claudia ofegou. Ali, claro como o dia, estavam as cartas de que Marisol falara, assinadas pela mãozinha vacilante de uma criança.

– Foram devolvidas para ela? – perguntou Claudia. – Marisol nunca soube disso?

– Sim. Tudo foi devolvido para elas, está tudo aqui – afirmou ela. – Intocadas, mas ainda amarradas com um barbante da mesma maneira como foram enviadas. Se Esmeralda as recebeu algum dia, pelo jeito não as abriu.

Claudia pegou a caixa e a examinou, olhando as páginas com atenção e imaginando as irmãs Diaz escrevendo as cartas com cuidado, mesmo sob o risco de serem flagradas pelo pai. E, no fim das contas, as receberam de volta, sem ter sido abertas – o que devia ter partido seus corações.

– Minha mãe acreditava que o bebê de Esmeralda tinha morrido – disse Helene, com um sorriso gentil quando Claudia tirou os olhos das cartas e a encarou. – Ela também achava que a própria Esmeralda tivera um final triste. Pelas histórias que lhe contaram, as irmãs eram muito próximas.

– O que você pensa disso agora? – perguntou Claudia. – E por que sua mãe acreditava que o bebê de Esmeralda teria morrido?

– Bem, primeiro, acho que nossas mães estavam enganadas – argumentou Helene.

– Claudia, todas nós achamos que sua avó devia ser a bebê de Esmeralda – concluiu Sara suavemente. – Há muita coisa a ser analisada nesses papéis, diversas cartas e outras correspondências de muito tempo atrás, mas algo deu terrivelmente errado com os planos de Esmeralda. A única coisa que parece fazer sentido é ela ter deixado as pistas para sua bebê, as pistas que agora estão com você.

– Sabemos que Esmeralda foi levada para o aeroporto de Havana – acrescentou Helene. – Nossas avós e um primo delas a ajudaram a fugir. Eles arriscaram praticamente tudo para que ela pudesse viajar e se reencontrar com o seu amado Christopher. Mas o plano era que ela mandasse uma carta assim que chegasse, implorando pelo perdão do pai e confirmando que estava em segurança.

– Aqui está – disse Sara. – Leia isto.

Querida Esmeralda,

Há doze semanas você partiu, e nossa tristeza por não tê-la ao nosso lado cresce a cada dia. Achei que nos acostumaríamos à sua ausência, mas foi como se tivéssemos perdido mamá *novamente. O que não faríamos para ouvir sua voz e ver seu belo rosto ou até mesmo para apenas nos sentarmos com você à mesa do café da manhã uma última vez!*

Sei que você deve estar ocupada, mas, por favor, nos escreva. Estamos muito preocupadas com você, embora eu tente dizer às outras como você deve estar atarefada. Com seu amado Christopher e seu bebezinho, vivendo a vida que você queria. Estamos todas convencidas de que você teve um menininho! Por favor, conte como tem sido a maternidade. Tenho certeza de que você será a mãe mais maravilhosa do mundo, assim como foi a segunda mãe de nossa pequena Marisol. Aliás, ela sente muito a sua falta, embora Gisele e eu estejamos tentando assumir seu papel e cuidar dela da maneira como você sempre fez.

Papá ainda não pronuncia seu nome, o que nos causa uma dor enorme. No entanto, acreditamos que, com a notícia do seu casamento e do bebê, ele a perdoará. E como poderia ser diferente? Papá sempre a adorou. Acho que ele sofre porque você está construindo uma vida em outro lugar, e ele não a tem mais por perto. Você poderia escrever para ele, por favor? Seria muito importante se um dia pudéssemos estar todos juntos novamente, pelo menos para passar férias aqui em Cuba, para que pudéssemos ver você e conhecer o seu pequeno. Ah, e como seria maravilhoso se pudéssemos visitá-los em Londres! Imagine as aventuras que viveríamos! Ainda me lembro das histórias que você contou da Harrods e do famoso chá da tarde.

Eu te amo, Esmeralda, com todo o meu coração. Minha irmã corajosa, amável, maravilhosa, e que para sempre estará no meu coração, não importa quanto tempo estejamos separadas.

Um beijo,
María

Claudia ficou olhando para o papel em suas mãos. A carta datava de 1951.

– Por que Esmeralda não respondeu, caso tivesse mesmo recebido a carta? – perguntou ela. – Por que a teria devolvido para o remetente? Por que não teria se correspondido com suas amadas irmãs?

– Acho que nunca saberemos a verdade – respondeu Sara. – Mas estamos reunidas aqui hoje porque acreditamos que a sua conexão conosco é nossa tia-avó Esmeralda. A única coisa com que todas concordamos é que o bebê deve ter sobrevivido, e de alguma forma parou na casa sobre a qual você nos contou. Não há outra explicação para as pistas que te entregaram.

– Na verdade, gostaríamos de fazer um teste de DNA, para ver se você seria o elo perdido da nossa família – acrescentou Adele, e todas as primas assentiram. – Parece justo depois de você ter percorrido este longo caminho.

– Um teste de DNA? – repetiu Claudia. – Eu, bem...

– Não há pressa nenhuma – interrompeu Sara. – Apenas saiba que a proposta está de pé, se você quiser ter certeza.

Antes mesmo que ela pudesse responder, ouviu-se um baque do lado de fora, seguido pelo ruído de algo se arrastando. Quando foram ver o que era, uma cabecinha com o cabelo branco bem penteado apareceu pela janela. *Marisol.*

– *Abuela*! – Sara se levantou num pulo, seguida por suas primas, abriu a porta e indicou à avó que entrasse. – O que está fazendo aqui? Como conseguiu chegar até aqui?

Marisol abanou a mão como se não estivesse levando sua neta a sério.

– Meu motorista. Insisti para que ele me trouxesse aqui. É minha casa, afinal de contas.

Claudia recuou enquanto elas acomodavam Marisol no sofá. Adele saiu e reapareceu com um copo d'água.

– Não tem nada mais forte que isso? – perguntou Marisol, e todas riram.

– Não tem champanhe, me desculpe – murmurou Sara. – Que tal café?

– Eu prefiro gim.

Claudia precisou virar o rosto para que Marisol não notasse seu sorriso. A velha senhora era hilária. *E, de alguma forma, muito parecida com a minha avó.* O pensamento a surpreendeu e a pegou desprevenida quando se lembrou da avó no comando da cozinha, sempre com um gim-tônica bem forte ao alcance. Ela sempre lhes dizia que era o que a mantinha saudável, como se a fatia de limão que acrescentava à bebida tivesse vitamina C o suficiente para protegê-la contra qualquer virose.

– *Abuela*, por que veio até aqui? A senhora sabe que não pode sair de casa desse jeito.

– Porque eu me lembrei de parte da história – respondeu Marisol, os olhos cintilando como os de uma mulher com metade da idade dela, como se estivesse guardando algum grande segredo. – Você não gostaria de ouvi-la?

Claudia pigarreou quando Sara respondeu:

– É claro, por favor, conte para nós.

Marisol se reclinou com os braços cruzados. Sara acabou cedendo e foi preparar um drinque, voltando com o que Claudia imaginou ser gim, e todas as primas se entreolharam e deram risadinhas. Pelo visto, aquele comportamento não era nada inesperado.

– Quando María se casou, ela fez o marido dela nos levar para Londres – começou Marisol. – Aquela deveria ser a lua de mel deles, mas ela me levou junto. Ainda me lembro da chegada, tudo parecia ser tão diferente de Cuba. Mas foi o cheiro que me confirmou que eu estava em outro país. Eu me lembrei de tudo, do entusiasmo com aquela viagem. Não consegui mais parar de pensar nisso.

– A senhora foi até lá para ver Esmeralda?

Ela assentiu.

– Estávamos lá para encontrá-la. Mas, quando chegamos aonde Christopher trabalhava, na empresa de seu pai, ele não estava lá. Ou, se estava, não quis nos ver.

– Então a senhora nunca a encontrou?

Marisol balançou a cabeça.

– Nós procuramos em toda parte, mas foi como se nossa Esmeralda nunca houvesse estado ali. O pai de Christopher não sabia do relacionamento deles, mesmo que o marido de María o tivesse pressionado para que ele nos desse alguma informação.

Claudia se perguntou naquele instante até que ponto o mistério ainda poderia se aprofundar, quando parecia estar tão próxima de descobrir tudo o que fora buscar ali.

– Vocês voltaram para casa depois disso? – perguntou Sara, que naquele momento estava sentada ao lado de Claudia.

Marisol balançou a cabeça.

– Todo dia, durante uma semana inteira, María subiu até aquele escritório procurando por ela, mas foi como se Esmeralda não houvesse nem mesmo chegado a Londres. Foi como se, em algum lugar entre Havana e Londres, ela tivesse desaparecido.

– O que acha que aconteceu com ela, Marisol? – perguntou Claudia, mantendo a voz suave, sem querer levá-la a reviver memórias que sem dúvida eram muito dolorosas.

Marisol deu um gole em seu drinque.

– Acho que alguma coisa aconteceu com a nossa Esmeralda. Acho que nossa Esmeralda morreu, mas ninguém quis nos contar.

– Por que acha isso, *abuela*? – indagou Sara.

– Por causa disso.

Todas se reclinaram e observaram Marisol apoiar seu drinque e enfiar a mão no bolso do blazer, tirando dali um papel amarelado que estava dobrado num quadradinho. Suas mãos artríticas tremiam enquanto ela o desdobrava, e Claudia acabou percebendo no dedo dela a enorme safira rodeada de diamantes. Talvez fosse uma lembrança de seus dias de juventude, um presente do marido ou até mesmo do pai.

– Quando voltamos daquela viagem, perguntei a *papá* se ele sabia o que havia acontecido com Esmeralda. Eu era só uma menina, mas pude ver nos olhos dele. Ele estava mentindo para mim. Não conseguiu me encarar quando disse que ela nunca havia entrado em contato.

– E ele sabia de algo? – perguntou Claudia. – Quer dizer, ele recebera notícias dela?

– Quanto a isso, ele não estava mentindo – disse Marisol, com a mão trêmula ao segurar a carta. – Mas ele sabia o que havia lhe acontecido.

Sara pegou a carta e Claudia se aproximou dela. As outras primas se levantaram e também a rodearam.

Prezado Sr. Diaz,

Sinto-me no dever de escrever e comunicar que sua filha, Esmeralda, deu à luz uma menina na noite de ontem. A bebê goza de boa saúde, mas Esmeralda já não se encontra entre nós. Não estou em posição de criar uma criança sozinho, não posso nem mesmo considerar esta possibilidade. No entanto, se o senhor desejar adotá-la, poderá tomar providências para isso junto à Hope's House, a instituição na qual Esmeralda deu à luz. Informo o endereço no fim desta carta.

Esta será minha última correspondência sobre o assunto. Lamento informar, mas eu não mais conduzirei nossos negócios através da empresa de meu pai. Porém, ele continuará a honrar o acordo que fechamos. Posso lhe assegurar de que lidei com esse assunto com a mais completa discrição, e ninguém mais sabe do nascimento ou de minha relação com sua filha, de maneira que a reputação de sua família permanecerá intacta.

Cordialmente,
Christopher Dutton

– Ela morreu em Londres? – sussurrou Sara. – Durante todo esse tempo, a senhora sabia o que tinha acontecido com ela?

Marisol olhava pela janela e parecia perdida em seus próprios pensamentos enquanto bebericava seu drinque.

– *¡Abuela!* – chamou Sara. – Suas irmãs sabiam a verdade? Todas vocês a esconderam durante todos esses anos... ou apenas a senhora?

Quando Marisol voltou a olhar para ela, seus olhos estavam cheios de lágrimas.

– Ninguém sabia a verdade, apenas *papá* e eu. Roubei a carta dele e nunca a mostrei a ninguém. Eu queria que todos acreditassem que Esmeralda estava viva, levando a vida com a qual sonhara. – Ela soltou um suspiro trêmulo. – Acho que eu mesma me convenci de que isso era verdade, até que você começou a me fazer perguntas e tudo voltou à tona.

Claudia compreendeu, é claro, mas quando Sara se levantou e deixou a sala, visivelmente aborrecida, ela foi atrás dela. Encontrou-a na cozinha, pressionando a mão com tanta força na bancada de pedra que Claudia chegou a ver o branco dos nós de seus dedos. O tom frio da carta de Christopher era quase impossível de digerir. Como ele pôde abandonar sua filha de forma tão insensível se estava apaixonado por Esmeralda?

– Peço desculpas pelo papel que tive nessa história toda, trazendo à tona memórias dolorosas – comentou Claudia, tocando delicadamente as costas de Sara.

– Ela fez as irmãs acreditarem que Esmeralda lhes dera as costas, como se ligasse tão pouco para elas que havia sido capaz de eliminá-las de sua vida com facilidade. Como ela pôde fazer isso com as próprias irmãs?

– Foi cruel – concordou Claudia. – Mas talvez ela tenha sentido que não podia contar a verdade... Marisol era só uma menina naquela época. Quando por fim teve idade suficiente para entender, talvez já tivesse guardado segredo por tempo demais e simplesmente não conseguiu revelá-lo.

– Ela está certa.

Marisol apareceu atrás delas, e a expressão de Sara se suavizou assim que viu a avó.

– A senhora quis contar? – perguntou Sara. – Ao menos se sentiu culpada por tê-las deixado tanto tempo no escuro?

– É claro que sim. Mas como eu poderia admitir que durante todos aqueles anos eu soubera a verdade? Como poderia lhes contar que eu havia mentido, assim como *papá*? Que a irmã delas morrera sozinha em Londres, e que o homem que ela amava, e pelo qual todas nos apaixonamos quando nos visitou em Cuba, simplesmente deu as costas para a filha deles? Quando ela morreu da mesma maneira que nossa *mamá*?

Sara deu um passo à frente e Claudia a viu abraçar a avó cuidadosamente, como se estivesse segurando alguma coisa muito preciosa. Quando as duas se separaram, ela pôde ver o motivo: as mãos de Marisol tremiam e ela enxugava suas lágrimas.

– Não pensava nisso havia muitos anos – sussurrou Marisol. – Eu queria esquecê-las. Às vezes digo a mim mesma que Esmeralda ainda está viva, que tudo não passou de um erro. Que o homem que ela amou não se revelou um covarde, no fim das contas.

– O que eu não entendo – começou Sara, afastando-se da avó por um momento e trazendo copos, que encheu de água com gás – é por que Christopher abandonou a filha. Por que ele não a criou? Ou pelo menos encontrou uma família que a criasse? Se ele amava Esmeralda de verdade, por que abandonou a criança?

– E por que meu pai não viajou imediatamente para Londres? – perguntou Marisol. – Pensei nisso por muitos anos, e gostaria de saber a resposta. Ele amava tanto Esmeralda, os dois homens da vida dela a amavam, e nunca entendi por que nosso *papá* não a perdoou ou correu para encontrar a bebê e trazê-la para o seio da nossa família. Minhas irmãs a teriam criado sem hesitar.

– Os tempos eram diferentes – justificou Claudia, imaginando sua avó como uma criancinha, abandonada pelo homem por quem Esmeralda se apaixonara tão desesperadamente. – Talvez a vergonha fosse muito grande para que ambos os homens a suportassem…

Sara passou um copo d'água para cada uma, e elas se levantaram e se encararam.

– Acredito que você esteja certa quanto à minha avó – disse Claudia. – Acho que ela era a filha de Esmeralda, a bebê que Christopher rejeitou. Tem que ser ela, não acham?

Sara sorriu.

– Sim, sem dúvida.

Marisol pareceu confusa, como se de repente não entendesse mais o que estava acontecendo. Claudia viu Sara conduzir a avó de volta à sala, acomodando-a mais uma vez na cadeira. As outras mulheres ficaram conversando na ausência delas, mas, quando voltaram, fizeram silêncio imediatamente. Claudia olhou para cada uma delas.

Elas haviam acabado de se conhecer, mas, para Claudia, já eram parte de sua família. Uma família que, até aquele momento, ela nunca soubera que existia, e fez o que pôde para conter sua emoção. Ela desejou apenas que sua avó estivesse ali, porque ela teria adorado conhecer todas aquelas mulheres.

Sara acenou para que ela se sentasse, e Claudia seguiu a deixa. Quando deu um gole na água, sua mão tremia quase tanto quanto a de Marisol. Foi então que Sara pôs a mão sobre seu joelho, o toque caloroso ao se inclinar em sua direção.

– Acho que não precisamos de um teste de DNA para saber que você é uma de nós – disse ela. – Sinceramente, não se sinta obrigada a...

– Na verdade, eu gostaria de fazer o teste, pelo nosso próprio bem – interveio Claudia, sabendo no fundo do seu coração que era o certo a fazer. – Sinto que, se eu não fizer, sempre ficará essa dúvida se de fato sou a bisneta de Esmeralda. O resultado nos dará a sensação de que o mistério está solucionado.

Sara sorriu e ergueu o copo d'água, fazendo-o tilintar no de Claudia.

– À solução do mistério.

Claudia sorriu de volta.

– À solução do mistério.

Sua jornada a havia levado de Londres a Cuba e depois a Miami, mas valera a pena. Ela conseguira solucionar o mistério do nascimento de sua avó e concluíra um capítulo do passado de sua família que merecera ser investigado. Claudia nunca se esqueceria daquela aventura.

Naquele momento, ela só precisava encontrar um jeito de voltar para Cuba, pois havia outro capítulo que ainda não fora encerrado: o de Mateo.

– Vamos, vamos sair para almoçar e celebrar – sugeriu Helene, levantando-se rápido e gesticulando para que todas fizessem o mesmo.

– O que vamos celebrar? – perguntou Marisol, parecendo confusa.

– Família – respondeu Sara, ajudando a avó a se levantar. – Estamos celebrando nossa família, *abuela*.

Claudia tomou o outro braço de Marisol, entrelaçando-o ao seu. Se ao menos sua própria avó ainda estivesse viva... Ela só podia imaginar as histórias que Marisol e ela poderiam ter contado uma à outra.

* * *

De volta ao seu quarto no hotel, Claudia vestiu o pijama e se deitou na cama, exausta depois daquele longo dia. Afofou os travesseiros atrás de si e pegou o celular, se dando conta de que não havia conferido os e-mails desde a noite anterior. Tinha tanta coisa para contar aos pais, mas era muito cedo para ligar para eles em Surrey. Ela teria que esperar até de manhã para telefonar e contar as novidades.

Rolou a tela para ver os e-mails que teria que responder mais tarde, clicando em um que havia sido enviado pela corretora de imóveis e estava sinalizado como urgente.

Recebemos uma oferta pelo flat! Me ligue assim que puder, acho que você ficará muito satisfeita.

Claudia sorriu consigo mesma. Ela tinha conseguido. Na primeira vez em que reformou e vendeu uma propriedade, se perguntou se fora um golpe de sorte, se seria capaz de fazer aquilo novamente. Mas agora provara para si mesma que aquele negócio era viável, que ela estivera certa em seguir seus instintos e apostar naquela ideia.

O e-mail seguinte era de seu pai. Mas seu sorriso rapidamente desapareceu quando leu a mensagem dele:

Querida, achei que você gostaria de ver isso. Não sei o que descobriu em Miami, mas encontrei esse recorte do Telegraph, *de 1951.*

DIAZ, ESMERALDA, FALECIDA EM TRABALHO DE PARTO, AOS 20 ANOS. MUITO AMADA POR SUA FAMÍLIA, SERÁ PARA SEMPRE LEMBRADA.

Ela encarou o recorte de jornal. Então Julio decidiu reconhecer a morte de sua filha, afinal? Devia ter sido ele, pois quem mais teria veiculado a nota de falecimento em nome da família? Ver aquilo também fez tudo parecer ainda mais real. Embora ela já tivesse descoberto que Esmeralda havia morrido, ver seu nome impresso em preto e branco, saber que ela fora uma jovem tão vibrante e bonita, que fizera o sacrifício extremo de deixar sua família para acabar morrendo antes mesmo de ter a chance de aproveitar a vida ao máximo... era de partir o coração.

Claudia piscou para afastar as lágrimas e voltou para a caixa de entrada, decidindo não responder ao pai naquele momento. Seria melhor esperar para falar com ele pela manhã do que tentar explicar tudo o que havia acontecido naquele dia em uma mensagem.

No entanto, enquanto olhava distraidamente seus e-mails, seu dedo pairou sobre um nome inesperado. *Mateo*.

Ela se aninhou, afundando-se nos travesseiros, quase com medo de clicar na mensagem. Eles haviam deixado as coisas em aberto, mas os sentimentos de Claudia por ele eram muito intensos para considerá-lo um mero casinho de verão. Havia esperado receber notícias dele desde que deixara Havana.

Claudia,

Sinto falta da minha sous chef. *Volte para Havana antes de retornar para Londres? Quero saber tudo sobre Miami. Aqui não é a mesma coisa sem você. Além disso*, creo que te amo.

Mateo

Ela sorriu para si mesma ao ler a mensagem uma segunda vez, memorizando o espanhol e abrindo o Google Tradutor. Quando leu o significado, seu coração disparou. *Acho que eu te amo*.

Claudia riu sozinha enquanto digitava uma resposta para ele, o coração a mil, pensando em voltar para Havana mais uma vez para vê-lo. Ela precisava fazer isso, certo? Não podia voltar direto para Londres e não aceitar o convite dele.

Mateo,

Acho que eu também te amo. Te vejo em breve.

Um beijo,
Claudia

E, quando ela voltou a afundar nos travesseiros, fechando o notebook e puxando a coberta até o queixo, sua cabeça estava repleta de memórias de Cuba. Ela teria apenas alguns dias com Mateo, e isso talvez partisse seu coração, mas sabia que, se não voltasse para vê-lo, nunca mais se perdoaria.

De alguma forma, exatamente como a bisavó anos antes, ela havia se apaixonado por um homem de outro país, um relacionamento que não seria viável, mas que a fazia se sentir viva. Tudo estava contra eles, mas de algum modo isso não parecia importar. E a diferença era que Claudia tinha o poder de tomar suas próprias decisões, de escolher seu próprio destino. Alguma coisa em relação a Havana deixara uma marca em sua alma, se plantara dentro dela, e ela sentia que Cuba era parte dela.

Te vejo em breve, Mateo. Nos seus pensamentos, ela já se via caminhando com ele pelo Malecón, de braços dados. Ele dava um beijo suave em seus cabelos, sussurrando as palavras que havia escrito em seu e-mail.

Creo que te amo.

Acho que eu também te amo.

33

—Você sabe que nunca vamos te esquecer, não é? – disse Sara, dando um forte abraço em Claudia ao se despedirem no aeroporto.

– Eu sei – concordou Claudia, retribuindo o abraço. – Embora eu ache que você não terá tempo para me esquecer. Minha mãe já está buscando voos para vir à Flórida conhecê-las. Ela está inacreditavelmente animada.

– Bem, lembre-se sempre de que somos uma família. Sempre haverá lugar para vocês aqui.

– E sempre haverá lugar para vocês em Londres – respondeu Claudia, ao ouvir seu voo ser chamado.

– *Passageiros do voo 837 da American Airlines para Havana, atenção ao embarque.*

– Aproveite sua estadia lá – aconselhou Sara. – Há tantos anos venho querendo viajar para Havana, e agora que Castro se foi, bem, acho que não tenho mais desculpas, não é mesmo?

– Posso te recomendar o melhor lugar para se hospedar por lá, confie em mim – disse Claudia enquanto começava a andar de costas, não querendo ser a última na fila do controle de passaporte. – E você não vai se arrepender. Não há nenhum outro lugar como Cuba no mundo inteiro.

– Que curioso, Marisol me disse isso a vida toda, desde que eu era uma garotinha. Acho que é por isso que nunca fui, porque não quero estragar essa imagem que tenho de como o país é fabuloso.

– Não vai – retrucou Claudia, dando um beijo estalado em Sara antes de se virar, acrescentando por sobre o ombro: – É possível que você se apaixone e nunca mais queira voltar para a Flórida!

Ela escutou a risada de Sara enquanto se afastava às pressas, notando que havia ficado entre os últimos da fila, apesar de suas melhores intenções.

– Cartão de embarque e passaporte – pediu o funcionário.

Claudia entregou os documentos para serem escaneados, rapidamente olhando para trás e acenando uma última vez para Sara. Quatro dias antes, as duas eram completas estranhas, e naquele momento Claudia sabia que o laço que as unia nunca seria rompido.

Ela deslizou a mão para dentro da bolsa e tateou em busca do envelope, bem ao lado de seu Kindle e da caixinha de madeira que ela ainda carregava. A ansiedade cresceu dentro dela, mas Claudia esperou até que estivesse sentada, com a bolsa nos joelhos enquanto afivelava o cinto de segurança e escutava as orientações, grata por haver um assento livre entre ela e o outro passageiro da mesma fileira.

Quando o avião finalmente decolou, ela tirou o envelope da bolsa, passou a unha sob o lacre e o abriu. Ela se deu conta de que estava prendendo a respiração, então tentou expirar aos poucos antes de finalmente ler o papel. Seus olhos o percorreram e seu coração começou a disparar, ignorando a tabela e procurando as palavras tão aguardadas.

A probabilidade é de 99,9% na comparação com a outra amostra.

Ela tapou a boca. Ali estava, às claras. Esmeralda, a mais velha das irmãs Diaz, a mulher sobre a qual ouvira tantas histórias desde que pisara em solo cubano, era sua bisavó.

Isso significava que Sara estava certa: de fato elas eram da mesma família.

Vovó, eu gostaria que você as tivesse conhecido. Gostaria que tivesse aprendido sobre suas origens conversando com Marisol e que tivesse conhecido suas sobrinhas-netas. Gostaria que estivesse comigo nessa aventura.

Mais do que tudo, no entanto, Claudia gostaria que a avó pudesse ter viajado com ela para Cuba. Para sentir o aroma, provar a comida, ver a beleza do lugar de onde sua mãe viera, a beleza da herança que constituía metade do seu DNA. Do legado que lhe fora ocultado.

O único consolo de Claudia era que, a partir daquele momento, Cuba seria para sempre parte de sua alma. O país a havia conquistado, se tornara parte de sua identidade para sempre.

Ela deslizou o papel para dentro do envelope e fechou os olhos. Faltava apenas uma hora e quinze minutos, e então estaria de volta a Cuba.

E nem um instante antes do esperado.

* * *

Claudia estava parada, observando-o. Ela ainda estava com a sua bagagem porque fora direto do aeroporto, e a apoiou no chão para ficar ali por mais um tempinho, vendo-o trabalhar. Havia uma naturalidade no sorriso dele, uma autoconfiança casual no jeito como servia os fregueses que fazia aquilo parecer fácil, embora ela soubesse que uma tristeza profunda o habitava. Essa parte ele sabia disfarçar muito bem.

Ela se perguntou se esse era um dos motivos para se sentir tão atraída por ele. Afinal, ele entendia o passado dela de um jeito que muitos não seriam capazes de compreender – ou talvez o fato de ambos terem vivenciado tamanhas perdas fosse apenas uma coincidência. Ela se deleitou ao observá-lo por mais tempo, tentando decidir se deveria esperar até que não houvesse mais ninguém na fila ou se simplesmente deveria aparecer e oferecer ajuda. Mas algo a conteve. Talvez tivesse que esperar por muito tempo até que a fila terminasse, pois de minuto em minuto chegavam novos fregueses, e ela estava começando a ficar impaciente.

Ele me pediu para voltar. Ele me contou no e-mail como se sentia em relação a mim.

Mesmo sabendo disso tudo, o frio na barriga não cedeu quando ela se permitiu observá-lo mais um pouco. Claudia sabia por quê – seu ex sempre havia declarado seu amor por ela, mas, no momento em que ela hesitara em trilhar o caminho da perfeição, ele se afastou como se Claudia fosse um objeto inflamável. E, por mais que ela soubesse que Mateo não era como Max, ainda assim era difícil ter confiança, acreditar que os sentimentos da outra pessoa poderiam ser tão profundos quanto os dela.

Mas no nosso caso é diferente. Não estamos planejando uma vida juntos, somos apenas duas pessoas tentando aproveitar ao máximo os momentos que temos.

Como se pudesse ouvir seus pensamentos, Mateo ergueu o olhar. Claudia paralisou. O rosto dele ficou impassível por um momento, como se não pudesse acreditar no que via, antes de ele abrir um largo sorriso e parar o que estava fazendo. Claudia permaneceu onde estava enquanto ele saía do food truck limpando as mãos em um pano de prato. Mateo começou a andar rapidamente na sua direção. Ela viu todas as pessoas na fila se virarem, sem dúvida se perguntando aonde o cozinheiro estaria indo com tanta pressa. Claudia avançou hesitante na direção dele, sorrindo quando ele a abraçou, a levantou em seus braços e a girou, seus lábios encontrando os dela. Mas o beijo deles rapidamente se transformou numa risada quando Mateo a pôs no chão, sorrindo, afastando o cabelo dela da testa.

– Quando você chegou? – perguntou. – Não acredito que não me contou!

Ela olhou para as malas no chão.

– Vim direto do aeroporto.

– Vem aqui – pediu ele com a voz embargada, segurando o rosto dela e dessa vez lhe dando um beijo longo e lento.

As pessoas começaram a assobiar e a bater palmas, fazendo seu corpo todo arder de vergonha, especialmente no momento em que Mateo a girou segurando sua mão como se ela fosse um prêmio. Mas Claudia não pôde evitar sorrir quando ele ergueu a mão dela na altura dos lábios e a beijou, balançando a cabeça e fitando os olhos dela. E ela viu, refletido em seu olhar, como ele se sentia: as palavras que ele escreveu no e-mail pareceram ser verdadeiras.

– Vamos lá – murmurou ele, aproximando-se dela antes de pegar as malas. – Eles estão nos encorajando agora, mas, se eu deixar a comida queimar, virão atrás de nós com forcados.

Claudia riu e foi atrás dele, acenando e sorrindo para os fregueses reunidos.

– Minha *sous chef* está de volta! – anunciou Mateo, apontando na direção dela como se a presença de Claudia fosse algo a ser reverenciado.

Ela fez uma discreta mesura, pensando que estava mais para lavadora de panelas do que para *sous chef*, mas rapidamente entrou no trailer atrás dele. O aroma da comida pareceu envolvê-la, e ela parou para respirar fundo, sentir o calor dos bicos de gás, a umidade que já se espalhava por sua pele. Aquele era um lugar de felicidade para Mateo, e, de alguma forma, ela também se sentia feliz ali. Depois de todos aqueles anos de luta na cozinha, de repente cozinhar já não parecia mais uma tediosa tarefa doméstica. Graças a Mateo.

Ele fez uma pausa, olhando para ela por sobre o ombro e balançando a cabeça, como se não pudesse acreditar que Claudia estava ali. Ela também não acreditava.

– É tão bom te ver de novo – disse ele.

Ela sorriu.

– Também estou muito feliz.

E de repente eles entraram numa cadência muito natural, ela ajudando-o com os pedidos e passando os pratos para os fregueses. Claudia sorria e tentava ao máximo se comunicar em espanhol, na maioria das vezes provocando muitas risadas dos clientes. Mas não tinha problema, porque eles pareciam gostar de vê-la se esforçar, e ela também estava gostando da experiência.

– Mateo, sobre aquela sua ideia dos molhos...

Ele ergueu o olhar. Seus olhos brilhavam enquanto servia com uma concha sua famosa *ropa vieja*.

– Acho que é uma grande ideia – continuou ela. – Acho que você deveria investir nisso.

Mateo apenas lhe deu uma piscadela e ela sorriu. Passou outro prato para uma freguesa satisfeita, que lhe retribuiu com um largo sorriso e ainda estendeu o braço para lhe dar um tapinha na mão, olhando para ela e em seguida para Mateo, como se dissesse que eles tinham a aprovação dela. Ela não precisou dizer nada para Claudia entender o que aquele gesto significava. Assim como Mateo havia revivido algo dentro dela, Claudia fizera o mesmo com ele – e, até aquele momento, nada tinha sido tão bom.

* * *

– Sente-se no degrau – instruiu Mateo quando Claudia terminou de limpar o balcão, depois que todos os fregueses haviam partido.

Toda noite a comida acabava antes de a fila terminar, e embora ela detestasse ver Mateo mandar os fregueses embora, estava agradecida porque já era hora de fechar. As últimas duas horas a haviam exaurido, e ela também estava pronta para passar um momento a sós com ele.

Claudia fez o que ele pediu e foi se sentar. Minutos depois, ele se juntou a ela, passando-lhe uma garrafa de Cristal. Ela pegou a cerveja e deu um longo gole, agradecida. Nunca fora muito fã de cerveja, mas havia alguma coisa no calor de Cuba que a convertera – a bebida era perfeitamente gelada e matava a sede depois de se trabalhar em um ambiente sufocante de tão úmido.

Pensando no calor, ela tocou seu cabelo e sentiu a umidade na testa. Rapidamente o tirou do rosto, imaginando que qualquer mechinha que tivesse escapado já teria começado a encaracolar.

Mateo ergueu sua garrafa e brindou antes de dar alguns goles. Ele estava sentado com as pernas ligeiramente abertas, e um dos joelhos roçou no dela. Quando baixou sua cerveja, ele se inclinou para a frente e apoiou os braços nas pernas.

– Ainda não consigo acreditar que você está aqui.

– *Eu* não consigo acreditar que estou aqui – respondeu ela, balançando a cabeça ao tomar outro gole.

– Você encontrou as respostas que foi buscar em Miami?

Ela respirou fundo.

– Encontrei.

Ele a fitava de um jeito tão caloroso quanto intenso.

– E o que descobriu?

– Que minha bisavó era Esmeralda Diaz – contou ela, ainda sem acreditar naquelas palavras.

– Então você tem sangue cubano correndo nas veias, hein? – brincou ele, com um sorriso. – Não é à toa que, quando chegou aqui, você sentiu uma conexão tão grande com este lugar.

– Parece bobagem, mas realmente sinto que era para eu estar aqui. Sinto que este país faz parte de mim.

– Não é bobagem, Claudia. Isso é parte do seu legado. Sua bisavó nasceu em Havana. – Ele deu outro gole na cerveja e balançou a cabeça. – Esmeralda Diaz? Inacreditável.

– Acho que ainda estou em choque. E o jeito como minha avó foi adotada é uma história e tanto.

Mateo tomou a mão dela na sua, entrelaçando seus dedos.

– Estou feliz que esteja de volta. E mal posso esperar para ouvir tudo sobre a sua descoberta.

– O problema é que eu ainda tenho que partir. Sinto como se eu apenas estivesse prolongando as coisas e tornando tudo mais difícil.

Os lábios dele esboçaram um sorriso.

– E se você não tiver que ir embora?

Claudia encostou a cabeça no ombro dele, fechando os olhos por um instante, absorvendo a sensação de estar ao lado dele e tentando memorizar cada detalhe de Mateo e de Havana. Quando o braço dele a envolveu e a puxou para mais perto, ela estava com lágrimas nos olhos.

– Não posso ficar – sussurrou ela. – Tenho uma vida em Londres, minha família, meus amigos...

Sua voz foi sumindo à medida que Claudia se perguntava se deveria deixar tudo para trás para ficar com Mateo, um homem que conhecera havia menos de duas semanas. Talvez fosse assim que as pessoas se sentiam quando conheciam o amor da vida, quando aproveitavam a oportunidade para desistir de tudo e ficar ao lado da pessoa com a qual talvez passassem o resto de sua existência. Será que sua bisavó tinha sentido isso?

Os dedos dele pressionaram o ombro dela, e ela ergueu a cabeça e olhou para ele.

– Vou sentir sua falta.

– Eu também vou sentir sua falta.

Mateo a beijou suavemente, seus lábios se movendo devagar sobre os dela enquanto Claudia suspirava, entregue ao toque dele e se perguntando se deveria ter dito que tentaria ficar. Mas, apesar de seu corpo o querer muito, isso não era suficiente para que largasse sua vida, mesmo que fosse possível.

– Não tínhamos chance desde o início, não é? – perguntou ele, apoiando sua testa na dela.

– Ou talvez estivéssemos predestinados a ser apenas um momento na vida um do outro. A aflorar o melhor no outro e nos mostrar o que é a verdadeira felicidade.

Ele sorriu.

– Talvez.

Os dois suspiraram profundamente e, ao mesmo tempo, ainda se tocando, até que Mateo se afastou e terminou a cerveja com um grande gole.

– Outra? – perguntou ele.

Claudia balançou a cabeça.

– Estou satisfeita.

Mateo se levantou e desapareceu de vista. Claudia fitou o céu que começava a escurecer, o coração acelerado, repensando no que acabara de dizer. *Será que estou cometendo o maior erro da minha vida ao me afastar dele? Será que eu deveria tentar ficar com um homem que conheço há menos de quinze dias?*

– Mateo, sobre o que eu disse antes, sobre a ideia para o seu negócio...

Ele abriu outra garrafa e se sentou ao lado dela novamente.

– E se a transformássemos em um negócio? – sugeriu ela. – Juntos?

As sobrancelhas dele se ergueram, mas, antes que ele pudesse responder, ela rapidamente recomeçou a falar:

– Se você quiser que sejamos sócios, é claro. Quer dizer, não quero ofendê-lo, mas se trabalharmos juntos, se...

Ele levantou a mão pedindo para ela parar de falar, e o sorriso dele foi tudo de que Claudia precisou para saber a resposta.

– *Sí*, Claudia. Eu gostaria muito.

– Gostaria mesmo? Não está falando só por falar?

– Eu adoraria – disse ele. – Tenho o molho e a paixão, e você tem o cérebro. Além do mais, isso significa que vou te ver de novo, certo?

Ela riu.

– Sim, Mateo, significa que vamos nos ver de novo.

Os dois riram e, dessa vez, foi ela quem tilintou a garrafa na dele.

– Então seremos sócios? – perguntou ela.

– Sim, seremos sócios.

Ela se reclinou e se apoiou nos cotovelos, a cabeça cheia de ideias.

– Já consigo visualizar seus molhos nas prateleiras do Whole Foods e do Sainsbury's, com as nossas embalagens. Sinto que essa é a oportunidade de negócio que estive esperando a vida toda.

Mateo se reclinou como ela.

– Você realmente acha que vai dar certo?

– Estudei administração na universidade – explicou Claudia –, mas o único futuro que achei possível quando me formei foi em bancos e instituições financeiras, e nós dois sabemos como terminou. Eu adoro trabalhar reformando e vendendo imóveis, sempre farei isso, mas trabalhar com você nesse negócio de molhos? Colocar minha paixão pelos negócios em algo que realmente faz meu coração bater mais forte? Seria uma grande honra para mim ser sua sócia e concretizar esse negócio.

– São meus molhos ou eu mesmo que faço seu coração bater mais forte? – gracejou Mateo.

A boca de Claudia se transformou num sorriso.

– Talvez ambos?

Mateo passou o braço pelos ombros dela e ela se aproximou dele.

– Não tenho ideia de como isso vai funcionar na prática, quais restrições devemos enfrentar para conduzir esse negócio juntos, do seu país para o meu, para conseguir que você viaje a Londres quando lançarmos...

– Você não disse nada sobre Londres. Não foi assim que Esmeralda Diaz acabou se deparando com um terrível desfecho? Ao se apaixonar por um inglês e fugindo para Londres?

Claudia deu uma cutucada com o seu ombro no dele.

– E quem foi que disse alguma coisa sobre fugir?

Ou sobre se apaixonar, aliás.

– Se eu não tivesse o José, se as coisas fossem diferentes... – começou Mateo.

Claudia tocou o joelho de Mateo e o fitou nos olhos.

– Nós dois temos coisas em nossas vidas que não podemos mudar, e eu nunca pediria que você deixasse sua família. Você é o pai que José tem agora, e essa deve ser sua prioridade. Eu compreendo. – Ela sorriu. – Nunca, jamais, pediria que você abandonasse sua família.

– E você também não pode cometer o mesmo erro que Esmeralda e desistir de tudo pelo homem que ama.

Claudia sorriu.

– O homem que eu amo, hein?

– Por que é tão fácil dizer isso num e-mail, mas tão difícil na vida real?

Ela levantou seu rosto e olhou para ele.

– São as três palavras mais difíceis de dizer.

A boca de Mateo se aproximou da dela.

– Deveriam ser as mais fáceis.

Claudia o beijou para não precisar dizê-las, decidindo esperar. Ele estava certo, deveriam ser as três palavras mais fáceis de se dizer, não as mais difíceis, mas saber disso não ajudava muito.

– Então, qual nome daremos a essa empresa de molhos? – perguntou Mateo, pondo se de pé e pegando a mão dela.

Ela a tomou de bom grado, levantando-se, passando o braço ao redor da cintura de Mateo e colocando os dedos no bolso do jeans dele quando começaram a andar.

Claudia se perguntou se Esmeralda havia caminhado daquela maneira com Christopher, sussurrando seus sonhos e planejando um jeito de ficarem juntos novamente. Ou talvez eles apenas tivessem vivido o momento e aproveitado ao máximo o pouco tempo na companhia um do outro, acreditando que o destino os reuniria.

– Onde você vai ficar esta noite? – indagou Mateo.

Ela se aproximou dele.

– Eu esperava que você tivesse um espacinho para mim.

Ele riu.

– Sempre haverá espaço para você. Mas talvez hoje à noite seja melhor ficarmos em um hotel. Acho que precisamos passar a noite a sós, temos que fazer muitos planos em relação ao nosso negócio, afinal.

Quando Claudia o encarou, notou seu olhar travesso.

– Planos de negócios?

– Planos de negócios – repetiu ele, sério.

Claudia parou de andar e se pôs diante de Mateo. Ergueu-se na ponta dos pés e tocou o rosto dele com as duas mãos. Ela o beijou, sem ligar que estivessem no meio da calçada e que as pessoas talvez tivessem que se desviar deles.

– Isso faz parte do plano de negócios? – perguntou ele quando ela recuou.

Claudia deu de ombros.

– Talvez.

– Então estou gostando bastante do nosso novo empreendimento.

Os dois riram, e ela se aninhou novamente ao lado dele, e recomeçaram a andar na mesma cadência.

– Tem mais uma coisa – disse ela, voltando a diminuir o passo.

Dessa vez foi Mateo que se virou. Ele segurou a mão dela, e ela a colocou sobre o peito dele.

– Acho que eu te amo – sussurrou ela.

– *Creo que yo también te quiero* – sussurrou Mateo de volta, segurando a mão dela e beijando seus dedos. – Acho que eu também te amo.

De certa forma, parece ainda mais romântico quando dito em espanhol.

– Eu ainda preciso voltar para Londres daqui a uma semana.

– Eu ainda tenho que ficar aqui.

Mas isso não parecia importar. Para uma jovem que havia passado a vida toda planejando tudo certinho, Claudia estava tranquila em deixar essa atitude para trás e ver aonde o destino os levaria. Se sua vida tivesse que ser com Mateo, então era o que aconteceria – preocupar-se com isso não mudaria as coisas.

– Você acredita em destino? – perguntou Mateo.

– Talvez.

– Bem, eu, sim. Acredito que o destino nos juntou por algum motivo, e ele também nos manterá unidos. Só temos que acreditar.

Então ela acreditaria.

34

LONDRES, 1951

Hope segurou a bebezinha em seus braços. Ela estava envolvida numa macia manta de lã cor-de-rosa, que Hope havia tricotado muitos anos antes. Nunca poderia ter imaginado que a usaria depois de todo aquele tempo. Certa vez, acreditou que o próprio bebê seria envolvido por ela, mas agora a manta protegia uma pequenina órfã, que olhava para ela com os mais belos olhos grandes e escuros.

A criança não chorara nem uma vez, mas seus olhos estavam arregalados desde o nascimento, como se ela absorvesse tudo, como se soubesse que a situação já era muito desesperadora, e não queria piorá-la com o barulho.

– Vou encontrar para você uma família maravilhosa, minha pequena – disse Hope com suavidade, segurando-a bem firme junto ao corpo, tentando não chorar. – Você será amada pelo resto da vida, eu prometo. Vou encontrar uma família que queira demais uma criança, uma família que a amará tanto quanto sua mãe a teria amado.

Seus esforços para conter as lágrimas foram inúteis, pois estas escorriam pelo seu rosto e molhavam a manta à medida que ela andava até a janela e observava a bela manhã que raiara. Como os raios de sol podiam lançar sua luminosidade sobre elas naquele momento foi um mistério para Hope – quase desejou uma chuva forte, que expressasse a tristeza do que acabara de acontecer em sua casa. Tantas mães haviam atravessado a soleira de sua porta, mas naquele dia acontecera algo que ela nunca imaginou possível. Aquele dia fora uma tragédia.

– Sua bela mãe está olhando por você lá de cima, pequenina – murmurou ela, levantando-a em seus braços e beijando a testa macia da menina. – Ela fez o sol aparecer hoje para você. Ela será seu anjo da guarda pelo resto da vida. Sua mãe, Esmeralda, estará sempre no seu coração.

Hope enxugou as lágrimas e andou pelo quarto segurando a criança, olhando de relance para o cartão que Esmeralda segurara com força até o finalzinho de sua vida, naquele momento descartado sobre a mesa de cabeceira junto com um esboço do brasão da família que ela desenhara com tanta determinação. O pai soluçara no chão antes de segurar a bebê, abraçando-a por um longo tempo antes de entregá-la de volta para Hope. Ela vira como os olhos dele pousaram sobre a cama, sobre a forma sem vida que ali jazia, e notara também sua expressão de pesar quando, em seguida, olhou para a filha, como se de alguma forma a culpa fosse daquele ser que acabara de nascer. Hope soube então que Christopher, o homem pelo qual Esmeralda havia deixado tudo para trás e por cuja presença implorara incessantemente desde que chegara a Londres, não se envolveria na criação da menina. E ela teve a prova de que estava certa quando ele foi embora, quando se transformou num covarde diante de seus olhos e abandonou a bebê que Esmeralda lutara com tanta coragem para salvar. A bebê pela qual Esmeralda dera a vida.

– Sua mãe nunca quis desistir de você – disse ela para a criança enquanto andava pelo corredor e descia cuidadosamente as escadas. – Ela queria ter passado toda a vida amando você, e agora vou encontrar alguém especial que vai adorá-la, exatamente como ela faria. Mas sempre haverá algo aqui se você vier procurar, algo que a ajudará a encontrar seu caminho de volta a Esmeralda.

Ouviu-se uma batida à porta da frente, e Hope segurou a bebê com um dos braços para espiar por trás do vidro e ver quem estava lá. Era uma jovem, com um olhar assustado que ela já conhecia, porque era o mesmo da maioria das garotas que a procuravam, sem mencionar a barriga arredondada e impossível de disfarçar.

E apesar da dor de haver perdido uma jovem mãe apenas algumas horas antes, apesar da bebê em seus braços pela qual faria tudo para manter para si, Hope abriu a porta e cumprimentou a mulher com um sorriso. Era por *isso* que ela não podia ficar com a bebê: havia garotas demais que precisavam da ajuda dela, que teriam sido forçadas a morar na rua se não fosse por Hope.

– Entre – disse afetuosamente. – Eu sou Hope, e aqui você está em segurança.

A jovem viu a bebê em seus braços e começou a chorar. Hope fechou a porta suavemente atrás dela antes de abrir o braço que estava livre e puxá-la para si. Ela estava acostumada a reconfortar grávidas passando por necessidades, mas naquela manhã ela precisava tanto de um abraço quanto a sua nova visitante.

– Shhh. Vai ficar tudo bem.

Hope só não tinha certeza se estava tentando convencer a estranha, a bebê em seus braços ou a si mesma.

EPÍLOGO

Londres, dias atuais, seis meses depois

— Você realmente vai fazer isso, não vai?

Claudia deu um abraço forte em sua melhor amiga e riu. O cabelo de Charlotte estava preso num coque alto e improvisado, e ela vestia uma calça de moletom e uma blusa larga. Ao lado delas, no carrinho, seu bebê dormia.

– Me desculpe, mas eu realmente vou fazer isso – disse Claudia, abraçando Charlotte com força.

Lágrimas brilharam nos olhos de Charlotte quando ela a soltou, e Claudia as enxugou com a ponta dos dedos.

– Ugh, isto não é do meu feitio. – Charlotte chorava. – As lágrimas, as roupas velhas... – Ela fez uma careta. – Eu nem sei qual foi a última vez que lavei meu cabelo! Eu quero a sua vida! Quero a *minha* antiga vida de volta.

Claudia segurou sua mão e inclinou a cabeça na direção do carrinho.

– Mas você fez um ser humano – argumentou ela. – Não se esqueça de como sua vida é maravilhosa. Pode estar sendo difícil agora, mas isso é tudo o que você sempre quis. Vai ficar mais fácil, eu sei que vai, e então eu é que ficarei com inveja do que você tem.

Charlotte grunhiu e as duas riram.

– O que eu queria neste minuto era uma viagem para Havana e um homem maravilhoso para me arrebatar no momento em que eu aterrissasse. Posso muito bem imaginá-lo esperando por você, aqueles olhos atraentes, os braços a envolvendo... – Charlotte suspirou. – Me desculpe, estou me deixando levar pela imaginação. Agora estou com tempo de sobra para ficar pensando.

– Não será para sempre – retrucou Claudia.

Ao olhar de volta para o apartamento e para todas as coisas que havia encaixotado a fim de mandar para a casa dos pais, aquilo pareceu mais permanente do que temporário. Ela levaria duas malas para Havana, e legalmente tinha permissão para ficar por trinta dias, mas informaram que ela poderia estender o visto para sessenta dias com facilidade, uma vez que estivesse lá. E, depois disso, Claudia não tinha certeza do lugar para onde iria. A venda do apartamento levara mais tempo do que o esperado, mas agora a negociação fora concluída e ela estava mais do que pronta para seguir em frente.

– Vou sentir saudades – disse Charlotte. – Caso isso não esteja óbvio.

– Também vou sentir saudades – respondeu Claudia, enquanto estavam sentadas lado a lado no sofá da varanda, contemplando a vista que ela amara desde que comprara aquele apartamento.

Londres seria para sempre o seu lar, mas, naquele momento, seu coração estava em Cuba. Na verdade, estivera lá desde o instante em que conheceu Mateo ou talvez no momento em que aterrissou em Havana e respirou o ar cubano pela primeira vez. Ela estava apaixonada pelo país e pelo seu povo, assim como por Mateo.

– Apesar do meu desejo egoísta de mantê-la aqui, estou feliz por você – confessou Charlotte. – Esse Mateo fez você brilhar. Espero que ele saiba a sorte que tem.

Claudia sorriu ao pensar nele. Ao pensar em correr para os braços dele ao chegar, em estar de volta ao food truck, em sorrir e gargalhar quando ficassem lado a lado, em como ele a ensinara a cozinhar e em como haviam provado novas receitas de molho na cozinha da mãe dele. Mateo transformara o modo como ela se sentia em relação à vida, a fizera querer abrir seu coração outra vez ao amor, e ela sabia que, se não voltasse para Cuba para ver se o que tinham era real, nunca se perdoaria. O negócio deles havia começado a dar frutos tanto pelo talento dele quanto pelas habilidades comerciais dela ao lançá-lo no mercado, mas ela não estava voltando por causa do trabalho.

Ela fora a Cuba para descobrir sobre o passado da avó e, em vez disso, havia descoberto a si mesma e a um amor que nem sabia que estava buscando.

Claudia olhou para o anel que Mateo colocara em seu dedo um dia antes de partir, o oposto completo do diamante extravagante que um dia exibira, e simplesmente soube que estava fazendo a coisa certa. O anel era de plástico e foi algo que eles viram enquanto passeavam por uma pequena feira onde vendiam bijuterias para turistas, mas ele significava mais para ela do que qualquer outra coisa que já ganhara de presente. Toda vez que olhava para o anel, Claudia sabia que havia chegado a hora de seguir seu coração, que não precisaria ter medo de fazer o que lhe parecia ser o certo.

Tudo em relação a Mateo a fazia sentir um frio na barriga, mas, por mais que fosse sentir saudades de Londres, não haveria nada nem ninguém que a pudesse impedir de embarcar naquele avião.

Te vejo em breve, Mateo.

– Você está pensando nele, não está? Consigo ver a cara de pateta que você faz.

Claudia apenas riu. Não havia como negar. Uma caixinha amarrada com um barbante, trazendo o nome de sua avó, virara sua vida de cabeça para baixo, mas ela não faria nada diferente.

Ouviram uma batida à porta e Claudia foi abrir. Era sua mãe, com lágrimas nos olhos, atirando os braços ao redor dela.

– Vou sentir tantas saudades.

– Mãe, não me faça chorar! – exclamou Claudia, piscando, os olhos umedecidos outra vez.

Sua mãe continuou a abraçá-la, buscando os olhos de Claudia com os seus.

– Não há nada mais importante do que o amor, Claudia. É tão bom para uma mãe ver a filha tão feliz… – Ela fez uma pausa e apertou as mãos dela. – Sua avó adoraria te ver assim e ouvir tudo sobre suas maravilhosas aventuras.

– Promete que vai me visitar? – perguntou Claudia. – Mal posso esperar para que você conheça Cuba, Mateo e sua família.

– Nada poderá me impedir de fazer essa viagem. Irei primeiro para Havana e depois para Miami. Agora, venha cá, vamos para o aeroporto. Porque você, minha querida, tem um avião para pegar.

AGRADECIMENTOS

Normalmente começo dizendo que agradecerei a um grupo muito pequeno de pessoas, mas desta vez tenho uma lista bem extensa! Primeiro, eu gostaria de agradecer a Laura Deacon, por ter topado publicar esta série no momento em que apresentei a ideia – se não fosse por Laura, caro leitor, você não estaria lendo este livro! Gostaria de agradecer também a toda a equipe da Bookouture pelo seu apoio, com uma menção especial a Peta Nightingale, Jess Readett, Saidah Graham e Melanie Price. Um enorme agradecimento vai para Richard King, a quem este livro é dedicado. Richard, nunca vou esquecer o entusiasmo com o qual você vendeu meus livros para o mundo! Você é o motivo de o meu público ter crescido tanto, incluindo leitores de toda a Europa, em diversos idiomas – não é exagero dizer que você conquistou algo que, para mim, é simplesmente extraordinário. Obrigada. No momento em que escrevo, a série As Filhas Perdidas está sendo traduzida para catorze idiomas, e a maior parte desses contratos de edição se deve a Richard.

Devo ainda menções especiais e agradecimentos a outros editores que publicarão a série As Filhas Perdidas ao redor do mundo. Obrigada à Hachette; ao meu editor inglês, Callum Kenny, na Little, Brown (selo Sphere); ao meu editor americano, Kirsiah Depp, na Grand Central; ao editor holandês Neeltje Smitskamp, da Park Uitgevers; à editora alemã Julia Cremer, da Droemer-Knaur; e aos editores finlandeses Päivi Syrjänen e Iina Tikanoja, da Otava. Também gostaria de agradecer às seguintes editoras:

Hachette (Austrália e Nova Zelândia), Albatros (Polônia), Arqueiro (Brasil), Planeta (Espanha), Planeta (Portugal), City Editions (França), Garzanti (Itália), Lindbak and Lindbak (Dinamarca), Euromedia (República Tcheca), Modan Publishing House (Israel), Vulkan (Sérvia) e Pegasus (Estônia). Saber que meu livro será publicado em tantas línguas mundo afora e por editoras tão respeitadas é mesmo a realização de um sonho.

E agora, de volta ao meu costumeiro grupinho de pessoas maravilhosas! Obrigada à minha agente de longa data, Laura Bradford, cujo apoio é, para mim, motivo de orgulho. Também agradeço especialmente a Lucy Stille, por ter lido *A filha italiana* e se juntado à equipe! Obrigada a minhas incríveis companheiras de escrita: Yvonne Lindsay, Natalie Anderson e Nicola Marsh – o que eu faria sem vocês, meninas? Yvonne, obrigada por ser tão boa e por entrar em contato todos os dias, me fazendo acionar o cronômetro e começar a escrever – como eu poderia escrever um livro sem você? Aos meus pais, Maureen e Craig, obrigada pelo seu apoio constante. E, finalmente, ao meu maravilhoso marido, Hamish, e a meus deslumbrantes meninos, Mack e Hunter – tenho muita sorte de ter todos vocês ao meu lado.

Devo agradecimentos também aos meus assistentes de escrita de quatro patas... Ted, Oscar e Slinky, obrigada por me fazerem companhia quando estou em casa escrevendo. Meu escritório não seria o mesmo sem vocês! Na verdade, o cheiro seria melhor e não haveria tantos pelos no tapete ou um gato na minha mesa, mas, ainda assim, sou muito grata a vocês.

— SORAYA

CONHEÇA OS LIVROS DA SÉRIE

A filha italiana

A filha cubana

Para saber mais sobre os títulos e autores da Editora Arqueiro,
visite o nosso site e siga as nossas redes sociais.
Além de informações sobre os próximos lançamentos,
você terá acesso a conteúdos exclusivos
e poderá participar de promoções e sorteios.

editoraarqueiro.com.br